chichten,
al skurrilen,
nschlichen Figuren
l Schwächen handeln,
am Ende glücklich,
n Zweifel zurücklassen:
was Fantasie?
der Träume‹
schichte.«

dtv

Spätsommer 1983 vor der schwedischen Küste. Johan Andersson verliert während eines Unwetters auf der Ostsee seine große Liebe Lina. Traumatisiert bricht er alle Brücken hinter sich ab und beginnt weit entfernt von Stockholm ein neues Leben als Antiquar und Betreiber eines Literaturcafés. Doch seit dem Schiffsunglück erscheinen Johan die Figuren seiner Lieblingsbücher leibhaftig – und drängen ihn zu einer Entscheidung: Will er vergessen oder die Wahrheit suchen? Und die scheint in ihm selbst und seinen Büchern verborgen zu sein. Ein geheimnisvoller Fremder bringt Johan schließlich auf die entscheidende Spur, als er ihm eine äußerst seltene und kostbare Erstausgabe anbietet, die eigentlich auf dem kalten Grund des Meeres liegen müsste.

Lars Simon, Jahrgang 1968, hat nach seinem Studium lange Jahre in der IT-Branche gearbeitet, bevor er mit seiner Familie nach Schweden zog, wo er als Handwerker tätig war. Heute lebt und schreibt der gebürtige Hesse wieder in der Nähe von Frankfurt am Main. Bisher sind von ihm bei dtv eine dreibändige Comedy-Reihe, das Weihnachtsbuch ›Gustafssons Jul‹ sowie die Urban-Fantasy-Reihe um Zauberlehrling Lennart Malmkvist und seinen sprechenden Mops Bölthorn erschienen. Lars Simon ist ein Pseudonym.

LARS SIMON

Das Antiquariat der Träume

ROMAN

dtv

Ausführliche Informationen über unsere Autoren und Bücher
www.dtv.de

Von Lars Simon sind bei dtv außerdem erschienen:
Elchscheiße (21508)
Kaimankacke (21554)
Rentierköttel (21609)
Lennart Malmkvist und der ziemlich seltsame Mops des Buri Bolmen (21651)
Lennart Malmkvist und der ganz und gar wunderliche Gast aus Trindemossen (21704)
Lennart Malmkvist und der überraschend perfide Plan des Olav Tryggvason (21760)
Gustafssons Jul (21695)

FSC www.fsc.org
MIX
Papier aus verantwortungsvollen Quellen
FSC® C083411

3. Auflage 2020

Dieses Werk wurde vermittelt durch die
Literarische Agentur Thomas Schlück GmbH, Hannover
Umschlaggestaltung: zero-media.net, München, unter Verwendung von Fotos von FinePic®, München
Satz: Uhl + Massopust, Aalen
Gesetzt aus der Stempel Garamond LT Pro
Druck und Bindung: CPI books GmbH, Leck
Printed in Germany · ISBN 978-3-423-21931-0

Ihr naht euch wieder, schwankende Gestalten,
Die früh sich einst dem trüben Blick gezeigt.

Johann Wolfgang von Goethe, Faust

Prolog

Samstag, 24. September 1983

Träume brauchen keinen Schlaf. Sie können gut sein oder böse. Letztere lassen einen erstarren und oft darüber im Unklaren, ob man bereits erwacht ist.

Wie in einem solchen Albtraum gefangen, kam sich Johan Andersson vor. Noch immer ging ein starker Wind, wenngleich es kein Sturm mehr war wie noch vor einigen Stunden. Er saß auf einem Stapel feuchter Holzpaletten neben einer Lagerhalle am Hafen von Sundsvall. Sein Knöchel, den er sich beim Sprung von der Treppe unter Deck wohl verstaucht hatte, schmerzte. Er fror in seinen tropfnassen Kleidern, da nutzten auch die beiden Decken nichts, in die ihn zwei Sanitäter gehüllt hatten. Doch seltsamerweise störte sie ihn kaum, dic Kälte. Vielleicht weil sich Johan Andersson wie in Trance fühlte, vielleicht weil Kälte dem Tod näherstand als dem Leben. Er nahm das ganze Chaos und die vielen weinenden und verwirrten Menschen um sich herum wie durch einen Schleier wahr. Wie sie an der Mole scheinbar ziellos umherliefen, manche begleitet von einem Arzt, einem Polizisten oder einem Feuerwehrmann.

»Eines der schlimmsten Schiffsunglücke im Bottnischen

Meerbusen seit vielen Jahren«, hörte er einen Journalisten gegen den Wind in das fellbesetzte Mikrofon eines lokalen Nachrichtensenders brüllen. Er schien von der Situation in unangemessenem Maße begeistert zu sein. »Der Orkan *Ornella*, der über der Nordsee tobt und dort schon unzählige Schiffe versenkt hat, hat mit seinen Ausläufern nun auch bei uns zugeschlagen. Laut Behördenangaben sollen bei der Havarie der Fähre *Leksand* vierzig Personen verletzt und fünf Menschen ums Leben gekommen sein. Aber die Küstenwache gibt nicht auf, noch weitere Überlebende zu bergen, und ist mit einem Seenotrettungsschiff im Einsatz.«

Der Mann stand nur wenige Meter abseits des Geschehens und achtete darauf, dass sein Kameramann das Elend möglichst gut in den Kasten bekam, indem er ihn mehrere Einstellungen drehen und einen Schwenk über die Szene machen ließ.

Johan Andersson wandte den Blick ab, schlang die Decken enger um sich und griff mit einem dankbaren Kopfnicken nach dem heißen Tee, den ihm eine junge Frau in diesem Augenblick reichte. Sicher war sie von irgendeiner kirchlichen Organisation und im Namen des Herrn unterwegs. So sah sie zumindest aus. Sie lächelte Mut spendend, ehe sie sich mit ihren Bechern und der Kanne gleich zum nächsten Frierenden aufmachte.

Und als ihm das heiße Getränk die Kehle hinunterrann und ihn schließlich von innen her wärmte, da schien es ihm plötzlich, als würde ihm mit jedem Schluck bewusster, was das alles für ihn und sein Leben bedeutete. Ihm war, als würde diese Wärme ihn aus seinem apathischen Dämmerzustand zurückholen, als würde sich sein Traum auf gnadenlose Weise Bild für Bild mit der Wirklichkeit überzeichnen.

Wie lange konnte man in zehn Grad kaltem Wasser überleben? Selbst mit Schwimmweste wahrscheinlich höchstens eine Stunde, maximal zwei. Das Unglück hatte sich vor über zwei Stunden ereignet. Es gab keine Chance mehr. Sie war verschwunden. Untergegangen. Tot. Sie würde nicht wiederkommen. Er wusste es. Viele waren gerettet worden. Das Schiff der Küstenwache hatte einige Menschen aus dem eisigen Wasser ziehen können, manche sogar noch bevor die *Leksand* unterging. Lina war nicht unter ihnen gewesen. Jetzt waren sie wieder hinausgefahren. Aber wohl bloß, um die Gemüter der Angehörigen zu beruhigen.

Warum nur war sie auf ihre Kajüte gegangen, so kurz vor dem Zusammenstoß, und nicht bei ihm geblieben? Als er sie gesucht hatte, war es schon zu spät gewesen. Sie hatte angekündigt, dass sie ihm nach dem gemeinsamen Abendessen etwas gestehen müsse. Das Schicksal war manchmal zutiefst respektlos. Er hätte bei ihr bleiben sollen. Vielleicht hätte er sie retten können.

»*Hej*, ich bin Lina, Fotografin aus Göteborg. Ist der Platz hier noch frei?« So hatte sie sich vorgestellt, kurz bevor sie sich auf den einzigen freien Fensterplatz im Bordrestaurant neben ihn gesetzt hatte. Vor ein paar Tagen erst war das gewesen, gleich zu Beginn ihrer Ostseekreuzfahrt. Doch jetzt kam es ihm vor, als wäre es bereits Jahre her. Möglicherweise lag es daran, dass er schon bei dieser ersten Begegnung gewusst hatte, dass sie füreinander bestimmt waren. Er dachte an ihr Lächeln, ihren Duft, ihre Haut, ihre schulterlangen blonden Haare. Und nun war alles vorbei. Alles.

Vergangenheit, Gegenwart und Zukunft. Nichts war ihm geblieben von ihr. Nicht einmal die »Singoalla«. Wie stolz sie gewesen war, als sie ihm das Buch vor wenigen Stunden geschenkt hatte. Konnte das wirklich erst vor so kurzer Zeit gewesen sein? Sie habe es während ihres gemeinsamen Landgangs in Umeå zufällig in einem verborgenen Antiquariat entdeckt. Der Verkäufer sei ein merkwürdiger Kauz gewesen, hatte Lina lachend berichtet, mit dichtem grauem Haar, einem wilden Bart, funkelnden Augen in einem faltigen Gesicht und dazu einer Nase, die so groß war, dass sie beinahe unecht wirkte.

Die seltene und kostbare Erstausgabe von Viktor Rydbergs Klassiker aus dem Jahre 1857 war in grünes Leinen gebunden, auf dem Umschlag mit einem goldenen Prägedruck veredelt und im Innenteil mit vielen Schwarz-Weiß-Illustrationen ausgestattet worden. Doch das Unglaublichste war, dass Viktor Rydberg sein Werk persönlich signiert hatte; das Buch war ein echter Schatz.

Es hatte Johan zutiefst gerührt. Er hatte Lina lediglich ein einziges Mal davon erzählt, dass er nicht nur die moderne Literatur wie die Werke von Umberto Eco und Klassiker wie die von Hermann Hesse schätzte, sondern auch der schwedischen Romantik verfallen war, zu der eben auch die Romane von Viktor Rydberg zählten. Und dann dieses Geschenk! Doch bei aller Freude hatte er sie auch gescholten, weil sie so viel Geld ausgegeben hatte. Denn ein solches Buch musste ein kleines Vermögen gekostet haben. Lina hingegen hatte lediglich geschmunzelt und behauptet, dass sie das Buch unverhältnismäßig günstig erstanden habe, vermutlich rühre der Preisnachlass von einer durchaus nennenswerten Beschädigung auf dem sonst makellosen Einband her. Es handelte sich um einen oberflächlichen, sichelförmigen Riss in der Mitte, der aussah wie ein Lächeln.

Johan hätte widersprechen können, denn er wusste, dass so ein kleiner Makel angesichts der übrigen Eigenschaften dieser antiquarischen Kostbarkeit preislich wohl kaum ins Gewicht fallen dürfte. Er kannte sich mit Büchern gut aus, da er als Geschäftsführer in einem Stockholmer Verlag tätig war und außerdem schon seit Jahren leidenschaftlich alte Bücher sammelte. Doch in diesem glücklichen Moment hatte er geschwiegen, denn im Prinzip war es vollkommen unwichtig. Das Einzige, was zählte, war Lina, und dafür, dass sie ihm ein solches Geschenk machte, liebte er sie nur noch mehr. Er schloss die Augen, sog ihren Duft ein, spürte sie, küsste sie …

Ein Signalhorn riss ihn unsanft aus dem Traum von seiner verlorenen Zukunft. Johan blickte auf. In die kalte Gegenwart – das Rettungsboot kehrte zurück. Das Buch und Lina waren verloren, genau wie seine Liebe. Der Reporter der Lokalnachrichten, der wenige Schritte von Johan entfernt stand, ließ seinen Interviewpartner, einen offensichtlich ermatteten und nun auch verdutzten Feuerwehrmann, einfach stehen und rannte durch die immer noch teils heftigen Böen zur Anlegestelle hinüber, seinen Kameramann und den Tontechniker im Schlepptau. Wahrscheinlich hegte er die Hoffnung auf weitere emotional mitreißende Bilder. Doch er wurde enttäuscht. Der Kapitän unterstrich sein Kopfschütteln mit eindeutigen Handzeichen in Richtung der am Kai ausharrenden Sanitäter und Polizisten. Die Rettungsmannschaft hatte niemanden mehr gefunden.

Was hatte ihm Lina noch Wichtiges sagen wollen? Sie hatte es ihm angekündigt und dabei kein glückliches Gesicht gemacht. Johan zermarterte sich den Kopf.

Er wünschte sich seinen Traum zurück. Eine Träne lief ihm die Wange hinab.

»Herr Andersson?«, hörte er eine Stimme hinter sich. »Wir haben jetzt einen Krankenwagen für Sie und können Sie in die Klinik fahren. Kommen Sie, bitte?«

Johan erhob sich von seinem Palettenstapel und drehte sich um. Vor ihm standen dieselben Rettungssanitäter, die ihm auch die Decken gereicht hatten. Er nickte und folgte den beiden Männern hinüber zum Wagen.

Manchmal war es schwieriger, weiterzuleben, als zu sterben.

Alles würde sich ändern, einfach alles.

I. Teil

1.
Die Kraniche kommen zu spät

Hedekas – Samstag, 2. Mai 1987

Es würde hoffentlich nicht mehr lange dauern, bis die Kraniche zurückkehrten. Sie kamen für gewöhnlich immer im April. Und sobald sich der Nebel, der vom nahen Lersjön aufstieg, früh am Morgen zu lichten begann, um sich auf die kargen Felder zu legen, begannen sie zu schreien und ihre einbeinigen Balztänze aufzuführen. Auch wenn dem Kranich in vielen Kulturen eine positive Bedeutung zugeschrieben wurde – unter anderem galt er als Symbol für Klugheit und Wachsamkeit –, wirkten seine Tänze nicht ernsthaft oder erotisch, sondern eher rührend und bemüht. Dass er damit ein Weibchen zur Paarung überreden konnte, schien schwer vorstellbar. Aber da seine Spezies noch nicht ausgestorben war, musste das bisher ja einigermaßen geklappt haben. Früher oder später fand so gut wie jeder dieser hochgewachsenen, schlanken Vögel einen Partner, mit dem er oft ein Leben lang zusammenblieb. Ob das ausschließlich schön oder auch ein wenig traurig war, lag im Auge des Betrachters.

Es klopfte.

Johan Andersson sah auf seine Armbanduhr und drehte sich vom Küchenfenster weg, durch das er über die Weide hinüber zum Ufer des Lersjöns geblickt hatte. Dorthin, wo die fünf alten, blattlosen Eichen standen und Wache hielten, als ob sie nach all den Jahrhunderten so leicht nichts aus der Ruhe bringen würde.

Vor der Haustür stand Agnes Eklöv mit gerötetem Gesicht und einem großen Weidenkorb in der Hand, pünktlich wie immer. Sie musterte Johan mit der ihr eigenen Strenge.

»*God morgon*«, sagte sie, trat an Johan vorbei in den Flur, stellte ihren Korb auf den Dielenboden, zog ihre Schuhe aus und schlüpfte in die bereitstehenden Filzpantoffeln. »Ich soll dir von meinem Bruder ausrichten, dass er sich freuen würde, dich morgen am Ostersonntag in der Kirche begrüßen zu können, und dass dir das Haus Gottes immer offen steht.«

Agnes zog ihren Mantel aus und hängte ihn an die Garderobe, Tuch und Hut an einen Haken daneben. Sie hatte ihr pechschwarzes Haar hochgesteckt, was sie viel älter wirken ließ und ihr, zusammen mit der etwas aus der Mode gekommenen Hornbrille, das Aussehen der Direktorin eines Knabeninternats zu Beginn des Jahrhunderts verlieh, der man besser nicht widersprach, die man wegen ihrer hübschen und fein geschnittenen Gesichtszüge jedoch insgeheim verehrte.

»Danke, sehr freundlich. Aber Weihnachten genügt – mir zumindest«, entgegnete Johan und schloss die Tür. »Möchtest du einen Kaffee?«

»Ich richte nur aus, was mir aufgetragen wurde.« Agnes bückte sich flink und hob den Korb auf. »Kaffee? Gerne.«

Johan ging zurück in die Küche, wo er Kanne, Filter und Kaffeedose aus dem Hängeschrank über dem Herd nahm, dann setzte er Wasser auf. Agnes folgte ihm und stellte den Korb auf den Küchentisch. Vorsichtig holte sie mit beiden Händen ein rundes Tortenbehältnis aus geschliffenem Kristallglas hervor, platzierte es auf dem Tisch und setzte sich selbst so auf einen der Stühle, dass sie aus dem Sprossenfenster übers Feld zu den Eichen blicken konnte. Schweigend spielte sie mit dem Ehering an ihrem Finger, ohne den Blick von dem See abzuwenden, dessen seichte Wellen schillernd das Licht der Mittagssonne spiegelten. Agnes trug dieses goldene Erinnerungsstück noch immer, obwohl ihr Mann bereits vor einigen Jahren viel zu früh verstorben war, lange vor Johans Ankunft in Hedekas. Seit diesem tragischen Vorfall wohnte sie zusammen mit ihrem Bruder Gunnar Bertilsson und dessen Frau Birgitta im Pfarrhaus.

Was allerdings nicht immer leicht sei, wie sich der Pfarrer vor geraumer Zeit einmal nach einigen Tassen Glögg auf einem kirchlichen Weihnachtsmarkt bei Johan beklagt hatte. Obwohl er seine Schwester mit aller beruflichen und menschlichen Kraft mehrmals täglich in seine Gebete einschließe, habe sich Agnes über die letzten paar Jahre mehr und mehr in sich zurückgezogen und sei trotz ihres noch recht jungen Alters zu sich selbst und zu anderen immer härter geworden. Es käme ihm beinahe vor, so Gunnar Bertilsson weiter, als hasse Agnes alle Menschen, die aus ihrer Sicht glücklicher waren als sie, wohlwissend, dass ihr diese wenig christliche und zudem moralisch verwerfliche Gefühlsregung nicht zustand. Das führe schließlich dazu, dass sie sich selbst auch nicht mehr leiden könne. Jedenfalls lasse sie nicht einmal mehr Gott an sich heran. Letzteres schien den Pfarrer besonders zu betrüben.

Vielleicht deshalb hatte sich der Geistliche zum sichtlichen Unmut seiner Gattin einen weiteren Glögg eingeschenkt und schließlich nach halbem Verzehr des süßen, stark alkoholischen und mit allerlei Gewürzen versehenen Getränks die Katze aus dem Sack gelassen. Ob es Johan nicht möglich sei, seine Schwester anzustellen, um sie damit auf andere Gedanken zu bringen, hatte ihn der Pfarrer gebeten. Sie helfe zwar manchmal in der Gemeinde, aber das genüge nicht. Ein Mensch brauche doch eine sinnstiftende und angemessene Beschäftigung, oder nicht? Agnes sei fleißig, pünktlich, pfiffig, zuverlässig, vertrauenswürdig, und außerdem könne sie verflucht gut backen (bei dem Wort »verflucht« hatte er sich wie ertappt umgeschaut). Ganz abgesehen von diesen immensen Vorteilen für Johan, hatte Gunnar Bertilsson betont, der mittlerweile einen mit Blauschimmelkäse bestrichenen Pfefferkuchen kaute, hätten er und seine Frau Birgitta seine Schwester Agnes damit zumindest in den hellen Monaten auch ein paar Stunden täglich weniger um sich, was bestimmt dazu beitrage, seine brüderliche Liebe und den familiären Frieden um einiges länger zu konservieren. Amen.

Das war vor rund vier Jahren gewesen, und zu dieser Zeit hatte Johan tatsächlich eine Aushilfe für sein Literaturcafé gesucht, allerdings hatte er dabei eher an eine zwanzigjährige Studentin gedacht, die sich im Sommer ein wenig dazuverdienen wollte, gut zu Fuß war und vielleicht Susanna oder Kerstin hieß. Mit einer Agnes, die damals schon fast vierzig war, hatte er wahrhaftig nicht gerechnet.

Doch aus einer solchen Situation kam man hier nicht ungeschoren heraus. Man befand sich eben nicht in Stockholm, Malmö oder Göteborg, sondern in dem kleinen Ort Hedekas. Und wer hier dem Pfarrer einen durchaus zumutbaren Gefallen ausschlug, auch wenn er noch so besoffen geäußert wurde, der machte sich im Sinne der unausgesprochenen Dorfgesetze strafbar und hätte ab sofort nicht nur keinen Stein bei ihm im Brett, sondern sicher bald einen in der Fensterscheibe gehabt oder wäre zumindest gemieden, Gegenstand von Getuschel und Opfer von Seitenblicken geworden. Johan hatte sich daraufhin ebenfalls noch einen ordentlichen Glögg eingeschenkt, still in sich hineingeseufzt, seine Tasse gegen die des Pfarrers gestoßen und schließlich zugesagt. »*Skål!*«

Damit galt das Ganze als besiegelt.

Seit dem Frühling, der auf diesen Glögg folgte, half Agnes Eklöv also neben ihrer Gemeindearbeit bis zum Spätsommer, je nach Wetter und Anzahl der Touristen, mehrmals wöchentlich in Johans Literaturcafé »Singoalla«. Die Entscheidung hatte sich zum Glück nicht als Fehler herausgestellt, denn abgesehen davon, dass Agnes nicht mehr Lohn wollte als eine zwanzigjährige Studentin, die Susanna oder Kerstin hieß, war sie mindestens genauso gut zu Fuß und erwies sich tatsächlich als eine fleißige, pünktliche, pfiffige, zuverlässige und vertrauenswürdige Angestellte. Außerdem konnte sie wirklich verflucht gut backen. Ihr Bruder hatte absolut nicht übertrieben.

Leider aber auch nicht, was Agnes' Strenge und Härte anging. Es schien beinahe so, als hätte sie sich vorgenommen, sich nie wieder in irgendetwas zu verlieben. Schon gar nicht in einen Mann. Und sie tat alles, um das unmissverständlich klarzustellen und jede Gefühlsduselei schon im Keim zu ersticken. Dabei schoss sie manchmal übers Ziel hinaus und wehrte Avancen ab, die gar nicht gemacht wurden – was für manchen Mann eher unangenehm war, denn dieser konnte gar nicht wissen, wie ihm geschah. Das Ganze hatte etwas von einem Balztanz mit umgekehrten Vorzeichen.

Der Kessel begann zu pfeifen. Johan nahm ihn vom Herd und goss das sprudelnde Wasser in den Filter. Sofort verbreitete sich ein angenehmer Geruch frischen Kaffees im Raum.

Agnes wandte ihren Blick vom Fenster zu Johan. »Ich weiß nicht, aber bei der Kälte werden wir morgen zur Wiedereröffnung des Cafés sicher nicht allzu viele Gäste erwarten können. Ich habe deshalb nur eine Torte gemacht. Apfel-Sahne-Zimt. Ich hoffe, das ist in Ordnung für dich.«

Der erste Sonntag im Mai war in Schweden nicht unbedingt ein Garant für gutes Wetter. Schon oft war er eher wie ein verärgerter Februartag mit Schnee im Gepäck dahergekommen. Von drinnen sah es dann zunächst so aus, als würden Tausende von Kirschblütenblättern durch die Luft tanzen, aber wenn man in Erwartung der ersten lauwarmen Brise vor die Tür trat, merkte man, dass es Eiskristalle waren, die durch die Luft wirbelten, und knöpfte sich rasch die Strickjacke bis ganz oben zu. Johan spürte diese Kälte eine Sekunde lang förmlich, sah in Gedanken das Meer … dann fasste er sich wieder.

»Vielen Dank, Agnes«, sagte er. »Eine leckere Torte wird reichen. Zur Not haben wir ja noch Kekse.« Er goss heißes Wasser in den Filter nach.

Als der Kaffee durchgelaufen war, füllte er zwei Tassen und stellte eine vor Agnes auf den Tisch. Sie trank ihn schwarz. Er nahm einen Schuss Milch und setzte sich ihr gegenüber.

»Ist noch viel vorzubereiten?«, fragte sie und blickte wieder hinaus über die Weide und auf den See.

»Das Übliche«, antwortete Johan. »Wie jedes Jahr. Und ich muss später noch einen Stoß Bücher einsortieren, die ich von einem Trödelmarkt im Norden mitgebracht habe.« Er blickte quer über den Hof in Richtung des Antiquariats mit seiner rotgetünchten Fassade, den leuchtend weißen Giebelbrettern und Fensterlaibungen und der mintgrünen Eingangstür. Als er den Hof erworben hatte, war das Nebengebäude nicht mehr gewesen als ein großer Raum, in dem die Vorbesitzer vor langer Zeit Werkzeuge, Stroh, Heu und Futtermittel für ihre Tiere eingelagert hatten. Irgendwann hatten sie wohl keine Tiere mehr besessen und die Scheune daher auch nicht mehr genutzt und instand gehalten. Mehr und mehr war sie verfallen, bis Johan sie schließlich aus ihrem Dornröschenschlaf erweckt und außen wie innen saniert und zu seinem Antiquariat mit Dielenboden, Heizung und wunderschöner Atmosphäre umgebaut hatte. Ein ganzes Jahr hatte der Umbau gedauert, aber die Mühen und die Kosten hatten sich mehr als gelohnt. Das Antiquariat war ein Teil von Johan geworden.

»Die Kraniche sind noch nicht da«, sagte Agnes leise und unterbrach damit seine Gedanken. Sie schlürfte vorsichtig an ihrem Kaffee. »Seltsam.«

Johan nickte. »Ja, das stimmt. Sie kommen spät dieses Jahr. Vielleicht haben sie uns vergessen?«

»Je später die Kraniche eintreffen, desto größer sind die Veränderungen, die sie mit sich bringen.«

Johan konnte ein Schmunzeln nicht unterdrücken. Er wusste mittlerweile, dass Agnes, ganz zum Verdruss ihres Bruders, nicht nur artig dem Protestantismus anhing, sondern insgeheim auch manchen alten Lehren und Aberglauben. Eigentlich wusste das jeder in Hedekas, aber niemand sprach offen darüber. »Ist das ein gutes Zeichen?«

Agnes blickte Johan in die Augen. »Gut möglich. Der Kranich ist der Vogel des Glücks«, sagte sie leise. »Wir werden sehen …«

2.
Der Duft vergangener Zeiten

Hedekas – Samstag, 2. Mai 1987

Sechs Stunden hatten Agnes und Johan durchgearbeitet – von der einen oder anderen kleinen Pause einmal abgesehen. Sie hatten Tischdecken gebügelt, Teller und Gläser gespült, die Zimmer umgeräumt, Besteck poliert und die fünf Tische sowie die dazugehörigen zwanzig Klappstühle aus Holz und Eisen aus dem Lagerschuppen neben Johans Antiquariat quer über den Hof auf die Veranda getragen. Dort hatten sie die Stühle vom Staub des Winters befreit. Jetzt konnten die Gäste bei schönem Wetter im Schatten der alten Kastanie gemütlich essen und trinken. Der Baum hielt seine Äste schützend über diesen Ort, und sollte es einmal regnen – was in einem schwedischen Sommer durchaus vorkam –, konnte Johan immer noch mit der quietschenden Handkurbel die weiß-rot gestreifte Markise über der Veranda ausfahren.

Zu guter Letzt hatten Agnes und Johan die Speisekarten auf den Tischen verteilt. Sie waren von Johan persönlich mit Tusche auf dickem sonnengelbem Papier geschrieben und danach in Lederhüllen geklemmt worden. Er hatte sich dabei kalligrafisch an Briefen aus dem neunzehnten Jahrhundert orientiert, weshalb sie recht opulent wirkten. Inhaltlich waren sie allerdings eher übersichtlich gehalten, denn es gab nur Tee, Kaffee, Wasser, Limonade und Bier sowie den »Literaturkuchen des Tages« und ein Gericht namens »Hotflush«. Diesen Namen hatte Johan selbst erfunden. Es verbarg sich ein typisch schwedischer Snack dahinter, nämlich ein Würstchen mit Ketchup, Senf und Röstzwiebeln – wer mochte, noch mit Kartoffelbrei – in einem weichen länglichen Hefeteigbrötchen. »Flush« war der Titel einer Romanbiografie von Virginia Woolf, in der sie das Leben des gleichnamigen Cockerspaniels erzählte. Johan hatte die Bezeichnung für diesen Hotdog zum Andenken an diesen Vierbeiner gewählt. Immerhin befand man sich in einem Literaturcafé mit angeschlossenem Antiquariat. Oder umgekehrt. Die Gäste sollten sich dessen bewusst sein. Nebenbei bemerkt schmeckte dieser »Hotflush« ziemlich gut und kam bei den Leuten hervorragend an – manche besuchten das Café angeblich bloß deswegen und interessierten sich überhaupt nicht für Literatur.

Am Ende ihrer Vorbereitungen – Agnes hatte sich schon verabschiedet – erweckte Johan noch den großen, vorher penibel gesäuberten Kühlschrank in der Küche aus seinem Winterschlaf – ein alljährliches Ritual. Sobald das Gerät sonor vor sich hin brummte, war die Saison eröffnet. Darin verstaute er neben Bier, Limonade und Wasser auch den morgigen »Literaturkuchen des Tages«. Die von Agnes mit Liebe und Geschick zubereitete Apfel-Sahne-Zimt-Torte wollte er am Eröffnungssonntag als »Schillertorte« anbieten, in Anlehnung an das Drama »Wilhelm Tell« und den darin vorkommenden Apfelschuss.

Johans Antiquariat atmete den Duft vergangener Zeiten. Er hatte sich das Gebäude auf der anderen Seite des Guts noch vor der Renovierung des Haupthauses hergerichtet, nachdem er seine Tätigkeit als geschäftsführender Gesellschafter des Stockholmer Verlages vor knapp vier Jahren aufgegeben und den Hof in Hedekas gekauft hatte. Die beiden anderen Teilhaber, Magnus Löfwing und Per Eriksson, hatten ihn damals nur ungern ziehen lassen – sie schätzten Johans untrügliches literarisches Gespür mindestens genauso wie ihn selbst.

Doch auch das waren längst vergangene Zeiten.

Nachdem er im Antiquariat alle Regale von Staub befreit, die Fenster geputzt und auch den Dielenboden gewischt hatte, begab sich Johan hinter den Tresen und prüfte eingehend, Werk für Werk, den Stapel der unlängst auf dem Trödelmarkt erworbenen Bücher. Darunter befand sich auch eine seltene schwedische Erstausgabe von Karl Marx' »Das Kapital« aus dem Jahre 1930, die er für knapp eintausendfünfhundert Kronen hatte ergattern können. Dass in Hedekas jemals ein Kunde danach verlangen würde, war zwar höchst unwahrscheinlich, aber es war ein bemerkenswertes Zeitdokument, und Johan hatte es unmöglich liegen lassen können. Jedes Buch von Format hatte seine ihm eigene Bestimmung, schlimmstenfalls würde man zusammen in Würde alt werden. Dieses seltene Stück legte Johan in seine Schatzkiste. So nannte er die alte Holztruhe mit rostigen Eisenbeschlägen, worin er besondere Raritäten lagerte. Genau genommen war es keine richtige Schatzkiste – sie hatte nicht einmal ein funktionierendes Schloss –, sondern eine alte Reisetruhe aus dem neunzehnten Jahrhundert, die so klobig und schwer war, dass Johan an der Unterseite kleine Möbelrollen montiert hatte, damit er sie auch ohne fremde Hilfe bewegen konnte.

Die anderen Neuerwerbungen preiste er aus und sortierte sie in die Regale ein. Nach etwa einer Stunde war er fertig und schob als Letztes ein wunderschön illustriertes Kochbuch aus der Zeit des Jugendstils in das entsprechende Fach.

»Ich hätte mir nicht vorstellen können, dass ich es so lange hier in Hedekas aushalten würde, William.« Mit diesen Worten drehte sich Johan zu dem Franziskanermönch um, der in der geöffneten Tür des Antiquariats stand.

Der Angesprochene trug eine schäbige, grobe Leinenkutte mit Kapuze und eine heutzutage nicht mehr als modern zu bezeichnende Tonsur. Er war groß gewachsen und schlank, sein Blick durchdringend und durchaus freundlich, vor allem aber neugierig. Die schmale, leicht gebogene Nase erinnerte an einen Raubvogel.

»Weshalb?«, fragte der Mönch und legte die Stirn in Falten.

»Weil es einsam ist.«

William von Baskerville lächelte gütig und erwiderte: »Gott ist immer bei Euch.« Er bekreuzigte sich.

»Mir fehlt etwas anderes.«

»Ein Weib?«

Johan zögerte. »Nein, nicht irgendeine Frau«, erwiderte er. »Vielleicht Glück und Zufriedenheit. Nicht dass es mir schlecht ginge, aber es ist manchmal so leer in meinem Leben. Trotz deiner Anwesenheit und meiner Bücher. Es tut mir leid, dass ich es derart drastisch formulieren muss.

Mein Leben erscheint mir wie ein ständiger Zeitvertreib, ich weiß nur nicht, was kommt, wenn ich die Zeit erfolgreich vertrieben habe.«

»Ich bin zwar ein gottesfürchtiger Scholastiker und interessierter Beobachter des menschlichen Seins, doch das erhebt mich noch lange nicht zum Heiler für Seelen und Herzen«, sagte William von Baskerville. »Aber wenn Ihr mich fragt, so habt Ihr es nie verkraftet, was damals geschehen ist. Ihr seid geflohen. Vor Euch selbst. Doch das Vergangene nimmt man mit sich wie den Duft einer Blüte, wenn es gut war. War das, was geschehen ist, hingegen schlecht, dann haftet es an einem wie der Gestank eines elend schwärenden Geschwüres.«

»Ich habe sie gesucht«, sagte Johan. »Überall. In ganz Schweden – aber ich habe sie nicht gefunden. Erst als ich begriffen habe, dass sie wirklich tot ist, bin ich hierhergekommen. Willst du das als Flucht bezeichnen?«

William von Baskerville schmunzelte, und die Flügel seiner Raubvogelnase blähten sich mit jedem Atemzug. »Nun, Johan Andersson, mein alter Freund, die Feinde, vor denen Ihr geflohen seid, kennt Ihr besser als ich. Aber ich frage mich, wenn Ihr sie doch längst tot und in der Obhut des Herrn wisst« – er bekreuzigte sich erneut –, »sagt mir, weshalb sucht Ihr sie dann noch immer?«

Johan schwieg.

»Wie dem auch sei«, sagte William von Baskerville. »Ich für meinen Teil werde Euch jetzt vorübergehend verlassen. Wir sehen uns bestimmt bald wieder. Vielleicht, sobald die Kraniche zurückgekommen sind? Der Herr sei mit Euch.« Damit verschwand er, der Feierlichkeit des Augenblicks unangemessen schnell, durch die Tür und tauchte in die orangefarbenen Strahlen der Nachmittagssonne ein.

Johan Andersson trat aus dem Antiquariat und schloss hinter sich ab. Er freute sich auf ein ordentliches Feierabendbier. Bücher machen Durst. Und Gespräche mit längst verstorbenen und vor allem hochgradig fiktiven Franziskanermönchen erst recht.

Das alles hatte kurz nach dem Schiffsunglück begonnen. Johan hatte sich anfangs nichts dabei gedacht, es allein seiner blühenden Fantasie und einem gewissen Mitteilungsbedürfnis zugeschrieben. Als ihm jedoch die Romanfiguren immer häufiger erschienen und sich immer deutlicher manifestierten, wurde ihm klar, dass er eine handfeste Marotte entwickelt hatte (und das, obwohl er damals gerade einmal die dreißig überschritten hatte). Er war zu einem Psychiater gegangen, um eine echte Geisteskrankheit auszuschließen oder sie sich zumindest fachärztlich attestieren zu lassen.

3.
Literarische Halluzinationen

Stockholm – Mitte November 1983

Dr. Dr. Malmström war, so schien es, ein erfahrener Psychiater und Traumatologe und trug einen weißen Kittel mit mehreren Kugelschreibern in der Brusttasche. Darüber hinaus verfügte er neben einer Nickelbrille mit starken Gläsern über eine preisverdächtig hohe Stirnglatze und einen zu diesen Insignien medizinischer Kompetenz optisch perfekt passenden Ziegenbart. Er saß in einem monströsen schokoladenbraunen Lederstuhl mit ausladenden Armlehnen, während er Johans Schilderungen schweigend lauschte. Er nickte ab und zu, zog an seiner Pfeife und wippte im Rhythmus eines dösendes Herzens beständig mit der Rückenlehne.

Ob Johan in letzter Zeit etwas Schlimmes erlebt habe, fragte der Psychiater.

Johan bejahte und erzählte ihm ausführlich von dem erst wenige Wochen zurückliegenden Schiffsunglück. Und von Lina.

Der Schock über den Verlust eines geliebten Menschen gepaart mit Panik und Todesangst seien natürlich absolut hinreichende Gründe für Halluzinationen wie aus dem

Lehrbuch, erklärte Dr. Dr. Malmström und lächelte. Normal, so könne man sagen, seien in diesem Fall Selbstgespräche, auch Autokommunikation genannt. Ob Johan ein gewisser Juri Michailowitsch Lotman bekannt sei?

Johan verneinte.

Besagter Wissenschaftler sei ein estnisch-russischer Semiotiker und bezeichne dieses Phänomen als »individuell vollzogene kommunikative Operation«.

Diese Thematik sei sicherlich ungemein interessant, hatte Johan bemerkt.

Anders, fuhr Dr. Dr. Malmström ungerührt fort, verhalte es sich allerdings bei Gesprächen mit *fiktiven* Personen. Das sei nicht normal und lasse sich folgendermaßen erklären: Eine verwundete Seele suche sich ein Ventil und verhelfe dem Betroffenen damit zur Flucht aus einer Realität, die er nur schwer ertragen könne.

Wen er denn so sehe, wenn er in einen solchen Zustand gerate, erkundigte sich der Psychiater.

Ach, das sei ganz verschieden, erläuterte Johan achselzuckend und so als berichtete er Dr. Dr. Malmström vom Hotel seines letzten Skiurlaubes und nicht von den Symptomen einer möglicherweise schweren pathologischen Störung. Je nach Stimmung seien das beispielsweise Dorian Gray, Gregor Samsa und viele mehr oder manchmal auch Pippi Langstrumpf. Die Figuren stammten jedoch allesamt aus Büchern, die er sehr schätze oder die er zumindest früher einmal geschätzt habe. Das sei bemerkenswert. Als Beleg für diesen Umstand führte er an, dass zum Beispiel jemand wie Leopold Bloom glücklicherweise noch nie dabei gewesen sei, was durchaus daran liegen könne, dass er den

»Ulysses« für den furchtbarsten und unlesbarsten Roman halte, der je geschrieben worden sei, ganz gleich welche kulturhistorische und literaturwissenschaftliche Bedeutung ihm von wem auch immer zugeschrieben werde.

Der Psychiater hörte auf, mit seinem Stuhl zu wippen. Er machte zu einem hastig aufgesetzten Lächeln ein besorgtes Gesicht und einige Notizen. Einige ...

Johan wusste in diesem Augenblick nicht, ob Dr. Dr. Malmström über die geschilderten Tatsachen erschrocken oder lediglich zutiefst verletzt war, weil er im Gegensatz zu ihm selbst James Joyce ganz besonders schätzte und Johan nun aus Rache in die Psychiatrie einweisen würde.

Doch die harsche Joyce-Kritik schien für den Doktor kein Problem darzustellen, er ging gar nicht weiter darauf ein. Stattdessen erläuterte Dr. Dr. Malmström seinem Patienten, dass es dringend notwendig und heutzutage gottlob auch möglich sei, etwas gegen diese Symptome zu unternehmen. Er blickte von seinem Notizbuch auf und begann wieder zu wippen. Spaziergänge in der freien Natur täten beispielsweise gut, körperliche Ertüchtigung sowieso, allerdings nur solange sie ein gewisses Maß an Intensität nicht überschreite. Allgemein solle man in einem solchen Fall wie Johans starke psychische Belastungen vermeiden, wie etwa Stress im Berufsleben. Außerdem rate er Johan als flankierende Maßnahme zu einer medikamentösen Behandlung. Mit diesen Worten erhob sich Dr. Dr. Malmström von seinem schokoladenbraunen Lederstuhl und eilte zu einem Aktenschrank, aus dessen Innerem er zwei Formulare hervorholte, mit denen er sich danach wieder an den Schreibtisch setzte. Er begann, sie konzentriert auszufüllen. Dabei fiel Johan auf, dass der Psychiater während des Schreibens den Mund bewegte, als sage er sich tonlos die Buchstaben vor. Ob das wohl dem jahrelangen Kontakt mit Menschen geschuldet war, die sich seltsam verhielten?

Kurz darauf erhob sich Dr. Dr. Malmström wieder, überreichte Johan eine Krankschreibung, ein Rezept für einen Cocktail aus verschiedenen Psychopharmaka und eine Notiz mit einem neuen Termin in seiner Praxis. Dann begleitete er Johan zur Tür und reichte ihm die Hand zum Abschied.

Noch im Treppenhaus der mondänen Gründerzeitvilla im noblen Stockholmer Stadtteil Kungsholmen, in deren drittem Stock die Praxisräume des Psychiaters untergebracht waren, begann es in Johan zu rumoren. Ja, sicher, er war noch immer zutiefst traurig und wollte Linas Verlust nicht wahrhaben, aber war es nicht vollkommen nachvollziehbar und unerheblich, dass er mit sich selbst oder mit den Protagonisten aus seinen Lieblingsbüchern sprach? Irgendjemandem musste er schließlich sein Leid klagen. Und trotzdem konnte er sich bestens konzentrieren, schlief in aller Regel ganz passabel und war auch sonst absolut nicht verhaltensauffällig geworden. Zumindest hatte ihm das außer Dr. Dr. Malmström noch niemand gesagt. Seine Unterhaltungen mit Romanfiguren waren vermutlich nicht mehr als eine Art spezieller Selbstgespräche – und wer führte die nicht von Zeit zu Zeit? Juri Michailowitsch Lotman hätte das mit Sicherheit bestätigt. Wer in den Spiegel schaute, war ja quasi schon zu zweit. Johans Gegenüber ging lediglich gewisse Umwege und verteilte sich auf mehrere fiktive Personen. Was war schon dabei? Johan kam nach einigem Abwägen und mit Erreichen des Erdgeschosses zu dem Schluss: nichts.

Er stieß den rechten Flügel der bestimmt drei Meter hohen, massiven Holztür auf und trat aus dem Haus auf die Bergsgatan. Die Novembersonne schien auf ihn herab, und Johan schloss einen Moment lang die Augen und atmete tief durch. Dann traf er eine Entscheidung: Er attestierte sich selbst den Vollbesitz seiner geistigen Kräfte – es handelte sich eindeutig nicht um Halluzinationen im pathologischen Sinne. Vielleicht waren es literarische Halluzinationen, aber die waren bestimmt nicht so schlimm. Und statt sich den Verstand mit den Medikamenten, die ihm Dr. Dr. Malmström verschrieben hatte, zu vernebeln, wollte er lieber nach Lina suchen. Sie sagten, sie sei tot, doch sie war nie gefunden worden, nie wieder aufgetaucht.

Aber vielleicht war sie ja gar nicht umgekommen und von der kalten Ostsee verschluckt worden, wie die Polizei leichtfertig behauptete. Vielleicht war sie auf wundersame Weise gerettet worden. Durch ein Fischerboot? Oder war sie womöglich aus eigener Kraft zu einer der zwanzigtausend Schäreninseln geschwommen? Was, wenn sie aus denselben Gründen eine Amnesie erlitten hatte, derentwegen Johan seit dem Unglück die Protagonisten bestimmter Romane erschienen? Ja, es war doch gut möglich, dass sie überlebt hatte und nicht wusste, wer sie war, oder? *Lina Berglund, vierundzwanzig Jahre alt, Fotografin aus Göteborg.* Nur weil Johan sie in Göteborg nicht gefunden hatte, hieß das ja nicht, dass sie nicht dort war. Irgendwo. Oder in einer anderen Stadt. Schweden war groß.

Johan steckte sich die Krankschreibung in die Innentasche seines Mantels und ging in Richtung Kronobergsparken, in dessen Nähe er sein Auto abgestellt hatte. Während er blinzelnd der Frühlingssonne entgegenschritt, zerriss er das Rezept für die Psychopharmaka und den Notizzettel mit dem neuen Termin und ließ winzig kleine Schnipsel wie den letzten Schnee des Jahres auf den Bürgersteig rieseln.

4.
Der Ausblick der finnischen Küste

Hedekas – Samstag, 2. Mai 1987

Johan ging zurück zu seinem Wohnhaus, der Kies knirschte unter seinen Schuhen. Er hatte den Hof noch nicht ganz durchquert, da zuckte er mit einem Mal zusammen. Ein leises, hohes Schreien wie von Vögeln ertönte. Es war vielstimmig und kam von weit entfernt, wurde jedoch immer lauter. Johans Herz begann schneller zu pochen. Er legte den Kopf in den Nacken und spähte in den blauen Himmel. Nichts zu sehen. Doch das Schreien kam immer näher. Er hastete über das Grundstück und um das Haus herum zur Küchenseite, von wo aus er auf die Eichen und den See blicken konnte. Wieder hielt er inne und suchte den Himmel ab.

Dann sah er sie.

Waren es fünfzig, hundert oder noch mehr Tiere? Sie bildeten ein lebendes V mit ungleichen Seiten und bewegten sich fröhlich schreiend auf den Lersjön zu. Dann entdeckte er noch ein V. Und weit entfernt ein drittes …

Kein Zweifel, sie waren zurück.

Agnes' Prophezeiung fiel ihm ein. Große Veränderungen stünden bevor, hatte sie geweissagt. Plötzlich glaubte er ihr und wusste nicht, warum. Es kam ihm vor, als hörte er in dem Geschrei der Kraniche ein Lied, das ihm einmal unendlich wichtig gewesen war, an das er sich aber nicht mehr hatte erinnern können. Bis jetzt.

Was das bedeutete?

Er hatte absolut keine Ahnung.

Doch es fühlte sich gut an. Wie ein Versprechen, dass er in eine Heimat zurückkehren konnte, aus der man ihn vor langer Zeit vertrieben hatte.

Am nächsten Morgen saß Johan Andersson beim Frühstück und schaute müde aus dem Küchenfenster in den Vormittag. Es war grau und kalt, und es nieselte. Während er seinen Kaffee trank, war vermutlich ganz Hedekas auf dem Weg in die Kirche zu Agnes' Bruder, um die Heilige Messe zu besuchen. Johan hingegen grübelte darüber nach, was ihm vergangene Nacht den Schlaf so verhagelt hatte. Er wusste es nicht. Vielleicht hatte es daran gelegen, dass heute das Literaturcafé wieder eröffnen würde, aber das allein konnte es nicht gewesen sein. Er stellte die Tasse auf den Küchentisch. Dann tauchte er einen Keks hinein, schob ihn sich in den Mund und zerdrückte den mürben, eingeweichten Teig mit der Zunge am Gaumen. Draußen landete ein silbergrauer Kranich, schlug mit den Flügeln und begann, im Schilfgras am Ufer herumzustolzieren.

Plötzlich erstarrte Johan.

Lina.

Er hatte von Lina geträumt.

Jetzt fiel es ihm wieder ein.

»Es ist wirklich ungewöhnlich warmes Wetter und eine besonders klare Sicht für diese Jahreszeit!«, rief sie gegen den Wind und das Rauschen der Wellen an, die rhythmisch an den Schiffsrumpf schlugen. »Man kann das Festland noch gut sehen.«

Lina stand an der Reling und beschirmte ihre Augen mit der Hand. Sie blickte nach Osten und war ganz versunken in den Anblick der finnischen Küste.

Johan trat zu ihr. »Das stimmt. Erstaunlich. Wir dürften immerhin schon zehn oder fünfzehn Seemeilen von der Küste entfernt sein. Heute Abend sind wir in Umeå.«

Sie wandte sich ihm zu und wiederholte heiter seine Worte: »Zehn oder fünfzehn Seemeilen, verstehe.« Ihr Lächeln verzauberte ihn. Es war, als würde die Sonne noch einmal aufgehen.

»Na gut, einigen wir uns auf weit entfernt«, erwiderte Johan, der merkte, dass sie ihn aufzog, und lächelte zurück.

»Es ist eigenartig, Johan«, sagte Lina.

»Was meinst du?«

»Es stört mich nicht.«

»Was denn?«

»Dass du manchmal ein Pedant bist.« Sie lachte.

Johan räusperte sich. »Das ist äußerst entgegenkommend, Frau Berglund. Aber ich bin über mich selbst erstaunt.«

Lina rückte ihre Sonnenbrille so weit nach vorn, dass Johan das Gefühl hatte, nur noch ihre Sommersprossen würden sie auf der Nasenspitze halten. Sie schaute über den goldenen Metallrand und fragte: »Worüber genau?«

»Dass ich mir solche Respektlosigkeiten von einer Frau gefallen lasse, die ich gerade mal eine Woche kenne.«

Lina schob ihre Sonnenbrille wieder vor die Augen. »Das liegt vermutlich an der Frau.«

»Vermutlich«, sagte Johan. Er zögerte und wurde ernst. »Genau deshalb frage ich mich die ganze Zeit, wie es sein kann, dass ebendiese wunderbare Frau noch nicht vergeben ist. Es ist fast zu schön, um wahr zu sein.« Sanft strich er ihr übers Haar.

Kurz zögerte Lina, wirkte für den Bruchteil einer Sekunde wie ertappt, dann sagte sie: »Ach, da gäbe es genügend Interessenten, aber ich interessiere mich einfach nicht für die Männer, die mir bisher den Hof gemacht haben.« Sie schlang ihre Arme um seinen Hals. »Lass uns über etwas anderes reden.«

»Übers Wetter? Das ist weniger spannend«, sagte Johan.

»Wir müssen auch gar nicht reden«, flüsterte sie.

Und mit diesen Worten legte sie ihre Lippen auf seine und küsste ihn so leidenschaftlich, dass ein vorbeigehender älterer Herr vernehmlich hüstelte. Beide sahen auf und blickten ihm nach.

»Ob er keine Küsse mag?«, fragte Lina.

»Doch, bestimmt«, antwortete Johan. »Ich schätze, er ist einfach eifersüchtig. Ich wäre es jedenfalls an seiner Stelle.«

Lina lachte wieder. »Danke für die vielen Komplimente. Wann, meinst du, werden wir in Umeå anlegen?«

»Irgendwann nach dem Abendessen«, antwortete Johan. »Wir haben also noch Zeit.«

»Zeit ist das Wichtigste«, sagte Lina merkwürdig leise.

»Wie meinst du das?«

»So, wie ich es gesagt habe.« Wieder küsste sie ihn stürmisch, und Johan fühlte, wie sich alles in einem Gefühl von

Wärme und Geborgenheit auflöste. Aber obwohl er die Frau seiner Träume in den Armen hielt, erwachte auch eine unendliche Sehnsucht in ihm.

Am Morgen hatte Johan sich an nichts erinnern können, und jetzt fühlte er sich seltsam leer. Er versuchte, dem Glücksgefühl nachzuspüren, das er in seinem Traum empfunden hatte, doch es war verschwunden.

Johan hatte noch immer Sehnsucht. Sein Traum, den die Kraniche ihm gebracht hatten, hatte ihn in die Vergangenheit zurückversetzt. Oder war es der eingeweichte Keks gewesen? Er hatte von seiner erfolglosen Suche nach Lina geträumt, von dem Krankenhausbesuch nach dem Schiffsunglück und von der Sprechstunde bei Dr. Dr. Malmström, durch den er zum ersten Mal von dem estnisch-russischen Semiotiker Juri Michailowitsch Lotman gehört hatte. Und dann hatte sich die Szene an Bord der *Leksand* in seinen Schlaf geschlichen. Dieses Glück, diese große Liebe. Es hatte sich angefühlt, als wäre die Zeit damals einfach stehengeblieben, als wäre das Schiffsunglück nie geschehen.

5.
Eine Frage des Blickwinkels und des Sehvermögens

Stockholm – 15. Januar 1984

Ob er zuerst in Umeå oder in Göteborg nach ihr suchen sollte? Darüber hatte Johan Andersson schon im Krankenhaus gegrübelt und tat es immer noch, als er entlassen und längst wieder zu Hause war. Er ging noch nicht wieder zur Arbeit, folglich hatte er ausreichend Gelegenheit, viele Zeitungen zu lesen, die er sich morgens vor dem Frühstück am Kiosk an der Ecke holte. Die großen Blätter kamen schnell zu dem Ergebnis, dass wohl kaum eine der vermissten Personen noch lebend im eisigen Meer gefunden werden würde – und Lina erst recht nicht. Letzteres schrieben die Zeitungen natürlich nicht, aber Johan war sich dessen sicher; er hatte zwar dann und wann literarische Halluzinationen, doch deswegen war er noch lange nicht völlig verrückt. Und die Dichte der Schlagzeilen, Reportagen, Interviews und Expertenmeinungen über das *Leksand*-Thema ließ allmählich nach, bis schließlich kaum jemand mehr darüber schrieb. Es interessierte wahrscheinlich einfach niemanden mehr, außer der Schiffseignerversicherung und den Angehörigen der Opfer.

Als ein Journalist eines großen Boulevardblattes die Frage äußerte, ob nicht doch menschliches Versagen der Grund für die Havarie sein könnte, flammte kurz das mediale Interesse noch einmal auf. Johan machte normalerweise um dieses Blatt einen großen Bogen, aber die entsprechende Ausgabe kaufte er sich, zumal keine der anderen Zeitungen auch nur eine Zeile darüber schrieb. Mit der fragenden Überschrift »Alkohol doch Ursache der *Leksand*-Tragödie?« und einem unkonkreten, aber dafür umso marktschreierischeren Bericht unterstellte der Verfasser dem Kapitän und seinem Steuermann indirekt, dass sie, allen bisherigen offiziellen Untersuchungen zum Trotz, an Bord der Fähre übermäßig viel Branntwein getrunken und deshalb die Wettervorhersage missachtet hätten. Schließlich, so der Journalist weiter, sei dies eine nicht unübliche, ja beinahe schon traditionsreiche Sitte bei Seeleuten aller Art.

Johan fand das abstoßend und verachtungswürdig, auch da er aus der Zeit seines Volontariats, das bereits viele Jahre zurücklag, noch wusste, dass selbst in der Berichterstattung seriöser Medien menschliches Versagen stets höher im Kurs stand als ein technisches. Es war einfach attraktiver und verkaufsträchtiger. Doch dieses Unglück brauchte solche Schlagzeilen nicht, es war schrecklich genug.

Johan war so erbost, dass er einen geharnischten Leserbrief an die Zeitung schrieb, die diesen unverschämten Mist verzapft hatte.

Gregor Samsa hatte ihn bei der Formulierung des Briefes nach Kräften unterstützt – vielleicht erhielt Johan deswegen niemals eine Antwort. Die Stimmung eines jungen Mannes, der sich ohne ersichtlichen Grund in einen hässlichen Käfer verwandelt hat, war selten die beste – was sich in den Formulierungen, die er Johan empfahl, zwangsläufig niedergeschlagen haben musste. Trotzdem fühlte Johan sich danach erleichtert.

Wenig später wurde die haltlose These des Journalisten auch von offizieller Seite entkräftet, als der Abschlussbericht der behördlichen Untersuchungskommission veröffentlicht wurde. Darin wurde als einzige Ursache der *Leksand*-Havarie der Jahrhundertorkan *Ornella* genannt, der schweden- und skandinavienweit noch viel mehr als die fünf Toten und vierzig Verletzten dieses Schiffsunglücks gefordert hatte.

Man hatte also am Ende tatsächlich einen Verantwortlichen gefunden, auch wenn er zwischenzeitlich bereits unbekannt verzogen war. Im Bericht der Kommission war die Rede von einer »tragischen Katastrophe« und einer »Verkettung unglücklicher Umstände ohne menschliches Zutun«.

Das alles war kein Trost für Johan, doch er beschloss, auch diesmal das Schicksal walten zu lassen und seine Suche nach Lina in dessen Hände zu legen. Am sternenklaren Abend des 15. Januar 1984 schrieb er bei einem Glas Whisky die Städtenamen Umeå und Göteborg auf zwei Blätter seines linierten Notizblockes, knüllte sie zusammen, bis sie aussahen wie eineiige Zwillinge, und ließ sie in Ermangelung eines besseren Lotteriegefäßes in eine abgestoßene Kaffeetasse mit Königspaarmotiv fallen. Er wirbelte den Inhalt einige Sekunden lang vorsichtig durcheinander, stellte die Tasse dann auf den Tisch, schloss die Augen und zog mit spitzen Fingern eine der beiden Papierkugeln heraus. Er faltete sie auseinander und strich das Papier glatt.

»Umeå«, las Johan halblaut.

Neben ihm räusperte sich jemand. Es klang überheblich.

Er wusste, wer das war, beachtete jedoch den Pfeife rauchenden Mann nicht über Gebühr, nickte ihm lediglich wortlos zu, woraufhin dieser sich an die karierte Deerstalker-Mütze tippte und den Gruß still erwiderte. Sherlock Holmes war vor einigen Tagen zum ersten Mal in Johans Leben getreten, kurz nachdem Gregor Samsa verschwunden war. Er war intelligent und machte auch keinen Hehl daraus, dass er das wusste.

Johan betrachtete den Zettel in seiner Hand. Umeå also. Die Stadt, in der Lina ihm die »Singoalla« während des Landgangs in einem Antiquariat gekauft hatte. Dort würde er mit seiner Suche nach ihr beginnen.

Er legte den zerknitterten Zettel mit der Gewinnerstadt seiner Kaffeetassenlotterie auf den Tisch und griff nach seinem Whiskyglas. Dann prostete er seinem Tischnachbarn zu, der schon den ganzen Abend lang beinahe reglos und schweigsam bei ihm im Wohnzimmer gesessen und ihn genau beobachtet hatte. Er war aufgetaucht, kurz nachdem Johan die Reste seines Abendbrotes in die Küche gebracht hatte.

»*Cheers*, Mister Holmes. Auf Umeå! Mein Gott, jetzt schauen Sie doch nicht so, als wäre ich nicht ganz bei Trost«, sagte Johan zu ihm. »Ja, ich gebe zu, dass Logik bei der Ermittlung meines baldigen Reisezieles kaum eine Rolle spielte. Das mag für Sie beinahe verrückt klingen, nicht wahr? Ein Mensch, der seine Entscheidungen einer sogenannten höheren Gewalt überlässt? Himmel, da könnte man ja gleich in die Kirche gehen und beim Herrgott nachfragen, oder? Aber sehen Sie, Mister Holmes, ich weiß sonst einfach keinen Weg, und auf gewisse Weise fühlt es sich richtig an. Ist es nicht das, was zählt? Ich wünsche Ihnen eine gute Nacht. Schlafen Sie gut, sofern Sie überhaupt jemals schlafen.«

Johan prostete dem Londoner Detektiv zum Abschied nochmals zu. Dann trank er seinen Whisky aus, erhob sich, löschte das Licht und verließ den Raum in Richtung Schlafzimmer.

Als er die Tür beinahe erreicht hatte, sagte Sherlock Holmes mit ruhiger Stimme: »Herr Andersson? Auf ein Wort.«

Johan hielt inne und drehte sich um. Er blickte durch den Flur ins dunkle Wohnzimmer zurück, wo nur noch das schwache Glimmen einer Pfeife die Anwesenheit des Meisterdetektivs verriet.

»Was gibt es denn noch?«, fragte Johan. »Seien Sie mir bitte nicht böse, aber ich bin ziemlich müde und sehne mich nach meinem Bett. Oder fehlen Ihnen noch bestimmte Erkenntnisse über meine Person? Ich weiß, dass Sie mich die ganze Zeit über studiert haben.«

Der kleine Feuerkreis wurde kurz heller. Johan meinte beinahe, das knisternde Verglühen des Tabaks in der Pfeife hören zu können, so still war es.

»Ich weiß über Sie, was nötig ist«, antwortete Sherlock Holmes nach einer Weile. »Diese meine Erkenntnisse sind allerdings weniger besorgniserregend für mich als Ihre irrigen Annahmen, die meine Person betreffen.«

»Irrige Annahmen?«, fragte Johan verwundert. »Haben Sie etwa Angst, ich könnte Sie in einem falschen Licht sehen?«

»Nein, wie Sie mich sehen, ist mir einerlei. Eitelkeit habe ich nicht nötig, dafür bin ich zu intelligent.« Es klang, als würde Sherlock Holmes bei diesen Worten lächeln. »Ich muss jedoch gestehen, dass ich etwas für Sie übrighabe.«

»Ach? Tatsächlich? Ist das so?« Johan war verwundert. Diese empathische Seite des Romanhelden war ihm bisher verborgen geblieben.

»Ich spreche stets die Wahrheit. Außer ich könnte mit einer Unwahrheit ein Verbrechen verhindern oder aufklären. Das sollten Sie mittlerweile wissen, mein lieber Herr Andersson, schließlich haben Sie jeden meiner Fälle mit großer Begeisterung gelesen, wie ich mich zu erinnern meine. Auch wenn es hier nicht um ein Verbrechen geht, wenigstens nicht, soweit wir es in diesem Augenblick ermessen können.«

»Aber was haben denn meine Annahmen über Sie mit Ihrer Sympathie für mich …?«

»Wer hat von Sympathie gesprochen?«, schnitt Holmes Johan das Wort ab. »Meinetwegen können Sie mit Figuren, die sich in einer Metamorphose befinden, aus kranken Gehirnen wie dem von Kafka gemeinsam Leserbriefe schreiben, so viel Sie möchten, aber Sie würden meiner kostbaren Zeit und Ihrer überschaubaren geistigen Kapazität einen großen Dienst erweisen, wenn Sie in unseren Gesprächen präzise blieben. Können wir uns darauf verständigen? *Thank you.* Doch ich weiß natürlich, was Sie mit Ihrer Frage meinten, und will es Ihnen gern erklären.«

Johan verschränkte die Arme. »Ich bitte darum.«

»Wenn ich Sie recht verstehe, nehmen Sie an, ich würde die Nase darüber rümpfen, dass Sie den Beginn Ihrer Recherchen zu Frau Lina Berglund per Losentscheid dem Zufall und nicht der Logik überließen, nicht wahr?« Holmes machte eine Kunstpause, dann fuhr er fort: »Weit gefehlt. Dem ist mitnichten so. Zumindest nicht in diesem scheinbar hoffnungslosen Fall.«

Johan ließ die Arme sinken. Er spürte, wie sein Herz schneller schlug (obwohl Sherlock Holmes und seine Worte ja mit ziemlicher Sicherheit nur reine Einbildung waren).

»Ich glaube ausschließlich das, was ich sehe«, fuhr der Detektiv fort. »Im Unterschied zu den meisten anderen Menschen beobachte ich aber auch *wirklich* genau. Das, mein lieber Herr Andersson, bedeutet allerdings nicht, dass es nicht Dinge gäbe, die ich tatsächlich nicht sehe. Es ist meist eine Frage des Blickwinkels und des Sehvermögens, wenn Sie verstehen, was ich meine. Daher liegt die Gewissheit hier bei einer Wahrscheinlichkeit von null Prozent. Alles, was darüber liegt, ist lediglich mehr oder weniger sicher möglich, jedoch keinesfalls als gewiss anzusehen.«

»Sie sprechen von Hoffnung«, flüsterte Johan, nachdem er den Redeschwall des Detektivs analysiert und eingeordnet hatte.

»Hoffnung ist etwas für Gebete und Romantiker«, entgegnete Holmes knapp. »Ich hingegen liefere Ihnen präzise Hinweise. Sie müssten lediglich Ihren Verstand bemühen und Ihre Ohren spitzen.« Holmes hielt kurz inne, bevor er – mit einem Anflug von Resignation in der Stimme – fortfuhr: »Nun, ich will es anders und auch für Sie verständlich formulieren: Sie sollten nicht nach dem Grund suchen, weshalb Frau Berglund dieses besondere Buch für Sie erworben hat. Fragen Sie vielmehr, warum es gerade *ihr* veräußert wurde.«

Johan zögerte. »Ist es nicht so, dass Antiquare in aller Regel ihren Lebensunterhalt damit verdienen, alte Bücher an Kunden zu verkaufen?«, fragte er schließlich.

»Mein lieber Freund, Ihre Einfalt ist nur durch Ihre liebestrunkene Verblendung zu erklären«, stellte Holmes fest. »Sie verleugnen den Tod, nur weil er Ihnen nicht in den Kram passt, aber dass es tatsächlich ein Antiquar war, der Lina Berglund das alte Buch verkauft hat, stellen Sie erst gar nicht auf den kriminalistischen Prüfstein?«

»Was meinen Sie?«

Holmes schnaubte verzweifelt. »Sie mutmaßen und haben keine Belege. Mit solchen Methoden sollten Sie sich bei Scotland Yard bewerben, einem Sammelbecken für Kriminologen mit beschränkter Kompetenz.« Der Detektiv atmete hörbar ein, es klang ein wenig verzweifelt. Dann fuhr er fort: »Wer sagt denn, dass es ein Antiquar war? Und selbst wenn es einer gewesen sein sollte, warum sollte er ein Antiquariat besitzen? Haben Sie hierfür Beweise?«

»Kein Antiquar? Kein Buchladen? Aber wo sollte sie die ›Singoalla‹ denn sonst gekauft haben?«, fragte Johan verwundert. »Warum treiben Sie ein solches Ratespiel mit mir? Meinen Sie nicht, ich hätte hilfreichere Antworten und Hinweise verdient?«

Doch der berühmte Detektiv aus London, den Arthur Conan Doyle Ende des neunzehnten Jahrhunderts erschaffen hatte, sagte nichts mehr. Er war verschwunden, wie ein Geist bei Tagesanbruch, auch wenn Johan den süßlichen Geruch seines Pfeifentabaks noch immer zu riechen meinte.

6.
Ein Romancier mit großer Nase

Hedekas – Sonntag, 3. Mai 1987

Unablässiges Balzgeschrei drang vom See herüber. Wenn man direkt am Ufer stand, war es eine lautstarke und auf Dauer kaum zu ertragende Kakophonie. Aus der Ferne hingegen wirkte es, als hätte sich eine flauschige Decke aus Frühlingsgeräuschen über alles gelegt. Johan sah in den Himmel. Er war blau, wolkenlos und voller Licht. Da kam ihm ein Gedanke: Falls spät zurückkehrende Kraniche tatsächlich Veränderungen ankündigten, dann war es doch durchaus möglich, dass es sich dabei nicht nur um schwerwiegende, schicksalhafte Entwicklungen handelte, sondern dass auch profane Dinge wie Wetterumschwünge in ihren Verantwortungsbereich fielen. Zumindest schienen die Vögel diese Aufgabe an diesem Frühlingsmorgen meisterlich erfüllt zu haben. Ein besserer Tag, um das Literaturcafé wieder zu öffnen und die Saison einzuläuten, war kaum vorstellbar, wie Johan sich eingestehen musste. Die Morgensonne gab mit ihren Strahlen sogar das erste zarte Versprechen eines nahen Sommers.

Johan steckte zufrieden die Hände in die Taschen und schlenderte über den Hof zurück zum Haus. Dabei pfiff er eine ihm unbekannte Melodie. In der Küche brühte er Kaffee auf und wartete auf Agnes.

Die kam pünktlich um neun Uhr, brachte frische Milch vom Bauern und zu Johans Überraschung auch einen zweiten Kuchen mit.

»Mit Mandarinen und Mohn«, erläuterte sie, als sie seinen überraschten Blick sah.

Er half ihr aus dem Mantel und hängte ihn an die Garderobe.

»Als ich heute Morgen gesehen habe, wie wunderbar das Wetter doch wider Erwarten wird, dachte ich mir, dass es einfach zu peinlich wäre, wenn uns der Kuchen ausginge. Am Ende kommen mehr Leute als gedacht, und die Torte reicht nicht. Da habe ich den hier noch rasch gebacken.«

»Heute Morgen?«, wunderte sich Johan und schenkte Agnes eine Tasse Kaffee ein.

»Er ist noch warm.«

»Tausend Dank«, sagte Johan und nickte anerkennend. »Was würde ich ohne dich bloß machen?«

Agnes lächelte verunsichert, trank einen Schluck Kaffee und versteckte sich hinter ihrer Tasse.

»Sie liebt dich, du Narr.«

Johan versuchte, sich den Schreck nicht anmerken zu lassen. Er kannte diese vorwurfsvolle Stimme nicht, ahnte aber, dass nur er sie hören konnte. Möglichst unauffällig suchte er mit verstohlenen Blicken den Raum ab.

»Wie wollen wir ihn nennen?«, fragte Agnes, während sie ihre Tasse auf den Tisch stellte.

Da fiel Johans Blick durch die geöffnete Küchentür in

den Flur. Dort sah er einen Schatten und die Spitzen zweier lederner Stiefel.

»Johan?«, fragte Agnes.

»Äh … ja?«

»Wie wollen wir ihn nennen?«, wiederholte sie ihre Frage.

»Nennen? Wen?« Johan blickte von dieser Situation überfordert von Agnes zu dem Fremden und dann wieder zurück zu Agnes und kratzte sich verlegen am Kinn.

»Ja, Johan. Sagt es frei heraus. Wie wollt Ihr ihn nennen? Nur wen, *parbleu?*«, fragte die Stimme aus dem Flur. Dann trat ein Mann in die Küche.

»Wen meinst du, verdammt?«, rief Johan und starrte den Mann an, der sich hinter Agnes gestellt hatte.

»Johan? Was ist denn los mit dir?«, fragte Agnes erschrocken. »Habe ich etwas Falsches gesagt? Ich wollte doch nur wissen, wie wir den Kuchen nennen wollen.«

Während der Fremde mit der einen Hand seinen Degen festhielt, lüpfte er mit der anderen seinen aufgestülpten Schlapphut, der mit einer großen Feder geschmückt war, und verbeugte sich tief. Als er sich aufrichtete und den Hut wieder auf seine lockige Mähne setzte, sah Johan, dass er einen Schnurrbart und eine Nase beachtlichen Ausmaßes im Gesicht trug.

»Cyrano de Bergerac …«, stammelte Johan verdattert.

»*Oui, Monsieur*. Zu Euren Diensten.«

»Cyrano de Bergerac?«, sagte Agnes, und ein Lächeln kämpfte sich auf ihr Gesicht. »Den kenne ich nicht, aber der Name klingt schön.«

»Ich bin ihr unbekannt? Es sei ihr verziehen«, sagte der

Mann mit Hut und Degen wohlwollend. »Immerhin gefällt ihr mein Name. Das ist in der Tat mehr, als man von den meisten Damen erwarten kann, ganz gleich welchen Standes.«

»Äh … was?«, fragte Johan, an Agnes gerichtet.

»Sag mal, hast du getrunken?«, kam es zurück. Agnes kniff die Augen zusammen.

»*Oh, là, là*, jetzt aber mit Bedacht geantwortet, sonst steht Ihr bald allein da mit Eurem Gebäck, Monsieur Schankwirt.« Cyrano de Bergerac hatte sichtlich Mühe, sich zu beherrschen.

»Getrunken? Nein, natürlich nicht«, sagte Johan zu Agnes. »Ich war nur … in Gedanken. Entschuldige. Ja, wir nennen den Kuchen Cyrano-de-Bergerac-Kuchen, das meinte ich. Das ist eine gute Idee.«

»Und wer ist dieser Cyrano der Bergerac?«, wollte Agnes wissen.

Johan warf dem Gegenstand dieser Unterhaltung einen flüchtigen Blick zu. »Eigentlich hieß er Hector Savinien de Cyrano. Er war ein Adliger im Frankreich des siebzehnten Jahrhunderts und ein berühmter Schriftsteller. Man kann durchaus behaupten, dass er lange vor Jules Verne das Genre des Science-Fiction-Romans begründet hat. Außerdem war er ein Liberaler und Freigeist, der den Überlieferungen zufolge unfassbar gut mit dem Degen umgehen konnte. Später wurden über ihn selbst Geschichten geschrieben. Er ist also Autor und literarische Figur in einer Person.«

»Das klingt romantisch«, sagte Agnes leicht verträumt.

»Außerdem hatte er eine extrem große Nase, was man ihm aber nicht sagen durfte, weil er einen sonst mit dem Degen erstochen hätte«, setzte Johan nach.

»*Mon dieu!* Das gilt auch heute noch!«, fauchte Cyrano, zog blitzschnell seine Waffe und hielt sie über Agnes' Kopf hinweg auf Johan gerichtet.

»Und warum soll unser Kuchen nach ihm benannt werden?«, fragte Agnes.

Johan dachte kurz nach, dann erwiderte er: »Weil die Mandarinen darauf aussehen wie Halbmonde und weil einer seiner berühmtesten Romane von einer Reise zum Mond handelt.«

»Das war ein gelungenes Bonmot, zugegeben. Gut, ich verzeihe Euch«, sagte Cyrano de Bergerac großmütig und offensichtlich ohne Überheblichkeit. »Dieses Mal.« Er steckte seinen Degen wieder weg.

Agnes hatte unterdessen ihren Kaffee ausgetrunken und erhob sich. Cyrano beeilte sich, hinter ihr Platz zu machen, und sprang behände einen Schritt zur Seite.

»Ich gehe schon einmal hinaus und decke ein«, sagte sie und schob den Küchenstuhl unter den Tisch.

»Ja, gut. Ich komme gleich nach«, sagte Johan, noch immer ein wenig überfordert von der bizarren Situation. Er blickte ihr hinterher. Agnes zog sich im Flur die Schuhe an, dann ging sie wortlos hinaus in Richtung Café.

Cyrano de Bergerac holte den Stuhl wieder unter dem Tisch hervor, auf dem Agnes eben noch gesessen hatte, nahm breitbeinig darauf Platz und betrachtete den Hausherrn.

»Was wollen Sie?«, fragte Johan den Romancier mit der großen Nase.

»Ich kam, um Euch zu sagen, dass diese Frau Euch liebt – und Ihr fragt mich, was ich will?«

»Wie kommen Sie denn darauf? Was für ein Unfug!

Agnes ist die verwitwete Schwester des Pfarrers und um einiges älter als ich.«

»Mit Verlaub, Ihr seid blind und ein Dummkopf obendrein. Dürfen verwitwete Pfarrersschwestern denn nicht lieben?«

Johan verzog ratlos das Gesicht. »Doch, natürlich …«, sagte er schließlich nach kurzem Nachdenken.

»Seht Ihr.«

»Aber selbst wenn es stimmen würde, was Sie da behaupten, müsste Agnes doch spüren, dass ich sie nicht liebe und dass aus uns nie etwas werden kann.«

»Was spielt das für eine Rolle? Wahre Liebe ist bedingungslos. Und verratet mir eins: Wer von beiden ist der größere Narr, die Frau, die einen Mann liebt, der ihr nicht zugetan ist, oder der Mann, der eine tote Frau liebt, die auf dem Grund des Meeres auf ewig ihr feuchtes Grab gefunden hat?«

Johan reagierte verärgert. »Wer, verdammt noch mal, hat Sie geschickt?«

»Geschickt? *Moi?*«, fragte Cyrano sichtlich überrascht. »Ja, wisst Ihr das denn nicht?«

»Nein, verflucht, würde ich sonst fragen?«

»Nun, viele Menschen fragen Dinge, die sie bereits wissen, nur um nochmals bestätigt …«

»Ich bin nicht so ein Mensch!«, ereiferte sich Johan und machte einen Schritt auf Cyrano zu.

Der stand blitzschnell vom Stuhl auf und fasste sich mit einem Lächeln an den Gürtel. »Vergesst nicht, ich bin nicht nur mit einem Degen bewaffnet, sondern auch geschickt darin, ihn zu führen.«

»Ich wäre der erste Mensch, der in der realen Welt von einer literarischen Figur getötet werden würde«, sagte Johan, bewahrte aber sicherheitshalber etwas Abstand von seinem Gegenüber.

»Wollt Ihr zu spüren bekommen, wie sich der Stahl meines Degens tatsächlich anfühlt? Davon abgesehen ist es mir einerlei, für wen Ihr mich haltet«, sagte Cyrano de Bergerac, ohne den Blick von Johan abzuwenden. »Ihr solltet lieber begreifen, wofür ich stehe, nämlich für die Liebe und den Kampf auf Leben und Tod. Zwei Dinge, die lediglich auf den ersten Blick völlig verschieden sind, glaubt mir. Zu meiner Zeit war das offensichtlicher, da gingen sie nämlich oft Hand in Hand. Nicht so wie in Eurer teils erbärmlichen Gegenwart, der es an Heldenmut fehlt, wenn Ihr mich fragt. Ihr wolltet wissen, wer mich geschickt hat? Ich werde es Euch verraten …«

In diesem Moment öffnete sich die Eingangstür, und Agnes erschien im Flur. »Johan, entschuldige, aber es wäre besser, wenn du jetzt kommen könntest. Ich kann die Tische draußen allein nicht bewegen, und die ersten Gäste könnten bereits in einer Stunde da sein.«

»Ja, natürlich«, rief Johan zurück. »Einen Augenblick noch, ich …« Doch als er sich nach seinem Gast in der Küche umwandte, war Cyrano de Bergerac verschwunden.

7.
Die Stadt der Birken

Umeå – Samstag, 24. September 1983

»Umeå hatte nicht viel Glück seit seiner Gründung. Zweimal ist die Stadt bereits Opfer großer Brände geworden, die weite Teile davon vernichtet haben«, erläuterte der Fremdenführer und deutete in einer ausladenden Bewegung, der es nicht an Theatralik mangelte, über die Köpfe der kleinen Touristengruppe hinweg, zu der sich auch Lina und Johan gesellt hatten. Der Mann hatte die etwa zwanzig Personen, bei denen es sich hauptsächlich um Passagiere der *Leksand* handelte, bis vor die imposante Stadtkirche geleitet. Zuvor waren sie mit dem Bus von der Anlegestelle in die Stadt gefahren worden.

Lina schmiegte sich an Johan und griff nach seiner Hand. Sie hatte ihre Leica M5, ihren ganzen Stolz, um den Hals hängen, und die Sonne schien ungewöhnlich warm vom blauen Septemberhimmel herab. Johan war glücklich, und Lina war es auch – er konnte es spüren.

»Das erste Feuer haben russische Truppen Anfang des achtzehnten Jahrhunderts gelegt«, fuhr der städtische Reiseführer fort, »das zweite brach Ende des neunzehnten Jahrhunderts aus. Zweimal wurde Umeå beinahe komplett wiederaufgebaut, was für den Fleiß seiner Einwohner spricht. Bedauerlicherweise gibt es aus diesem Grund, wie Sie gleich sehen werden, mit Ausnahme einiger weniger erhaltener Sehenswürdigkeiten, nur eine geringe Anzahl von Gebäuden, die mehr als neunzig Jahre alt sind. Es gibt nicht einmal eine richtige Altstadt.« Er deutete gen Himmel, hinauf zur Spitze des Kirchturms, der aus roten Ziegelsteinen errichtet war. »So ist auch diese Kirche, obwohl sie einem vielleicht älter erscheinen mag, erst im Jahre 1894 geweiht worden. Allerdings ist Umeå wegen ihres fehlenden historischen Zentrums noch lange keine unattraktive Stadt, ganz im Gegenteil. So wurden zum Beispiel nach dem zweiten Brand über dreitausend Birken gepflanzt, für die Umeå bis heute berühmt ist. Viele dieser Bäume stehen entlang einer breiten Allee, die als Brandschneise quer durch die Stadt verläuft. Daher nennt man Umeå auch ganz romantisch die ›Stadt der Birken‹.«

Ein anerkennendes Raunen ging durch die Touristengruppe.

»Das ist wirklich ein schöner Name«, flüsterte Lina.

»Ja«, pflichtete ihr Johan mit gesenkter Stimme bei. »Aber wollen wir diese Stadt der Birken nicht auf eigene Faust erkunden? Ich habe zwar nichts gegen eine Führung einzuwenden, ein Landgang mit dir allein wäre mir allerdings noch lieber.«

Lina war von dieser Idee sofort angetan, und so löste sich das frisch verliebte Paar von der Gruppe und stahl sich im Schatten des Kirchturms davon. Die beiden hatten sich für die Führung angemeldet, die immerhin hundert Kronen pro Person kostete, aber das war der gemeinsame Nachmittag allemal wert. Lina und Johan wussten, dass der Bus sie um 16:00 Uhr am Parkplatz in der Nähe des Vänortsparken, des Stadtwäldchens, wieder abholen und zum Schiff zurückbringen würde. Sie hatten also drei Stunden Zeit, um die Stadt der Birken zu erkunden.

Hand in Hand liefen sie von der Stadtkirche die Västra Strandgatan am Ufer des tiefblauen Ume älv entlang, einem Fluss, der weit entfernt im Inneren von Norrbotten entsprang und bei Holmsund in die Ostsee mündete.

Sie redeten und lachten, oft hielten sie an und küssten sich. Lina schoss unzählige Fotos, sie verbrauchte drei ganze 36er-Farbfilme. Porträts von Johan, Aufnahmen vom glitzernden Ume älv mit seinen Möwen und Anglern, Panoramafotos von der Stadtkulisse am anderen Ufer und auch einige Bilder mit Selbstauslöser, Schnappschüsse von ihr und Johan – ein Riesenspaß, vor allem weil sie nicht genau wussten, was später dabei herauskommen würde.

Sie genossen ihre gemeinsame Zeit. Auch wenn sie Johan auf eine eigentümliche Art wie ausgeborgt schien, als würde sich bald ein großer Schatten vor die Sonne legen. Johan erwähnte seine Sorge Lina gegenüber nicht, er konnte sie sich ja nicht einmal selbst erklären, zumindest noch nicht damals in Umeå.

Sie liefen bis zum Ende der Västra Strandgata, dann hielten sie sich rechts und durchquerten den Rådhusparken, der von wenigen historischen Gebäuden umringt war. Ob Lina denn auch wisse, dass diese kaum älter seien als neunzig Jahre, da Umeå schon zwei Mal abgebrannt sei, fragte Johan in gespieltem Ernst und mit schulmeisterhaft erhobenem Zeigefinger.

Lina gab sich unwissend und überrascht und lobte Johans profundes geschichtliches Wissen. Dann lachten beide und fielen sich in die Arme.

»Anstatt uns über die Stadt der Birken lustig zu machen, lass uns doch lieber zu den hübschen Gässchen mit den kleinen Geschäften dort drüben gehen«, schlug Lina vor und deutete in eine Ecke des Parks. »Die sehen sehr einladend aus. Dort finden wir bestimmt noch ein paar gute Fotomotive und vielleicht auch ein schönes Souvenir. Ich würde außerdem gern eine Kleinigkeit essen. Lass uns irgendwo hinsetzen, wo wir so lange Menschen beobachten können, bis wir zwei gefunden haben, die genauso glücklich sind wie wir.«

Johan hatte nichts dagegen. Er hätte sowieso jedem Vorschlag aus dem Mund dieses wunderbaren Wesens an seiner Seite zugestimmt, dieser Frau mit den leidenschaftlich leuchtenden Augen, den Sommersprossen auf der Nase und den blonden Locken, die er nicht müde wurde zu berühren, die ihm näherstand als jede andere Frau zuvor und die ihm eine wunderbare Welt zeigte, wie Johan sie bisher nicht gekannt hatte.

»Diese Suche nach den glücklichen Menschen scheint mir der schwierigste Teil deines insgesamt durchaus guten Plans zu sein«, sagte er und küsste sie.

Hand in Hand schlenderten sie durch den Rådhusparken, überquerten die angrenzende Straße und gingen weiter, bis sie in einen Stadtteil kamen, der tatsächlich, genau wie Lina es vorhergesagt hatte, sehr einladend wirkte. Die Häuser hier hatten farbenfrohe Fassaden, und in den von Birken gesäumten Gassen reihte sich ein kleines Geschäft an das andere. Die beiden Verliebten flanierten an den Schaufenstern entlang und betrachteten die Auslagen. Lina machte hie und da Fotos von Passanten, den Bäumen und Gebäuden in der für ihre schönen Geschäfte und gemütlichen Cafés bekannten Pilgatan, ehe sie ruhig und entspannt weitergingen.

Plötzlich aber zögerte Lina, blieb schließlich stehen und ließ die Kamera sinken.

»Was ist denn los?«, fragte Johan verdutzt.

»Ach, nichts«, antwortete Lina nach einem Augenblick. »Ich hatte nur gedacht, ich hätte jemanden aus meiner alten Schulklasse erkannt. Ich habe mich aber getäuscht. Lass uns einen Kaffee trinken gehen, was meinst du?«

Damit hakte sie sich bei Johan unter und zog ihn sanft mit sich fort

Wenig später fanden sie ein schönes Café in einem sonnengelb gestrichenen Holzhaus mit weißen Sprossenfenstern, das seine Tische und Stühle bei diesem Wetter draußen aufgestellt hatte. Sie setzten sich so, dass sie auf die Straße schauen konnten. Johan bestellte ein Bier, Lina einen Kakao mit Sahne und beide einen Hotdog mit Kartoffelbrei, sauren Gurken und Röstzwiebeln. Es schmeckte herrlich, die Sonne schien auf sie herab, und sie beschlossen, dass dieser Moment niemals enden sollte.

8.
Eine breite Krawatte mit Kaninchen

Umeå – Samstag, 21. Januar 1984

Der Zug bremste quietschend, verlangsamte seine Fahrt und rollte schließlich im Schritttempo in den Bahnhof von Umeå ein. Johans stummer Begleiter, der sich von Zeit zu Zeit im Abteil zu ihm gesellt und genau wie er schweigend aus dem Fenster in die tief verschneite Landschaft Norrbottens geschaut hatte, saß auch jetzt wieder bei ihm. Warum Sherlock Holmes ihn auf dieser Reise begleitete, verstand Johan nicht ganz. Vielleicht, so mutmaßte er, wollte ihn der Meisterdetektiv mit seiner Anwesenheit bestärken, auch wenn das eigentlich gar nicht seine Art war.

Als Johan mit seinem Koffer in der Hand aus dem Zug gestiegen war und neben dem Gleis im Bahnhof stand, schlug ihm ein eiskalter Nordwind ins Gesicht, der feine Schneeflocken mit sich trug, die sich wie Nadelstiche im Gesicht anfühlten, doch eher belebend als schmerzhaft wirkten. Johan setzte seine Kapuze auf, zog das Bändel zu und durchquerte das ziegelrote Gebäude, das an ein Miniaturschloss erinnerte. Kurz darauf trat er durch den Haupteingang des Bahnhofs auf die Straße. Er drehte sich um.

Holmes war ihm nicht gefolgt. Johan war sich allerdings sicher, dass der Detektiv wusste, wo er war. *Alle* wussten doch immer, wo er war.

Er stieg in ein freies Taxi und nannte dem Fahrer die Adresse seines Hotels. Es hieß *Norrstjärn*. Der Mann nickte stumm, machte aber ein freundliches Gesicht und fuhr los. Unterwegs erkundigte sich Johan bei ihm nach einem Antiquariat.

»Sie meinen so einen Laden, wo man altes Zeug kauft?«

»Alte Bücher«, präzisierte Johan.

»Ach so, Bücher. *Nejnej*, so einen Laden kenne ich nicht«, sagte der Mann und bog auf die Hauptstraße Richtung Innenstadt ab.

Johan schaute aus dem Fenster, wo die feinen Flocken wie auf der Flucht an ihm vorbeischossen.

»Woher kommen Sie?«

»Aus Stockholm«, antwortete Johan.

»Oh, das ist weit. Wie lange braucht man bis hierher?«

»Mit der Bahn acht Stunden.«

»Und Sie sind tatsächlich für ein paar alte Bücher nach Umeå gekommen?«, hakte der Taxifahrer ungläubig nach.

»Es geht um ein ganz bestimmtes altes Buch«, sagte Johan. »Und um seinen Verkäufer.«

»Verstehe«, sagte der Taxifahrer, doch es klang nicht danach. Ihm schien es absolut befremdlich zu sein, dass jemand bloß dafür viele hundert Kilometer von der schwedischen Hauptstadt aus durch die winterliche Einöde bis hierher fahren konnte.

»Bücher sind etwas Wunderbares, und dieses eine, auf dessen Spuren ich mich begeben habe, ist sogar etwas ganz

Besonderes«, schwärmte Johan voller literaturmissionarischer Inbrunst. Fast wären ihm die Tränen gekommen, denn die traurige Erinnerung an das romantische Schicksal der Zigeunerin Singoalla vermischte sich mit der an Linas grüne Augen und bohrte sich wie ein Messerstich in Johans Herz. Er kämpfte kurz mit seinem Schmerz, dann schluckte er ihn herunter. »Bücher können einen Menschen und die ganze Welt verändern, sie können einen zum Lachen und zum Weinen bringen, sie können einen verzaubern und sogar eine Seele retten, davon bin ich überzeugt.«

Diese Rede schien dem Fahrer die ganze Materie kein Stück näherzubringen. »Aha«, sagte er nur und warf Johan einen skeptischen Blick durch den Rückspiegel zu.

»Lassen Sie es gut sein«, zischte Sherlock Holmes hinter vorgehaltener Hand. »Dieser Automobilist ist ein unkultivierter Kretin. Da ist Hopfen und Malz verloren.«

Johan drehte sich erschrocken nach links und entdeckte den Detektiv, der es sich neben ihm im Fond des Wagens bequem gemacht hatte. Holmes zog an seiner Pfeife, und dichter Qualm breitete sich im Taxi aus.

»Dachten Sie tatsächlich, ich hätte Sie verlassen, mein Lieber?«, fragte Holmes amüsiert. »Ich bitte Sie, das wäre doch wirklich nicht fair gewesen, zumal Sie meine kritischen Äußerungen als wenig zufriedenstellend empfanden, wie ich aus Ihrer Verwirrung am Ende unserer letzten Unterhaltung in Ihrer Küche schließen konnte. Darum bin ich kurzerhand mit Ihnen gefahren und werde Sie einstweilen begleiten. Schließlich bin ich Ihr ganz persönliches Hirngespinst, und ohne mich kommen Sie wahrscheinlich ohnehin nicht weiter. Das dürfte Ihnen mittlerweile klar geworden sein, nicht wahr?«

»Haben Sie etwas gesagt?«, erkundigte sich der Fahrer und schaute misstrauisch in den Rückspiegel.

»Ich? Nein.« Johans Blick begegnete kurz dem des Fahrers, ehe er wieder neben sich blickte, doch Holmes war verschwunden.

»Ich dachte, ich hätte eine fremde Stimme gehört«, sagte der Taxifahrer. »Aber ich sehe wohl schon Gespenster. Fast zehn Stunden Schicht sind einfach zu viel. Das macht dann fünfundachtzig Kronen, bitte.«

Johans Zimmer mit der Nummer 16 lag im ersten Stock und war genauso karg, nüchtern und voller Tristesse wie das gesamte Hotel. Die Zimmer waren durchaus sauber, da konnte man nicht meckern, aber alles hier wirkte, als wäre man tunlichst darauf bedacht gewesen, nicht einmal eine Spur von einer hellen oder gar fröhlichen Farbe zu verwenden. Er war sich sicher, dass die Eigentümer das *Norrstjärn* am liebsten ausschließlich in Grautönen eingerichtet hätten, wenn das einfach und kostengünstig möglich gewesen wäre. Aber vielleicht gab es ja tatsächlich irgendwo in Schweden einen Laden, der nur Möbel in Grautönen verkaufte und die Farbe nach Kundenwunsch anmischte – zum Beispiel Silbergrau, Mausgrau, Aschgrau, Basaltgrau, Mondgrau, Nebelgrau, Schiefergrau, Grafitgrau, Fehgrau, Eisengrau, Betongrau, Zementgrau und natürlich Aluminiumoxydgrau. Während ihm noch weitere Grautöne durch den Kopf schwirrten, hoffte er, dass ihm nicht auch noch ein paar der grauen Herren aus Michael Endes »Momo« in diesem Hotel erschienen. Die Szenerie wirkte jedenfalls wie geschaffen für diese Leute.

Johan stellte seinen Koffer ab, schloss die Tür und ging zum Fenster hinüber. Von dort hatte er einen Blick auf die im Schnee versunkene Stadt und die wenig befahrene Straße vor dem Hotel. Das Schneetreiben hatte noch zugenommen. Es legte sich wie ein milchiger Vorhang über die Stadt. Zwischen den tanzenden Flocken funkelten die Lichter der Straßenlaternen und die Scheinwerfer der vorbeifahrenden Autos wie sanft glimmende Sterne inmitten eines immer dunkler werdenden Universums, das ohnehin bereits viel seiner Strahlkraft für Johan verloren hatte, seitdem Lina nicht mehr war. Als er beim Hotel angekommen war, hatte es bereits zu dämmern begonnen, jetzt würde die Nacht bald hereinbrechen; die Wintertage waren kurz in Västerbotten.

Sherlock Holmes hatte nicht in der Hotellobby auf Johan gewartet, als er eingecheckt hatte, und er war auch nicht an der Rezeption, als Johan in diesem Moment die Treppe hinunterstieg. Das wunderte Johan nicht, denn er war es gewohnt, dass seine »Freunde« (wie er die literarischen Figuren nannte, die ihm von Zeit zu Zeit erschienen, auch wenn er das Dr. Dr. Malmström verschwiegen hatte, denn es klang selbst in Johans Ohren äußerst psychotisch und schwer pathologisch) nicht immer dann auftauchten, wenn man sie erwartete. Sie hatten bestimmt ihre Gründe dafür.

In der Lobby angekommen hielt Johan auf die Rezeption zu, wo ein älterer Herr mit silbernem Haar und einer Brille mit dünnem Gestell ein Regal mit rund dreißig Zimmerschlüsseln bewachte und dabei Zeitung las. Als er Johan sah, schlug er die Zeitung zu und erhob sich von seinem Hocker hinter dem Tresen. Er trug eine altmodisch breite Krawatte mit Kaninchen.

»Ah, Herr Andersson. Wollen Sie noch einmal in die Stadt? Soll ich Ihnen ein Taxi rufen?«

Johan trat zu ihm. »Nicht, wenn es sich vermeiden lässt, bei diesem Wetter. Kann ich bei Ihnen etwas zu essen bekommen?«

»Hier im Hotel leider nicht, aber um die Ecke, ein paar Häuser weiter, gibt es ein nettes Restaurant. Ich schicke unsere Gäste gerne dorthin. Es ist keine preisgekrönte Küche, aber man kann wirklich guten Fisch und ein ordentlich zubereitetes Wildbret dort essen. Und das *Janssons Frestelse* ist ein Gedicht.«

»Das klingt gut«, sagte Johan. »Ich hätte allerdings noch eine ganz andere Frage. Ich suche ein Antiquariat. Wissen Sie, ob es eines in Umeå gibt?«

Der Rezeptionist legte den Kopf schief und bedachte Johan mit einem ähnlich skeptischen Blick wie der Taxifahrer zuvor. »Ein Antiquariat?«, wiederholte er gedehnt, und Johan vermutete, dass ihm wahrscheinlich noch nie in seinem Leben jemand diese Frage gestellt hatte. Der stämmige Mann grübelte noch einige Sekunden lang, dann sagte er: »Nein, tut mir leid. Das weiß ich nicht. Es gab mal eines in der Pilgatan, aber der Besitzer hat aus heiterem Himmel zugemacht. Jetzt befindet sich darin ein Schuhladen.« Plötzlich erhellte sich das Gesicht des Mannes, und er hob den Zeigefinger. »Aber wir haben einen großen *Loppis*, den Floh- und Antikmarkt auf dem Universitätsgelände. Vielleicht besuchen Sie den mal. Auf solchen Märkten gibt es doch immer Leute mit massenhaft uralten Büchern und vielem mehr.«

»Das wäre einen Versuch wert«, murmelte Johan und

dachte an Sherlock Holmes' Worte. Vielleicht hatte Lina das Buch ja tatsächlich nicht in einem Laden, sondern auf diesem Markt gekauft. Vielleicht hatte er sie einfach falsch verstanden. »Wann findet der nächste *Loppis* statt?«, fragte er den Hotelangestellten.

»Moment«, erwiderte der Rezeptionist, drehte sich geschmeidig auf dem Absatz um und blickte über seine tief auf der Nase sitzende Brille hinweg zu dem großen Halbjahres-Wandkalender der Kommune Umeå an der Wand hinter dem Tresen. Sein ausgestreckter Zeigefinger landete am oberen Rand des Kalenders, fuhr die Spalte der Wochentage nach unten und blieb schließlich auf einem *Söndag* stehen. »Der *Loppis* findet alle zwei Monate an einem Sonntag statt ...«, sagte er und wandte sich ungläubig und kopfschüttelnd wieder zu Johan um. »Und stellen Sie sich vor, das ist doch tatsächlich morgen. Haben Sie immer so viel Glück?«

»Manchmal«, sagte Johan mit einem traurigen Lächeln.

9.
Ein gelungener Saisonauftakt

Hedekas – Sonntag, 3. Mai 1987

Am ersten Sonntag im Mai war es endlich so weit: Das »Singoalla« erwachte aus dem Winterschlaf und wurde für die neue Saison wiedereröffnet. Entgegen Johans Befürchtungen spielte auch das Wetter mit. Der Himmel war überwiegend blau, durchsetzt mit kleinen Wattewolken, die ihre Bahn über den Lersjön zogen, und dort, wo die Sonnenstrahlen auf die Erde trafen, wurde es beinahe sommerlich warm. Es waren, sicher auch aus diesem Grund, schon gegen Mittag gut ein Dutzend Besucher da, darunter auch Gunnar Bertilsson, Agnes' Bruder.

Das Gesicht des Pfarrers von Hedekas hatte bereits vor längerer Zeit beschlossen, sich an einigen exponierten Stellen der Farbe von dessen erklärtem Lieblingsgetränk anzugleichen. Spätestens ab dem dritten Glas Rotwein verhielt es sich beinahe wie eine Art Promille-Chamäleon. Gunnar Bertilsson sprach dem Rotwein kräftig zu, weshalb Johan stets einen guten Tropfen auf Lager hatte, den er ihm unter der Ladentheke ausschenkte. Er berechnete dem Pfarrer allerdings nie etwas dafür – und das, obwohl der »Pfaffenwein«, wie Johan ihn insgeheim und zugegebenermaßen etwas lästerlich nannte, wahrhaftig nicht das Billigste war, was der staatliche Alkoholmonopolist, der *Systembolaget*, zu bieten hatte. Die anderen Gäste des Literaturcafés bekamen überhaupt keinen Wein angeboten; die meisten bevorzugten ohnehin ein kaltes Bier.

Johan war nicht etwa deshalb so großzügig Gunnar Bertilsson gegenüber, weil dieser dem Gemeinderat angehörte und Johan sich davon Vorteile versprach, und auch nicht, weil Bertilsson Pfarrer in der einzigen evangelischen Kirche von Hedekas war und vermutlich einen guten Draht nach oben hatte. Diese Großzügigkeit hing einzig und allein mit Bertilssons Schwester Agnes zusammen. Denn Agnes tat wirklich viel für Johan und das Café »Singoalla« und lehnte jede Gehaltserhöhung kategorisch ab. Sie wisse sowieso nicht, was sie mit dem Geld anfangen solle, außer sich ab und zu eine heruntergesetzte Bluse oder die neueste Abba-Schallplatte zu gönnen.

Und seit heute wusste Johan also, dass Agnes angeblich in ihn verliebt war, zumindest laut Aussage einer teils fiktiven, teils historischen, jedenfalls aber schon lange verstorbenen Figur, die ihm kürzlich erschienen war. Und trotz der Tatsache, dass Johan vom Gegenteil überzeugt war, ertappte er sich während der Wiedereröffnung seines Cafés beim Plausch mit den Gästen und beim Abkassieren dabei, wie er Agnes aus dem Augenwinkel beobachtete. Sie servierte eifrig Kaffee, »Schiller-Torte« und »Cyrano-de-Bergerac-Kuchen«, räumte den ein oder anderen Tisch ab und putzte sich die Hände an der Schürze sauber, jedes Mal bevor sie das Tablett ergriff und in die Küche eilte.

Er achtete natürlich darauf, dass sie seine Blicke nicht mitbekam. Gesetzt den wirklich unwahrscheinlichen Fall, dieser wahrscheinlich unwirkliche Cyrano de Bergerac hätte tatsächlich recht, wie sollte Johan sein Verhalten Agnes gegenüber erklären, falls sie ihn erwischte? Sollte er dann etwa sagen: *Oh, ein gemeinsamer Bekannter hat mir nur gesteckt, du wärst unsterblich verliebt in mich. Das ist durchaus schmeichelhaft, aber ich kann es kaum glauben. Ich habe dich genau beobachtet, um diesen Verdacht zu widerlegen, und ich kann dir sagen, dass ich es jedenfalls überhaupt nicht bin. Verliebt in dich, meine ich.*

Das wäre peinlich, verletzend und, je nach Wahrheitsgehalt von Cyranos Aussage, auch verwirrend für Agnes. Und es würde Fragen aufwerfen, die Johan nicht beantworten konnte, zum Beispiel die nach den Romanhelden, die ja nur für ihn sichtbar waren und ihn ungebeten mit Weisheiten bedachten.

»Mir scheint, es ist ein gelungener Saisonauftakt für dich, lieber Johan«, sagte Gunnar Bertilsson. Johan war so in Gedanken versunken, dass er gar nicht gemerkt hatte, wie der Pfarrer sich zu ihm gesellt hatte. »Aber das Antiquariat läuft heute nicht so. Bücher hast du noch keine verkauft, oder?«

Johan sah in ein chiantirötliches Gesicht. »Doch, vorhin zwei alte Sammelausgaben von Selma Lagerlöf und ein Naturlexikon aus dem neunzehnten Jahrhundert mit hübschem Exlibris, aber das war insgesamt nicht besonders gewinnbringend. Fünfhundert Kronen für alles.«

»Immerhin«, sagte Gunnar Bertilsson anerkennend und versprach: »Es wird bestimmt bald jemand ein richtig kostbares Buch kaufen.«

»Dein Wort in Gottes Ohr«, sagte Johan.

Der Pfarrer lächelte, warf einen leicht theatralischen Blick gen Himmel und hielt Johan sein leeres Glas entgegen. »Sag, hättest du noch ein Schlückchen Roten für mich?«

»Aber das weißt du doch.« Johan ging mit dem Glas in die Küche und kam kurz darauf wieder zurück.

Der Pfarrer lächelte dankbar und nahm einen ordentlichen Schluck, als wollte er sich Mut antrinken. »Lecker ... sehr fruchtig«, sagte er anerkennend und trank noch einmal. Johan wollte gerade an einen Tisch gehen, dessen Gäste offenbar zahlen wollten, als Gunnar Bertilsson unvermittelt fragte: »Sag, Johan, willst du eigentlich nicht mal heiraten?«

Johan hielt inne und drehte sich um. »Wie bitte?«

Der Pfarrer atmete tief ein und aus. »Ich fragte, ob du nicht endlich heiraten möchtest.«

Johan musste unwillkürlich an Cyrano de Bergerac denken, mit seiner gigantischen Nase und seinem mindestens genauso großen Gespür für Frauen. Ob er tatsächlich recht gehabt hatte? War Agnes doch in ihn verliebt? Und hatte sie ihren Bruder vorgeschickt?

»Ich habe nicht vor zu heiraten«, antwortete er dem Pfarrer. »Und vor allem, wen? Schließlich braucht man dazu eine Frau, die das ebenfalls will.«

»Wer suchet, der findet ...«

»Das mag sein, aber ich möchte ja gar nicht. Weshalb also suchen?«

»Du bist allein«, sagte Pfarrer Bertilsson. »Und siehst nicht gerade glücklich aus.«

»Ich bin nicht allein«, widersprach Johan. »Ich habe meine Bücher und meine ...«, er zögerte, »... meine Freunde.«

»Richtig. Und genau die machen sich Sorgen um dich.« Gunnar Bertilsson schwieg zu der Tatsache, dass Johan zunächst seine antiquarischen Bücher und dann erst Menschen genannt hatte. Es schien den Pfarrer nicht weiter zu stören. Hätte er allerdings gewusst, wen Johan mit *seinen Freunden* gemeint hatte, hätte er sich wahrscheinlich noch mehr Sorgen gemacht.

»Wer ist *die*?«, wollte Johan wissen und trat näher an Gunnar Bertilsson heran.

»Na, Birgitta und ich. Und es haben mich sogar einige Leute im Ort auf dich angesprochen.«

»Die sollen sich um ihren eigenen Kram kümmern«, sagte Johan forscher, als er beabsichtigt hatte.

»Aber genau das machen sie ja. Du bist Teil ihrer Gemeinde, und wenn jemand in Hedekas notorisch unglücklich ist, dann …«

»Wer behauptet, ich sei unglücklich?«

»Kann ich jetzt endlich zahlen?«, kam es ungeduldig von hinten.

»Ich gehe schon«, sagte Agnes, zwinkerte Johan zu und lief mit gezücktem Portemonnaie zu den Gästen hinüber, die sich bereits von ihren Stühlen erhoben hatten, um das Café zu verlassen. Im Moment waren noch zwei weitere Tische mit einer Gruppe älterer Damen besetzt, die aussahen wie pensionierte Geschichtslehrerinnen und offensichtlich alle zum selben Friseur gingen. Die sieben schnatternden Damen hatte Agnes bereits mit Kaffee, »Schiller-Torte«, »Cyrano-de-Bergerac-Kuchen« und einer monströsen Schüssel frischer Schlagsahne versorgt.

»Danke, Agnes!«, rief Johan und wandte sich wieder

ihrem Bruder zu. »Also, warum sollte ich unglücklich sein, und wer behauptet so etwas? Kann man nicht allein auf einem Gutshof wohnen, ohne Gegenstand von Getratsche zu werden? Ich mag mein Leben hier.«

»Ja, das glaube ich dir«, sagte der Pfarrer eilig und winkte Johan ein paar Schritte über den Hof in Richtung Tor, wo die Sonnenstrahlen wie ein Bündel dicker goldener Ähren auf den Kies fielen. Gunnar Bertilsson senkte die Stimme, als ob er Gefahr liefe, belauscht zu werden. »Aber das, was du suchst, wirst du weder im Café ›Singoalla‹ noch an irgendeinem anderen irdischen Ort finden, sondern nur hier.« Er deutete auf sein Herz.

Johan schwieg.

Ein Kranich schrie.

»Warum besuchst du mich nicht am nächsten Sonntag in der Kirche? Dort kannst du vielleicht das Licht finden, das dir fehlt, um dich wieder dem Leben zu öffnen. Wir sprechen nicht umsonst von Erleuchtung.«

»Das ist wirklich nett von dir, Gunnar, aber das hatten wir doch schon des Öfteren.«

»Möglicherweise wärst du ja bereits ein Stück weitergekommen, wenn du meinen Rat angenommen hättest.«

»Du bist wahrlich ein guter Fischer«, sagte Johan ein wenig spöttisch. »Ich bin sicher, Gott ist stolz auf dich.«

»Lästere nicht, denn schließlich ist er das auch auf dich, Johan. Auch du bist Teil Seiner Schöpfung, und Seine Wege sind unergründlich, doch das weißt du sicher längst.«

»Dann haben Er und ich wenigstens eine Sache gemeinsam«, sagte Johan.

Gunnar Bertilsson trat einen Schritt vor und legte seine

Hand auf Johans Schulter. »Du suchst sie noch immer, nicht wahr?«, flüsterte er mit einer leichten Alkoholfahne.

Johan zuckte mit den Achseln. »Ich fahre nicht mehr im Land umher und hoffe, ihr zu begegnen, wenn du das meinst.«

»Hiermit, meine ich.« Wieder deutete der Pfarrer auf sein Herz. Er trank etwas ungelenk und verschüttete dabei ein wenig Rotwein, der an seiner beigefarbenen Jacke herabperlte. »Was ist damals geschehen, als du in Umeå warst? Hast du den ominösen Antiquar gefunden?« Gunnar Bertilsson sprach mit mittlerweile hörbar schwerer Zunge. »Du hast es mir nie erzählt, nur Andeutungen gemacht. Und was war in Göteborg? Du warst doch auch in Göteborg, oder? Hast du herausgefunden, wo deine Fotografin Lina gewohnt hat? Hast du überhaupt etwas gefunden?«

Johan schwieg. Dann sagte er: »Nein. Nichts.«

»Aber du bist dir sicher, dass sie wirklich existiert hat, ja?«, hakte der Pfarrer vorsichtig nach. Dann sah er auf die Uhr. »Herrjemine. Es ist ja schon kurz vor sechs. Wie die Zeit vergeht. Ich muss dringend heim zu Birgitta, sonst hängt der Haussegen schief.« Er drückte Johan sein leeres Weinglas in die Hand und nahm ihn zum Abschied in die Arme. »Alles Gute, mein Lieber, und bis bald.« Dann wandte sich Gunnar Bertilsson zum Gehen.

Johan blickte ihm nach und kaute einen Moment lang auf seiner Unterlippe, ehe er schließlich rief: »Ach, Gunnar? Noch eine Frage ...«

Der Angesprochene blieb stehen und drehte sich zu Johan um. »Ja?«

Johan trat näher zu ihm und senkte die Stimme. »Hattest

du eigentlich eine bestimmte Frau im Auge, als du sagtest, dass ich heiraten soll?«, fragte er.

»Eine bestimmte Frau? Ich?« Gunnar Bertilsson schaute Johan verwirrt an. »Nein, wie kommst du denn darauf? Der Schwerpunkt meiner Arbeit liegt im Seelenheil und in der Gemeindearbeit. Kuppeleien überlasse ich anderen, die in solchen Dingen begabter sind. Mach dir keine Sorgen, ich halte mich aus so etwas raus. *Hej då*, mein Freund.«

Nachdem die letzten Gäste gegangen waren und Johan das Antiquariat und das Hoftor abgesperrt hatte, ging er hinüber ins Café, um Agnes zu helfen. Sie räumten gemeinsam die Speisen und Getränke in den großen Kühlschrank und das Geschirr in die Spülmaschine, putzten die Küche, stellten die Stühle verkehrt herum auf die abgewischten Tische und sammelten die Speisekarten ein. Schließlich rechnete Johan die Einnahmen zusammen und stellte dabei wieder einmal betrübt fest, dass die Genussmittel mehr einbrachten als die schönsten alten Bücher. Am Ende freute er sich aber über die knapp fünftausend Kronen, die ihm dieser erste Tag des wiedereröffneten Cafés beschert hatte. Er bezahlte Agnes ihren Lohn und wünschte ihr noch einen schönen Sonntagabend.

Agnes lächelte, hob die Hand zum Abschied und ging durch den Hof davon. Johan sah ihr in der aufkommenden Dämmerung nach und hörte, wie sie wenig später vor dem Hof den Motor ihres Wagens anließ und dann langsam den holprigen Weg in Richtung Hauptstraße fuhr, bis die letzten Fahrzeuggeräusche in der aufziehenden Dämmerung und im Geschrei der Kraniche, das vom Lersjön herüberdrang, untergingen.

Während Johan zum Haus hinüberlief, schüttelte er den Kopf. Nein, er hatte nichts von ihrer angeblichen Liebe bemerkt, und so blieb ihm nur der Schluss, dass sie entweder eine unentdeckte hochbegabte Schauspielerin war oder – und das kam Johan am wahrscheinlichsten vor – dass Cyrano de Bergerac zwar für Degenscharmützel taugte, keinesfalls jedoch für das Deuten jedes Frauenherzens. So oder so, Johan war erleichtert.

Allerdings nur für kurze Zeit. Denn kaum hatte er sein Haus betreten und die Tür hinter sich zugezogen, kamen ihm die Fragen des beschwipsten Pfarrers wieder in den Sinn. Wenn Kinder und Betrunkene die Wahrheit sagten, wie gemeinhin behauptet wurde, vielleicht stellten sie dann auch wahre Fragen?

Aber du bist dir sicher, dass sie wirklich existiert hat, ja?, ertönte Gunnar Bertilssons Stimme in Johans Gedanken.

»Und? Seid Ihr Euch sicher?«, fragte da eine angenehm dunkle Stimme.

Johan erkannte sie sofort. »William von Baskerville?«

»In der Tat.«

»Ich freue mich über jeden deiner Besuche – aber wie ist es möglich, dass du hörst, was ich denke?«

Von Baskerville lachte kurz. »Ihr denkt ja auch, was ich sage. Also ist es nur recht und billig, findet Ihr nicht auch, Johan?« Der Franziskanermönch trat aus dem Dunkel des Gastraumes zu Johan. Er hatte die Hände vor dem Bauch gefaltet. Seine Augen strahlten lebendig und wissbegierig.

»So habe ich es noch nie betrachtet.«

»Das solltet Ihr allerdings. Denn es sind stets die Perspektive und der Blickwinkel, die über die Realität entscheiden, nicht das Ding als solches, losgelöst von seiner Umgebung und dem Betrachter. Ich empfehle Euch, Platon und Aristoteles zu lesen. Sie liefern wundervolle Denkansätze und Theorien.« Er zögerte. Schließlich sagte er: »Nun beantworte mir die Frage, auch wenn es ihr an Schärfe und Präzision mangelt, denn ob etwas existiert oder nicht, entscheidet schließlich Ihr ganz allein, wie wir beide wissen, nicht wahr?«

»Ja, natürlich hat Lina existiert! Sie hat gelebt und geatmet, sie hat mich geküsst und mit mir geschlafen, sie hat mich verstanden und mich geliebt!«, rief Johan.

»Na, das würde ich tatsächlich als Existenz bezeichnen«, sagte William von Baskerville nüchtern und lächelte dabei. »Da das jetzt geklärt zu sein scheint, kann ich ja wieder verschwinden.« Kurz bevor er in die Schatten des Gastraumes eintauchte, wandte er sich noch einmal zu Johan um. »Seht es Herrn de Bergerac bitte nach, sofern er sich getäuscht haben sollte, was Eure Bedienstete angeht. Ich vermute, er wollte Euch lediglich aufheitern. Außerdem hört er sich gern reden.«

»Du weißt von Cyrano und seiner Behauptung?«, wunderte sich Johan.

»Alle Eure Freunde wissen voneinander«, erklärte William von Baskerville, »zumindest im Wesentlichen. Und sie stehen zu Euch, wenngleich es nicht immer offensichtlich scheint.«

»Dann verstehe ich Cyranos Behauptung noch weniger. Ich habe mir schon den Kopf darüber zerbrochen, wie ich mit einer verliebten Agnes umgehen soll. So etwas soll mich aufheitern? Ein guter Witz wäre mir lieber.«

»Cyrano ist kein dummer Söldner, sondern ein gebildeter Adeliger und hat sicher Aristoteles' ›Theorie der Tragödie‹ gelesen. Ich denke, darauf hatte er es abgesehen. Eine gute Tragödie muss Furcht und Mitleid erzeugen, um beim Zuschauer Katharsis zu bewirken.«

»Du meinst also, Cyrano de Bergerac wollte bei mir eine innere Tragödie auslösen, um mich von diesen Emotionen reinzuwaschen?«, fragte Johan ungläubig. »Das halte ich für etwas weit hergeholt. Aber zumindest hat die ganze Sache dazu geführt, dass Agnes' Bruder Gunnar, dein Berufskollege, mich für einen Moment lang über Linas Existenz nachgrübeln ließ.«

»Berufskollege? Nicht einmal im Entferntesten. Der Mann ist Protestant!«, widersprach William von Baskerville empört und legte die Stirn in tiefe Falten. »Es gab Zeiten, da hätte er lichterloh auf dem Scheiterhaufen gebrannt. Ich muss jetzt gehen.« Und damit verschwand er blitzschnell im Schatten des Gastraumes. »Dennoch. Ihr solltet Euch auch die anderen Fragen dieses Häretikers noch durch den Kopf gehen lassen und nach Antworten in der Vergangenheit suchen, Johan«, kam es von dort. »Ich werde und werde das Gefühl nicht los, dass das wichtig sein könnte. Es gibt etwas Dunkles, das Euch vom Licht der Erkenntnis fernzuhalten scheint. Seht Euch vor.«

Dann wurde es still; William von Baskerville hatte sich aufgelöst. In Wohlgefallen. Oder in nichts. Je nachdem.

Hast du überhaupt jemals etwas gefunden außer Träumereien?

Etwas Dunkles?

Johan war todmüde.

10.
Ein lächelndes, unsterbliches Buch

Umeå – Sonntag, 22. Januar 1984

Johan legte den Weg vom Hotel *Norrstjärn* bis zur Universität zu Fuß zurück. Der Winter zog es am heutigen Sonntagmorgen vor, die Schneefälle einzustellen und die Bewohner von Umeå stattdessen mit zweistelligen Minusgraden und wolkenlosem Himmel zu beglücken. Wäre es Sommer, würde die Sonne die Stadt schon zu dieser frühen Stunde in helles Licht tauchen, aber an diesem Januarmorgen schlummerte sie noch hinter dem Horizont.

Nachdem er eine Viertelstunde lang durch tief verschneite Straßen gestapft war, hatte Johan den großen Parkplatz *Björkbacken* am Universitätsvägen erreicht. Er lag an einem Park unweit der Universität. Heute standen hier jedoch nur wenige Autos von Professoren, Angestellten und Studenten. Ein Großteil der Fläche war mit Verkaufsständen und Menschen gefüllt, die sich schon um diese Uhrzeit zahlreich eingefunden hatten. Immerhin, so hatte der Rezeptionist des Hotels *Norrstjärn* Johan verraten, handelte es sich bei diesem Antik- und Trödelmarkt um den bedeutendsten der ganzen Gegend. Johan vermutete, dass er damit auf die Größe dieses *Loppis* anspielte und dass er durchaus recht haben konnte, denn Johan schätzte die Anzahl der Tische und Stände, hinter denen die Verkäufer ihre Ware im bläulichen Flutlicht der Parkplatzbeleuchtung feilboten, auf mindestens einhundert.

In den Gängen zwischen den Marktständen drängten sich schon die Menschen, Johan hörte Gesprächsfetzen der Verkäufer, und in der Luft lag der Duft nach *Glögg*, nach dem Zimt der frisch gebackenen *Kanelbullar,* nach Kaffee und Maroni. Auch der Geruch von frischen Waffeln drang zu ihm, doch Johan konnte nicht ausmachen, wo sich der entsprechende Stand befand.

Er entschied sich daher für Maroni, die ihm der Verkäufer für zwanzig Kronen in eine rot-weiß gestreifte Papiertüte packte und mit einem wettergegerbten Lächeln überreichte. Johan zog seinen rechten Handschuh aus und steckte ihn sich in die Manteltasche, damit er die Esskastanien schälen und sich in den Mund schieben konnte. Die heiße, dampfende Tüte in der anderen Hand, bahnte er sich seinen Weg durch die Menge und durch die Gassen zwischen den Ständen. Er blickte nach links und nach rechts, ließ immer wieder Maronenschalen auf den Boden fallen und spürte bedächtig kauend dem warmen, süßlich-mehligen Geschmack nach, der so viel Röstaromen enthielt wie Kindheitserinnerungen.

Vasen, Stühle, gusseiserne Pfannen, Silberbesteck, das nie jemand benutzt hatte, Gemälde, Lederjacken, Messer, Gegenstände, deren Nutzen man nicht sofort erkannte und die niemand mehr wollte, Vergessenes, Gefundenes, Bemerkenswertes, Schönes und Edles – alles gab es hier zu kaufen, nur keine Bücher (außer den üblichen Dachbodenfunden wie wurmstichigen Bibeln in diversen Größen und dem ein oder anderen Lexikon oder illustrierten Lehrbuch aus einer großen Auflage, in das jemand wertmindernd auch noch mit Kugelschreiber seinen Namen auf die erste Seite geschrieben hatte). Es gab hier nichts, wofür Johans Herz schneller schlagen würde, und erst recht keinen Antiquar, bei dem Lina die »Singoalla« erworben haben könnte.

Da kam er an einem Stand vorbei, der vor allem Lampen verkaufte und ein paar Kerzenständer. Kein Trödel, es waren wertvolle Antiquitäten, das erkannte Johan sofort. Er blieb stehen und bestaunte die alten Stücke. Irgendetwas zog ihn magisch an.

»*Hej.* Suchen Sie etwas Bestimmtes?«, fragte eine ältere Frau freundlich, die hinter dem Stand aufgetaucht war. Ihre Ohrenschützer aus lila Plüsch passten absolut nicht zu ihren feinen Waren und auch nicht zum Rest ihrer eleganten Erscheinung.

»Ja, schon«, sagte Johan, »aber ich befürchte, das, was ich suche, führen Sie nicht.«

»Und was ist das?«

»Bücher. Alte Bücher. Ich liebe sie, und ich sammle sie. Manchmal verkaufe ich sie auch.«

»Soso«, sagte die Frau, »mir geht es ähnlich wie Ihnen, allerdings mit Lampen, wie Sie bestimmt schon gesehen haben. Hm, Bücher also …« Sie runzelte die Stirn, als würde ihr etwas großes Kopfzerbrechen bereiten. Schließlich entspannten sich ihre Züge, sie hatte offenbar eine Entscheidung getroffen, die sie erleichterte. »Vielleicht habe ich doch etwas für Sie. Einen Moment, bitte.« Mit diesen Worten verschwand sie unter dem Verkaufstisch ihres Stands und wühlte in verschiedenen Kisten.

Johan schätzte, dass sie bereits über eine Minute lang abgetaucht war, als sie plötzlich rief: »Ha! Hier haben wir sie ja!« Fast im selben Moment tauchte sie wieder auf und reichte Johan drei alte Bücher über den Tisch. »Schauen Sie, die stammen aus meiner Jugend. Ich wollte sie eigentlich nicht verkaufen, aber zu Hause verstauben sie ja nur und Kinder habe ich leider keine. Wem also sollte ich sie vermachen? Jedenfalls sind sie in einem guten Zustand, und andere verkäufliche Bücher besitze ich nicht. Haben Sie vielleicht Interesse?«

Johan nahm die drei Bücher entgegen und bestaunte sie ehrfürchtig. Es handelte sich um Erstausgaben von Astrid Lindgrens »Pippi Langstrumpf« aus den Vierzigerjahren: »Pippi Langstrumpf«, »Pippi Langstrumpf geht an Bord« und »Pippi in Taka-Tuka-Land«. Das waren absolute Raritäten. Nicht der Grund, weshalb Johan hierhergekommen war, aber Grund genug, sich zu begeistern, denn auch er hatte diese Geschichten als Kind verschlungen.

»Ja, ich habe Interesse«, antwortete er. »Das sind wunderschöne und seltene Ausgaben. Was wollen Sie dafür?«

»Sagen wir fünfhundert pro Buch?«

»Nein«, erwiderte Johan sofort. »Die sind mehr wert, das wäre nicht fair. Ich habe nichts gegen einen günstigen Preis, aber ich möchte Sie keinesfalls übervorteilen. Ich gebe Ihnen dreitausend für alle drei, also tausend pro Buch.«

Die Verkäuferin bekam glänzende Augen. »Vielen Dank für Ihre Ehrlichkeit. So etwas ist selten heutzutage, und es zeigt mir, dass ich, was Sie betrifft, die richtige Entscheidung getroffen habe«, sagte die Frau überrascht und erleichtert zugleich. »Eine Bedingung stelle ich allerdings.«

»Welche?«, fragte Johan.

»Sie müssen mir versprechen, dass Sie die drei Bücher, falls Sie sie jemals weiterverkaufen, nur zusammen und an jemanden abgeben, der sie so liebt wie ich und der sie wirklich zu schätzen weiß.«

Johan nickte ernst. »Ich verspreche es.«

Die Frau lächelte zufrieden. Sie nahm das Geld entgegen und schlug die Bücher vorsichtig in Packpapier ein, bevor sie sie in eine Tüte steckte. Dann hob sie unvermittelt an: »Also, ich weiß noch, dass es hier einmal einen älteren Herrn gab, der ausschließlich antiquarische Bücher verkauft hat. Schade, dass er nicht mehr kommt. Bei ihm hätten Sie sicher noch weitere Bücher finden können.« Sie reichte Johan die Tüte, und ihre Augen blitzten kurz im Lampenschein auf.

»Wieso kommt er nicht mehr? Was ist mit ihm?«, fragte Johan interessiert.

Die Frau zuckte mit den Achseln. »Ich weiß es leider nicht. Er hatte ein kleines Antiquariat hier in Umeå, ich glaube, in der Pilgatan. Vielleicht hat er sich zur Ruhe gesetzt oder er ist …« Sie hielt inne, vermied es, den Satz zu vollenden. »Er war nicht mehr der Jüngste. Jedenfalls habe ich ihn schon länger nicht mehr gesehen, weder in Umeå noch auf anderen Märkten in Norrbotten. Aber ich kann mich noch gut erinnern, wann er zum letzten Mal hier auf dem Markt gewesen ist. Das war vor vier Monaten.«

»Das wissen Sie noch so genau?«, wunderte sich Johan.

»Ja«, antwortete die Frau. »Es war der Markt, der direkt nach diesem furchtbaren Sturm stattfand, bei dem einige Schiffe gesunken sind. Letzten Herbst, es war Ende September, erinnern Sie sich noch?«

»Ja«, sagte Johan mit schwacher Stimme, »ich erinnere mich gut.« Ihm wurde schwindelig.

Die Händlerin schien nichts davon zu bemerken und fuhr fort: »Bei uns zu Hause hat der Sturm das Scheunendach abgedeckt, und der *Loppis* wurde aus Sicherheitsgründen in die große Sporthalle der Universität hier um die Ecke verlegt. Dieser Antiquar war ein schweigsamer Mann. Er sprach nur das Nötigste, ja, man musste Glück haben, dass er einen überhaupt grüßte. Aber das meinte er nicht böse. Er war einfach ein verschrobener Spinner, der Bücher über alles liebte.« Die Frau machte ein eindeutiges Zeichen mit ihrem kreisenden Zeigefinger an der Schläfe. »Am Tag des schrecklichen Unwetters aber kam er ganz aufgeregt zu mir und war mit einem Mal redselig. Er erzählte mir, dass er in seinem Antiquariat am Samstag zuvor ein ganz besonderes Buch an eine junge Frau verkauft habe, die mit einem Schiff an die Küste nach Holmsund gekommen sei. Jetzt könne er sich endlich zur Ruhe setzen. Dann hat er herzlich gelacht, obwohl das doch gar nicht so lustig war, oder? Ganz als hätte er ein paar Schnäpse zu viel getrunken.«

Johan fiel die rot-weiß gestreifte Maronitüte aus der Hand und in den plattgetretenen Schneematsch, einige Kastanien kullerten heraus. »Was für ein besonderes Buch?«, hauchte er kraftlos.

»Oh, welchen Titel es hatte?«, fragte die Frau und schien kurz zu grübeln. «Das weiß ich nicht mehr. Tut mir leid. Aber geht es Ihnen nicht gut? Sie sehen so blass aus.«

»Nein, nein, es ist alles in Ordnung … nur die Kälte. Sagen Sie, hieß dieses Buch, das Buch von diesem Antiquar, vielleicht ›Singoalla‹?«, hakte Johan nach. Sein Mund war so trocken, als hätte er Paniermehl im Rachen, seine Stimme klang spröde.

Wieder zuckte die Frau mit den Achseln. »Gut möglich. Dieser Titel kommt mir irgendwie bekannt vor – ist das nicht ein Roman von Viktor Rydberg? Aber mit Gewissheit kann ich das wirklich nicht mehr sagen. Nur eines weiß ich noch ganz genau: Der Antiquar hat behauptet, dass das Buch lächeln würde und dass es unsterblich sei. Verrückt, nicht wahr? Ein lächelndes, unsterbliches Buch, und er verkauft es und setzt sich danach zur Ruhe – was für ein wundervoller, romantischer Quatsch!« Die Frau lachte sanft und fügte hinzu: »Na ja, wie ich bereits sagte, er war eben ein verschrobener Spinner. Schade, dass er fort ist, er hätte Ihnen bestimmt noch mehr darüber erzählen können.«

11.
Räucherfisch und Schokoladenkekse

Hedekas – Montag, 4. Mai 1987

Johan blickte hinauf in den tiefblauen Himmel. Die Sonne stand schon hoch über ihm, und die Felder glänzten satt und maigrün. Er wusste, dass man dem Frühling in Schweden nicht allzu sehr trauen durfte. Doch als die angenehm warme Brise voller Blütenduft durch das geöffnete Fenster in sein Auto drang, war er sich sicher, dass der Winter heute endgültig vergangen war.

Die Strecke von seinem Hof nach Hedekas führte zunächst etwa eineinhalb Kilometer weit über einen ausgefahrenen Schotterweg mit Schlaglöchern und schlammigen Pfützen. In der Mitte des Weges standen lehmige Erdhügelketten, auf denen der Löwenzahn büschelweise und ziemlich fröhlich seine gelben Köpfe in die Höhe reckte. Hier konnte man leicht mit dem Auspuff hängen bleiben, wenn man nicht achtgab, was sich durch ein hässliches Schaben und Knirschen bemerkbar machte.

Der alte Saab ächzte, hielt sich aber wie immer wacker. Endlich erreichte Johan die asphaltierte Straße, die vom Lersjön in Richtung Hedekas führte – die Fahrt wurde augenblicklich ruhiger, die Landschaft hügeliger. Die schier endlose Weite von Feldern und Weiden erstreckte sich bis hinauf zu den dunklen Nadelwäldern, die das Land am Horizont vor neugierigen Blicken abzuschirmen schienen. Im Rückspiegel sah Johan sein selbstgezimmertes und handbemaltes und wahrscheinlich deshalb bereits verwittertes Holzschild, auf dem die Öffnungszeiten des Cafés und des Antiquariats zu lesen standen, rasch immer kleiner werden.

»Singoalla« –
Literaturcafé und Antiquariat
Öffnungszeiten (Mai bis September)
Dienstag bis Freitag 10:00–16:00
Sonntag 11:00–18:00

Nach etwa zehn Minuten Fahrt bog Johan an einer Kreuzung nach rechts ab. Bald würde er Hedekas erreicht haben. Die Straße verwandelte sich in ein buckliges dunkelgraues Band, das kaum Platz für zwei Autos nebeneinander ließ. Wenig später hatte er ein Waldstück durchquert, und die warme Maisonne traf ihn wieder mitten ins Gesicht. Er kniff die Augen zusammen, tastete nach der Sonnenblende und klappte sie herunter. Kleine Holzhäuser im typischen Eisenoxidrot standen in großen Abständen entlang der Straße. Dazwischen grasten auf Weiden Pferde, Schafe und Kühe. Obstbäume und Ziersträucher standen in voller Blüte. Nach zwei weiteren Kurven rauschte das Ortsschild an ihm vorbei: Hedekas.

Johan parkte am Marktplatz und schlenderte hinüber zum Supermarkt, der diesen Namen aufgrund seiner Größe eigentlich nicht verdient hatte. Er hatte den Eingang des kleinen Ladengeschäftes gerade erreicht, als der Postbote herauskam. Die örtliche Postfiliale befand sich ebenfalls in diesem Supermarkt, sie bestand jedoch nur aus etwa eineinhalb Meter zusätzlicher Theke, einem dahinterliegenden Stahlregal für Pakete und einer separaten Kasse.

»*Hej,* Johan! Gut, dass ich dich treffe.«

Johan grüßte zurück.

»Warte kurz, ich gebe dir deine Post gleich hier, dann kann ich mir den beschwerlichen Weg bis zu dir nach Hause sparen.« Mit diesen Worten begann der kleine drahtige Mann, die nach Routen vorsortierten Sendungen im vorderen Korb seines Dienstfahrrads zu durchsuchen, das er auf dem Bürgersteig abgestellt hatte.

Kurz darauf überreichte er Johan einen dünnen Stoß Briefe, schwang sich aufs Rad, verabschiedete sich und fuhr schwer beladen davon.

Johan sah ihm nach, dann schaute er auf die fünf Briefe in seiner Hand. Einer davon stach ins Auge. Er sah edler aus als die anderen, bestand aus dickerem Papier und glänzte seidenmatt im morgendlichen Frühlingslicht. Johans Adresse war mit Tinte darauf geschrieben worden. Es war keine Rechnung, nichts vom Finanzamt, so viel stand fest. Und genau das war seltsam. Wer sollte ihm schon schreiben? Noch dazu in einem Umschlag, der gut zu einer Einladung anlässlich eines Jubiläums oder einer Hochzeit gepasst hätte? Doch so sehr er sich auch den Kopf zerbrach, Johan fiel kein Jubilar und erst recht niemand ein, der vorhaben könnte, zu heiraten, und der obendrein *ihn* dazu einladen würde. Merkwürdig war außerdem, dass kein Absender auf dem Umschlag stand. Und bei der Empfängeradresse schien es sich eindeutig um die Handschrift einer Frau zu handeln.

Hastig steckte Johan die Briefe in die Innentasche seiner Jacke. Er wollte sie erst zu Hause öffnen. Mit einem seltsamen Gefühl im Magen betrat er den Supermarkt und schnappte sich einen Einkaufswagen. Eines der Räder quietschte leise – *uik* – *uik* – *uik*. Er erwischte diesen Wagen fast jedes Mal.

Sein Einkaufszettel war übersichtlich. Johan hatte, seit er aus Stockholm weggezogen war, keine großen Ansprüche mehr, aber für sich selbst und für sein Café benötigte er einige Dinge in großen Mengen: Butter, Käse, Milch, Sahne, Kekse, Brot, Schinken, Blutwurst, Leberpastete, Honig, Marmelade, Kartoffeln, Ketchup, Senf und Röstzwiebeln für den »Hotflush«, seinen berühmten literarischen Hotdog. Brötchen und Würstchen waren eingefroren noch vorhanden, und auch einige Stücke »Schiller-Torte« und »Cyrano-de-Bergerac-Kuchen« befanden sich noch im Kühlschrank. Außerdem hatte Agnes bereits angekündigt, für das Wochenende einen neuen Kuchen zu backen. Ein Versorgungsengpass für sich und die Gäste war also nicht in Sicht.

Was Johan allerdings nie zu kaufen brauchte, war Fisch. Er wurde häufig von Pfarrer Gunnar Bertilsson oder einem anderen Hobby-Angler mit Lachs, Forelle, Saibling oder Aal versorgt, sodass das nicht nötig war.

Darum zuckte er erschrocken zusammen und staunte nicht schlecht, als er auf dem Weg zur Kasse mit seinem vollen, leise quietschenden Einkaufswagen (*uik* – *uik* – *uik*) an der kleinen Kühltheke des Ladens vorbeikam, in der unter anderem Fische und Meeresfrüchte lagerten, und ihm jemand leise befahl: »Kaufen Sie einen Räucherfisch.«

»Wie bitte?«, fragte Johan und drehte sich um. Er spürte die Irrealität dieser Situation.

»Kaufen Sie umgehend einen Räucherfisch!«, wiederholte der Mann seine Aufforderung. Er war nicht besonders groß gewachsen und trug eine Nickelbrille, kurz rasiertes graues Haar, ein weißes Hemd und einen dunklen Anzug. Er strahlte eine Art innere Zerrissenheit aus und mochte um die fünfzig Jahre alt sein. Der Mann lächelte freundlich, aber höchst eigentümlich.

Johan warf einen Blick zu der Frau vorn an der Kasse, die jetzt schon mindestens genauso eigentümlich zu ihm herübersah. »Ich kann hier nicht so frei sprechen, wie ich es gerne möchte«, flüsterte Johan dem Mann entschuldigend zu. »Lassen Sie uns kurz zwischen dem Knäckebrot und den Keksen untertauchen, sonst denkt man noch, ich sei verrückt.«

Der Mann zuckte mit den Schultern und verschwand wortlos im entsprechenden Regalgang.

»Ich glaube, ich kenne Sie«, sagte Johan, sobald er neben ihn getreten war.

»Natürlich kennen Sie mich«, antwortete der Mann, »sonst wäre ich nicht hier.«

»Anfangs dachte ich, Sie wären Dr. Heinrich Faust.«

»Wie kommen Sie denn darauf?«

»Der hätte zu meinem seltsamen Gefühl gepasst, das ich empfinde, seit ich den Laden betreten habe.«

»Schmeichelhaft. Aber Unfug. Das wäre wirklich zu viel der Ehre. Und doch ist es ein guter Ansatz, was meine literarische Vorlage betrifft. Also überlegen Sie weiter«, forderte er Johan auf. »Na, kommen Sie, Sie wissen es doch längst.« Er kräuselte die Nase und schob die Nickelbrille ein Stück höher.

Da ging Johan ein Licht auf. »Sind Sie Harry Haller?«

»Kaufen Sie sofort einen Räucherfisch!«, sagte der wieder eindringlich, was man durchaus als Ja deuten konnte.

»Harry, ich – ich darf doch Harry sagen? – Harry, ich habe keine Ahnung, weshalb ich einen Räucherfisch kaufen sollte.« Johan deutete zu dem voll beladenen Einkaufswagen hinüber, den er im Mittelgang hatte stehen lassen. »Gemüse. Blumenkohl und Kartoffeln und so weiter. Sehen Sie. Darauf habe ich Lust. Nicht unbedingt auf Räucherfisch.«

»Alles in Ordnung bei dir, Johan?«, rief die Frau von der Kasse her. Sie und ihr Bruder Jan waren nicht nur Eigentümer des kleinen Supermarktes, sondern auch Bekannte von Agnes, Gunnar und seiner Frau Birgitta. Das war nicht ungewöhnlich, denn genau genommen kannte in Hedekas jeder jeden. Johan musste jetzt also achtgeben, denn es war besser, wenn niemand hier mitbekam, dass er zwischen Mehltüten, Knäckebrot- und Kekspackungen angeregte Selbstgespräche führte, obwohl es sich ja eigentlich um einen Dialog handelte. Nicht dass sich jemand der Minderheitsmeinung von Dr. Dr. Malmström anschloss, dass er eventuell den Verstand verloren habe.

»Ja, alles bestens, Annika!«, rief Johan zurück. »Danke. Ich suche bloß noch ein paar äh … besondere Schokoladenkekse.«

»Ach so. Warte, ich zeige dir, was wir haben«, kam es

von vorn. Johan hörte, wie sich Annika auf den Weg zu ihm machte, und es wirkte, als hätte sie nur auf einen Grund gewartet, um genau das endlich tun zu können.

»Besondere Schokoladenkekse? Humor scheint prinzipiell bei Ihnen vorhanden zu sein«, sagte Harry Haller mit einem leichten Anflug von Anerkennung. »Das ist viel wert, Sie werden ihn bald brauchen.«

Johan musterte ihn verwirrt.

»Was ich damit sagen will, ist, dass Sie sich bald entscheiden müssen, um Frieden zu finden, und das gelingt am besten mit Humor«, fuhr Harry Haller fort. »Glauben Sie mir, ich weiß, wovon ich spreche. Das kann sonst böse enden. Sie müssen Ihre beiden Seelen zu einer vereinen, zu einer, die sich gänzlich liebt, verstehen Sie? Aber erst nachdem Sie sich selbst verziehen haben.«

»Ich soll mir verzeihen? Aber was denn? Ich werfe mir doch gar nichts vor«, widersprach Johan vehement.

»Weiter so. Ihr Humor gewinnt bereits merklich an Fahrt. Respekt.«

»Sie hatten Hermine«, sagte Johan.

»Und Sie haben Lina«, erwiderte Harry Haller.

»Sie ist tot«, zischte Johan und spürte, wie er wütend wurde.

»Ist sie? Schade.«

»Hermine hat Sie gerettet.«

»Die ist quasi auch tot. Hat Lina Sie etwa nicht gerettet?«

»Nein. Sie lässt mich nicht in Ruhe«, antwortete Johan.

»Wirklich? Ich glaube, Sie haben weder Ihre eigene noch meine Geschichte wirklich verstanden. Lesen Sie Letztere noch einmal, aber vergessen Sie niemals, dass Sie sich stets in Ersterer befinden, in der Sie auch der Protagonist sind.« Harry Haller beugte sich zu Johan vor und flüsterte: »Kaufen Sie daher umgehend einen Räucherfisch.«

Da bog die Kassiererin schwungvoll in den Knäckebrot-Keks-Gang ein und stand im nächsten Augenblick auch schon vor Johan.

Harry Haller war verschwunden.

»So, da bin ich«, sagte die stämmige Annika in ihrer rosafarbenen Kittelschürze. Sie schien regelrecht erleichtert zu sein, dass Johan in diesem Moment nichts sagte. Vor allem nicht zu irgendjemandem, der gar nicht anwesend war. »Von vorn hat es sich so angehört, als hättest du mit jemandem gesprochen. Dabei ist doch niemand im Laden außer dir und ... Aber ist ja auch egal. Welche Schokoladenkekse suchst du denn? Welche mit Kokos, mit bunten Streuseln oder mit Fruchtgelee gefüllte? Brauchst du sie fürs Café oder für die Kaffeepause mit Agnes?« Sie zwinkerte Johan zweideutig zu.

Johan sah Annika einen Moment lang prüfend an und überlegte, ob Cyrano de Bergerac mit ihr ... nein, das war unmöglich. »Ich habe es mir überlegt«, sagte er schließlich zu ihr, »ich nehme keine Schokoladenkekse, sondern lieber einen Räucherfisch.«

Während der Rückfahrt in seinem mit Einkäufen vollgepackten Saab dachte Johan immer wieder an den herrlich entgeisterten Gesichtsausdruck von Annika zurück, als sie ihm den Räucheraal in die Hand gedrückt hatte. Wahrscheinlich hatte sein abrupter Sinneswandel ihr Bild von ihm als eigenbrötlerischem Café-Besitzer und sonderbarem

Altbuchhändler bekräftigt, der offenbar auch noch seltsame Selbstgespräche führte. Wer wollte es ihr verübeln?

Johan fand das alles trotzdem amüsant. Wie sollte er sonst die Vergangenheit im Hier und Jetzt ertragen? Glücklicherweise besaß er Humor. Das hatte er schon gewusst, bevor Harry Haller es ihm bestätigt hatte, der Protagonist aus »Der Steppenwolf«, einem Buch, das er schon seit seiner Jugend bewunderte. Und Harry Haller musste es wissen, denn er war, so meinte sich Johan wenigstens zu erinnern, alles andere als humorlos gewesen. Andernfalls hätte er seinen geplanten Suizid wohl tatsächlich umgesetzt, und Hermann Hesse hätte das preisgekrönte Werk niemals beenden können – wie auch, ohne Protagonisten? Das alles war verwirrend, aber zumindest logisch. Was man von Johans Räucherfischkauf nicht unbedingt behaupten konnte. Der war ausschließlich verwirrend.

12.
Karl Marx und ein vorlautes Mädchen

Hedekas – Montag, 4. Mai 1987

Zu Hause angekommen verstaute Johan zuerst seine Einkäufe, und da heute Montag und auch für das Café Ruhetag war, machte er sich schließlich daran, die Inventur im Antiquariat zu beginnen, die er lange vor sich her geschoben hatte. Den von einer Frauenhand mit Tinte adressierten Brief hatte er neben dem Räucherfisch in der Küche zurückgelassen, und er hatte ein seltsames Gefühl, wenn er daran dachte. Heute Abend würde er ihn lesen.

Johan kam gut mit der Inventur voran, und die Zeit verging wie im Flug, während er einen Großteil seines Buchbestands erfasste. Noch einen halben Tag, und er wäre fertig damit.

Johan befand sich in der hintersten Ecke des Antiquariats bei den Koch- und Backbüchern, die er im Laufe der Jahre zusammengetragen hatte, als es laut und vernehmlich an der Tür klopfte. Überrascht blickte er auf und lauschte.

Wieder klopfte es.

Stärker.

Ungeduldiger.

Kundschaft konnte das kaum sein, denn heute war geschlossen. Er zwängte sich durch Kisten, Regale und Bücherstapel, um zum Eingang zu gelangen. Als Johan die Tür endlich erreicht hatte und öffnete, stand ein auffallend gut gekleidetes Pärchen vor ihm. Der Mann schaute Johan ungeduldig an.

»Meine Güte, das hat ja ewig gedauert. Man könnte fast meinen, Sie wollten gar keinen Umsatz machen. Da, wo wir herkommen, wäre Ihr Laden sicher längst pleite«, sprudelte der Mann grußlos hervor.

»Woher kommen Sie denn?«, fragte Johan gelassen.

»Aus Stockholm. Wir sind auf der Durchreise«, murmelte der Mann. »Die Dame hier wollte unbedingt bei Ihnen vorbeischauen, als sie Ihr gammeliges Schild unten an der Straße gesehen hat. Miserabler Schotterweg, hier herauf. Ruiniert einem ja die Stoßdämpfer und den Auspuff. Außerdem hasse ich Löwenzahn.«

Der Mann war etwa Mitte vierzig, trug ein weißes Hemd und darüber einen Kaschmirpullover, eine dazu passende Stoffhose, schätzungsweise italienische Halbschuhe und eine protzige Golduhr. Sein Gesicht kontrastierte allerdings mit dem Eindruck, den die ausgesuchte Garderobe erweckte. Es wirkte wie das einer alternden Eule, die vergessen hatte, ihren Lottoschein mit den richtigen Zahlen abzugeben, und darüber einfach nicht hinwegkam. Seine Frau war wesentlich jünger – eine echte Schönheit mit geheimnisvollen Augen, wie Johan feststellte – und wirkte auf sympathische Art unsicher, kindlich, ja fast verletzlich. Sie stand stumm neben ihrem Mann und lächelte zaghaft, als wäre ihr sein Verhalten ein wenig unangenehm, aber nichts Neues.

»Ja, das stimmt«, sagte sie. »Ich mag schöne alte Bücher. Ich weiß, Sie haben eigentlich erst morgen wieder geöffnet, aber da sind wir schon zurück in Stockholm. Kann ich mich bei Ihnen ein wenig umsehen?«

»Aber natürlich.« Johan machte die Tür weiter auf und dann eine einladende Geste. Er hatte beschlossen, sie trotz oder vielleicht gerade wegen ihres offensichtlichen Heiratsfehlers zu mögen und weil sie *schöne alte Bücher* gesagt hatte. Außerdem beschloss er, ihren Gatten nicht darauf hinzuweisen, dass es sich nicht gehörte, ungeduldig an Türen von Antiquariaten zu hämmern, deren Öffnungszeiten unmissverständlich auf dem von ihm genannten Schild unten an der Straße zu lesen waren.

Er folgte den beiden ins Antiquariat und setzte sich hinter den Verkaufstresen. Das tat er immer, wenn er Kunden im Laden hatte. Von hier aus hatte er alles gut im Blick, ohne dass seine Besucher sich beobachtet fühlen mussten.

Der Mann aus Stockholm bewegte sich mit verschränkten Armen langsam an einem Regal mit alten Büchern über noch ältere Autos vorbei. Er hatte seinen Kopf schief gelegt und schien wenig interessiert die Buchrücken zu studieren. Seine Frau hatte unterdessen am Regal mit den Kinderbüchern haltgemacht und begann darin zu stöbern. Kurze Zeit später wirkte sie ganz aufgeregt und zog drei Bücher heraus, die sie zuerst eingehend betrachtete und mit denen sie dann zu ihrem Mann hinübereilte, der mittlerweile bei alten Büchern über noch ältere Waffen angekommen war und den Kopf immer noch schief gelegt hatte.

Die Frau sagte leise etwas zu ihm, das Johan nicht verstand, aber es musste um die drei Kinderbücher gehen. Der

Angesprochene nahm die Bücher nacheinander prüfend in die Hände, verzog zuerst missmutig und – nachdem seine Frau erneut auf ihn eingeredet hatte – resigniert das Gesicht und kam schließlich gemeinsam mit ihr zu Johan hinüber, der sich von seinem Stuhl erhob und ihnen entgegentrat.

»Ich sehe, Sie haben etwas gefunden«, sagte Johan.

»Ja«, erwiderte der Mann und legte die Bücher auf den Tisch. »Die sind aber viel zu teuer.«

Johan war überrascht. Es waren die drei Pippi-Langstrumpf-Bände, die er auf dem *Loppis* in Umeå bei der Frau mit den alten Lampen erstanden hatte. Und plötzlich war es da. Dieses Wort. Wie aus dem Nichts. Scheinbar deplatziert und ohne Sinn. Doch es war, als ob es als Echo von überallher widerhallte. *Antiquar – Antiquar.*

»Hallo? Hören Sie mich?«, fragte der Mann. »Der Preis für diese Bücher gefällt mir nicht.«

»Was gefällt Ihnen daran nicht?«, fragte Johan und fasste sich wieder. »Es steht Ihnen selbstverständlich frei, mir mehr dafür zu zahlen, wenn Sie das meinen.«

»Unverschämtheit. Wissen Sie eigentlich, wer ich bin?«, fragte der Mann überrascht. Er schien es nicht gewohnt zu sein, dass jemand ihm widersprach.

»Nein«, antwortete Johan, »aber ich weiß mit Sicherheit, was Sie *nicht* sind.«

Die Mundwinkel der Frau zuckten amüsiert, sie blickte zu Boden. Der Mann hingegen wollte sich offenbar keine Blöße geben, jedenfalls ging er nicht darauf ein. »15 000 Kronen, 5000 pro Buch? Das ist Wucher! Viel zu viel für ein paar vergammelte Kinderschmöker.«

»Wenn es tatsächlich so wäre, würde ich Ihnen vollkommen recht geben«, sagte Johan. »Aber es handelt sich hier nicht um ›vergammelte Kinderschmöker‹, sondern um wertvolle Erstausgaben von Astrid-Lindgren-Büchern aus der ersten Hälfte des Jahrhunderts, illustriert von Ingrid Vang Nyman und zudem in außergewöhnlich gutem Erhaltungszustand. Das sind gesuchte Raritäten.«

»Wenn sie so gesucht sind, dann frage ich mich, weshalb Sie sie noch im Angebot haben«, sagte der Mann. »Mir können Sie nichts vormachen, ich bin selbst Kaufmann, wenngleich ein erfolgreicher, und ich weiß daher genau, wie der Hase läuft. Aber ich habe eine Idee. Ich gehe jetzt zu meinem Auto, mir einen Zigarillo holen, und wenn ich zurück bin, machen Sie mir einen anständigen Preis, vielleicht kommen wir dann ins Geschäft.«

Mit diesen Worten drehte sich der Mann um, trat durch die Tür hinaus in den Hof und ging weiter auf die Wiese, auf der Johan mit ein paar kleinen, in den feuchten Boden gehauenen Zaunpfählen und einigen rot getünchten Dachlatten einen Besucherparkplatz für ein gutes Dutzend Autos abgesteckt hatte.

»Er muss immer gewinnen«, sagte die Frau. Es klang wie eine vorwurfsvolle Entschuldigung.

»Wie sehr mögen Sie Pippi Langstrumpf?«, fragte Johan.

Die Frau blickte ihn freundlich und verwundert an. »Sehr. Meine Mutter hat mir immer daraus vorgelesen.« Sie zögerte kurz, dann sagte sie: »Ich vermisse sie.«

»Ich habe der Vorbesitzerin nämlich versprochen, die drei Bücher nur jemandem zu verkaufen, der sie mindestens genauso liebt wie sie und sie zu schätzen weiß. Und da das meiner Ansicht nach bei Ihnen der Fall ist, werde ich Ihrem Mann ein Angebot machen, das er nicht ablehnen kann.«

»Oh, das würden Sie tun? Das ist nett von Ihnen. Er ist allerdings bloß mein Freund und nicht mein Mann«, fügte sie hinzu.

»Spielt das eine Rolle?«, fragte Johan.

»Für mich schon«, sagte sie. »Ich bin frei.« Ihr Gesichtsausdruck, ja ihre gesamte Ausstrahlung veränderte sich plötzlich. Sie wirkte mit einem Mal selbstbewusster, und ihre scheinbare Verletzlichkeit war nicht mehr zu spüren. »Es hat aber auch Nachteile. Zum Beispiel, dass man sich keine schönen alten Bücher kaufen kann, die 15 000 Kronen kosten. Ich komme aus einfachen Verhältnissen. Meine Eltern sind tot. Sie liegen in Karlstad begraben. Zum Glück bin ich nicht dumm und sehe ganz passabel aus.« Sie dachte einen Moment lang nach. »Ich werde ihn wohl tatsächlich bald heiraten.«

»Das tut mir leid«, sagte Johan. »Also, ich meine, das mit Ihren Eltern und Ihren Verhältnissen«, beeilte er sich hinzuzufügen, aber dann hielt er inne. »Warum erzählen Sie mir das alles eigentlich? Sie kennen mich doch erst seit ein paar Minuten.«

»Ich weiß nicht. Vielleicht bin ich einfach einsam. Oder aber ich glaube, Sie verstehen mich. Sie wirken, als ob Sie auch jemanden vermissen würden. Ist es so? Möglicherweise versetzt mich das alles zusammen mit den Erinnerungen an meine Mutter und Pippi Langstrumpf in eine gewisse sentimentale Stimmung.« Sie zuckte mit den Achseln. »Außerdem werde ich Sie wahrscheinlich sowieso nie mehr wiedersehen. Sie sollten einer Unbekannten besser nicht alles glauben, was sie über sich selbst erzählt. Man muss schauen, wo man bleibt, Sie verstehen?«

»Ich verstehe«, sagte Johan. »Dann werde ich mal etwas für Ihren zukünftigen Ehemann heraussuchen, damit er den Kampf um Ihre Pippi-Langstrumpf-Bücher für sich entscheiden kann.«

»Vielen Dank«, sagte die Frau mit sanfter Stimme. »Ich werde in der Zwischenzeit auch eine Zigarette rauchen gehen. Lassen Sie sich Zeit. Ich sage ihm, Sie würden neu kalkulieren, das gefällt ihm sicher.« Mit diesen Worten verließ sie das Antiquariat.

Johan war wieder allein im Laden. *Antiquar – Antiquar,* tönte es leise, als er zärtlich über die drei Pippi-Langstrumpf-Bände strich. Er schloss die Augen und atmete den Geruch seiner Bücher ein. Leder, Pappe, schwarze Tinte, Druckerschwärze, Kinderlachen, die Tränen von Verliebten und eine schwache Ahnung von Autorenschweiß – all das lag in der Luft, und Johan liebte es.

»Was willst du dem frechen Mann mit dem Eulengesicht denn anbieten?«, fragte eine vorlaute Stimme.

Johan öffnete die Augen. Vor ihm stand ein etwa neunjähriges Mädchen. Rote abstehende Zöpfe, ein unverfrorenes Sommersprossenlächeln, das stolz eine Zahnlücke zeigte, schlaksige Beine in grünen und roten Overknees, die in viel zu große Stiefeln steckten, ein grünes T-Shirt, dazu ein gelbes Minikleid mit aufgenähten rot-weiß karierten Taschen. Kein Zweifel, sie war es. Pippi Langstrumpf persönlich.

»Ich weiß es noch nicht. Was hätte er denn deiner Meinung nach verdient?«, fragte Johan und ging währenddessen zu einem Regal mit antiquarischen Werken zur Ökonomie.

»Er war frech zu dir und sollte deshalb zur Strafe erst einmal ein ganzes Fass voller stinkender *Surströmminge* aufessen!«, rief Pippi. »Ekliger Stinkefisch! Und wenn er das gemacht hat, muss er dir drei Taka-Tuka-Goldtaler geben! Für jedes Buch einen.«

»Drei was?« Johan drehte sich um.

Pippi Langstrumpf begann in der Mitte des Antiquariats auf einem Bein im Kreis zu hüpfen wie um einen imaginären Marterpfahl und sang dabei lauthals: »Ta-ka Tu-ka Gold-ta-ler.« Pro Hüpfer eine Silbe. »Ta-ka Tu-ka Gold-ta-ler. Ta-ka Ta-ka Tu-ka Gold-he-ring. Ta-ka Tu-ka *Sur-ström-ming*.« Es klang unglaublich entschlossen. Und wahnsinnig indianisch.

Im Hintergrund schrie Herr Nilsson, Pippis kleines Äffchen, und vollführte akrobatische Sprünge von Bücherstapel zu Bücherstapel.

Johan lächelte amüsiert und wandte sich wieder dem Regal zu. »Ich habe eine bessere Idee.«

»Och, wie schade!«, rief Pippi.

»So ein Taka-Tuka-Goldtaler ist sehr schwer zu besorgen und Goldheringe auch. Die gibt es hier nur im Hochsommer, weißt du?«

Inzwischen hatte Johan das gesuchte Buch gefunden und zog es heraus. Als er sich umdrehte, waren Pippi Langstrumpf und Herr Nilsson verschwunden. Aber das war in Ordnung. Er brauchte sie im Moment nicht mehr, auch wenn ihm ihr Besuch gefallen hatte.

Er klemmte sich das Buch unter den Arm und verließ das

Antiquariat, um die beiden Stockholmer Kunden auf dem Parkplatz zu suchen.

»Und? Haben Sie mir etwas anzubieten?«, fragte der Mann, kaum dass Johan ihm entgegentrat. Er hatte ein qualmendes Etwas im Mundwinkel. Es war so groß, dass es bei Menschen mit weniger Vermögen eher als Festtagszigarre, keinesfalls aber als Zigarillo durchgegangen wäre. Seine Freundin stand daneben und zog an ihrer Zigarette.

»Ja, habe ich«, sagte Johan.

Ein Siegerlächeln machte sich im Gesicht des Mannes breit. »Wusst' ich's doch.«

»Bei dem Preis für die drei Pippi-Langstrumpf-Bücher kann ich Ihnen leider nicht entgegenkommen, aber ich lege Ihnen etwas recht Seltenes und Wertvolles als Beigabe dazu, das Ihnen bestimmt gefallen wird. Hier.« Damit reichte Johan dem Mann das Buch, das er für ihn herausgesucht hatte.

Der betrachtete es und machte große Augen. »›Das Kapital‹ von Karl Marx?«

»Die erste schwedische Übersetzung, von Rickard Sandler aus dem Jahre 1930. Er hat über ein Jahrzehnt daran gearbeitet.«

»Halten Sie mich für einen Kommunisten?«

»Karl Marx war Philosoph und in erster Linie Ökonom, und ich dachte, das dürfte eher ein Thema für Sie sein als grundlos fröhliche Kinder«, sagte Johan. »Das Buch ist selten, und wenn Sie es tatsächlich irgendwo einmal finden, kosten schlechter erhaltene Exemplare sicher zwei- bis dreitausend Kronen. Mein Angebot – Ihre Entscheidung.«

Der Mann sah seine Freundin an – sie hatte mittlerweile

wieder ihren Kalbsblick aufgesetzt und ihre Schwäche übergeworfen wie einen Regenmantel – und dann Johan, der keine Miene verzog.

»Einverstanden«, sagte er schließlich und zückte sein Portemonnaie. Er zählte Johan das Geld in die Hand. Fünfzehn Mal wechselte das Konterfei von König Gustav I. Wasa den Besitzer.

Die hübsche junge Frau hielt die drei Pippi-Langstrumpf-Bücher fest im Arm. Während sie mit ihrem wahrscheinlich zukünftigen Mann über den Hof zum Tor ging, drehte sie sich noch einmal zu Johan um und warf ihm einen Blick über ihre schmale Schulter zu, der tiefe Dankbarkeit und einen Anflug von erfüllter Sehnsucht in sich trug.

Johan stand noch dort, als die beiden schon nicht mehr zu sehen und längst auf dem Schotterweg in Richtung Straße unterwegs waren.

Plötzlich fiel ihm wieder ein, was die junge Frau vorhin zu ihm gesagt hatte, und ihm wurde schwindelig.

Sie sollten einer Unbekannten besser nicht alles glauben, was sie über sich selbst erzählt. Man muss schauen, wo man bleibt, Sie verstehen?

Was, wenn Lina ihn belogen hatte? Wenn sie in Wirklichkeit gar nicht Lina Berglund hieß, sondern ganz anders? Könnte die Erklärung für ihr Verschwinden tatsächlich so einfach, so beinahe lächerlich banal sein? Was, wenn die Frau mit der eigenwilligen Hochsteckfrisur und dem pastellgrünen Kostüm recht gehabt hätte? Was, wenn er nach einem Geist gesucht hätte?

Er ging zurück ins Antiquariat, um dort weiter aufzuräumen und Bücher zu sortieren.

13.
Sherlock Holmes müsste man sein

Göteborg – Freitag, 27. Januar 1984

Die Frau hinter dem Schreibtisch blickte von ihren Unterlagen auf und schüttelte den Kopf. Freundlich, aber bestimmt.

»Lina Berglund, sagen Sie? Mit ›Berg‹ und mit ›Lund‹, so, wie man es spricht und schreibt?« Sie suchte noch einmal in ihrer Liste. »Nein, leider nein. Ich kann keine Unterlagen über sie finden, Herr Andersson. Sie war definitiv niemals Mitglied bei uns im *Riksförbundet Svensk Fotografi*, sonst stünde ihr Name hier.«

Die Frau trug eine eigenwillige Hochsteckfrisur, die nicht mehr in die Zeit, aber genau wie ihr pastellgrünes Kostüm gut zu ihrer gesamten Erscheinung passte. Sie strahlte eine subtile, distanzierte Eleganz aus, die hervorragend mit den einfach gehaltenen und großformatigen Schwarz-Weiß-Fotografien harmonierte, die im ganzen Raum hingen und wahrscheinlich allesamt von Mitgliedern des »Reichsverbandes Schwedische Fotografie« stammten.

»Ich verstehe es nicht«, sagte Johan resigniert. »Ich kannte sie nicht lange, aber sie hat mir ein paar ihrer Fotografien gezeigt, die so beeindruckend waren, dass ich keinen Zweifel daran hatte, dass Frau Berglund eine professionelle

Fotografin war. Nicht, dass ich selbst ein Fachmann wäre, aber ich habe mit Büchern zu tun, und der ein oder andere Fotoband ist mir schon untergekommen.«

»Na, dann kennen Sie sich ja ein wenig aus. Es tut mir leid, dass ich Ihnen keine andere Auskunft erteilen kann. Dennoch würde ich an Ihrer Stelle die Suche nicht aufgeben, denn unsere Mitglieder sind beinahe ausschließlich Hobbyfotografen. Die Profis sind nicht bei uns, sondern im *Svenska Fotografers Förbund* organisiert.«

»Ich weiß«, sagte Johan. »Im ›Verband schwedischer Fotografen‹ in Stockholm.«

»Ach, und dort war Frau Berglund auch nicht bekannt?«, wunderte sich die Frau.

»Leider nein. Dort habe ich als Erstes nachgefragt. Ich komme nämlich aus Stockholm, müssen Sie wissen.«

»So weit sind Sie gefahren?«, sagte die Frau mit Bedauern und Erstaunen in der Stimme. »Weshalb haben Sie nicht einfach angerufen? In diesem Fall hätten Sie sich den langen Weg sparen können.«

»Ich wollte sowieso hierherkommen«, sagte Johan. »Frau Berglund hat mir erzählt, dass sie aus Göteborg stammt und hier wohnt.«

Die Frau verzog ihren Mund und kniff leicht die Augen zusammen, als fixiere sie etwas. Das gab ihr für einen kleinen Moment ein etwas zerknittertes Aussehen, und auch wenn Johan sie nicht kannte, wusste er sofort, dass das die Miene war, die sie vermutlich immer aufsetzte, wenn sie konzentriert nachdachte.

Schließlich entspannten sich ihre Züge wieder. »Nun, dass Ihre Bekannte in keinem Verband organisiert ist, muss nichts heißen«, sagte die Frau aufmunternd. »Nicht alle Fotografen sind Mitglied im Berufsverband.«

»Das mag sein«, sagte Johan. »Aber es erleichtert mir die Suche nicht gerade. Sherlock Holmes müsste man sein.«

Die Angestellte des Fotografenverbandes zog eine Schublade ihres Schreibtisches auf und holte ein dickes gelbes Buch hervor. »Genau. Ich glaube, es ist höchste Zeit für klassische Detektivarbeit.« Sie lachte, schob die Mitgliederakte beiseite und schlug das Telefonverzeichnis der Stadt Göteborg auf. Sie blätterte vor und dann zurück, murmelte dabei vor sich hin, wie einen heimlichen Zauberspruch, und setzte schließlich ihren rot lackierten Zeigefinger auf eine Stelle mitten auf der Seite.

»Hier!«, rief sie. »Sehen Sie, es ist gar nicht so schwer. Glücklicherweise gibt es in ganz Göteborg nur fünf Lina Berglunds, vier Linnéas – könnte ja sein, dass Lina lediglich ein Rufname für Linnéa ist, oder? – und zwei L-Punkt-Berglunds. Das könnten auch Linas sein. Dazu kommen, warten Sie …« Sie sah konzentriert ins Telefonbuch. »Einmal E-Punkt-und-L-Punkt-Berglund und einmal S-Punkt-und-L-Punkt-Berglund. Das macht zusammen genau dreizehn Einträge.« Die Frau verschränkte die Arme, lehnte sich offensichtlich zufrieden mit ihren Rechercheergebnissen in ihrem Bürostuhl zurück und lächelte Johan an.

»Das ist aber nett«, sagte Johan. »Das wäre mein nächster Schritt gewesen.« Er fühlte sich zum ersten Mal an diesem Tag wieder hoffnungsvoll. »Kann ich mir die Namen und Adressen aufschreiben?«

»Nicht nötig, Herr Andersson. Ich mache Ihnen eine Kopie.« Mit diesen Worten erhob sich die Frau wieselflink, drehte sich um und legte das Telefonbuch mit der aufgeschlagenen Seite nach unten auf den Kopierer hinter ihrem Schreibtisch. Es summte und surrte. Ein zarter Lichtbalken drang zwischen der Glasplatte und der Abdeckung hervor und huschte hin und her, gleichzeitig wurde ein Blatt Papier eingezogen, um kurz darauf an der Vorderseite des Gerätes wieder auszutreten. Die Frau nahm das Telefonbuch und steckte es in die Schreibtischschublade zurück. Dann reichte sie Johan die Kopie.

»Vielen Dank«, sagte er. »Ich hoffe, meine Frau Berglund befindet sich unter diesen Leuten. Auch wenn sie vielleicht gar nicht mehr … Ich muss zumindest wissen, wo sie gelebt hat.«

»Vielleicht wohnt sie ja in *Göteborgs Län*, also nicht in der Stadt, sondern in der gleichnamigen Kommune im Umland«, gab die Frau zu bedenken.

»Auch eine Idee«, sagte Johan und stand auf. »Ich werde es sicher herausbekommen.«

Die Frau reichte Johan die Hand zum Abschied. »Ich hoffe, Sie finden diese Frau Berglund. Sie bedeutet Ihnen viel, nicht wahr?«

»Ja«, sagte Johan. »Mehr, als ich jemals gedacht hätte.«

»Könnte es vielleicht sein, dass Frau Berglund, nun, wie soll ich es sagen, dass sie Ihnen …«

»Dass sie mir einen falschen Namen genannt hat?«, vervollständigte Johan den Satz. »Warum hätte sie das tun sollen? Sie hatte nicht den geringsten Grund dafür, mich zu belügen. Lina war Lina. Ich werde sie finden, glauben Sie mir, und wenn es den Rest meines Lebens dauert. Vielen Dank für Ihre freundliche Hilfe. *Hej då.*«

14.
Magnus Löfwings Bitte

Hedekas – Montag, 4. Mai 1987

Als Johan aus dem Antiquariat trat, stellte er erstaunt fest, dass die Dämmerung bereits weit fortgeschritten war. Die Nacht zog heran, und bald würde man die Hand nicht mehr vor Augen sehen. Er sperrte die Ladentür ab und ging über den Hof zum Haus, wo nur die kleine Lampe über der Veranda wie ein einzelnes gelbliches Auge ins Dunkel strahlte. Er hatte die andere Seite des Hofes noch nicht erreicht, als sich ihm plötzlich die Nackenhaare aufstellten.

Johan blieb verwundert stehen und drehte sich um.

»Hallo? Ist da wer?«, rief er. Da fiel ihm ein, dass dies wohl die am häufigsten verwendeten letzten Worte von Menschen in Krimis und Thrillern waren, für die es selten gut, oft aber tödlich ausging.

Statt einer Antwort strich ein kühler Wind durch die Bäume und weit entfernt kläffte ein Hund.

»Hallo?«, rief Johan nochmals in die Stille hinein. Schließlich schüttelte er den Kopf und ging weiter auf das Haus zu, auch wenn er sich einbildete, seine Schritte wären nun etwas größer, als sie es vor diesem seltsamen Gefühl noch gewesen waren.

Er betrat das Haus und beschloss, sich eine Flasche Pfaffenwein zu gönnen. Wenig später setzte er sich mit der Tagespost und dem Räucherfisch, den er aus Hedekas mitgebracht hatte, an den Esstisch in seiner Küche, schenkte sich ein Glas ein und trank einen kräftigen Schuck, bevor er seine Briefe durchging. Es waren lauter Rechnungen und etwas Werbung. Den edel anmutenden Brief ohne Absender, der in einer Frauenhandschrift geschrieben worden war, hob er sich bis zum Schluss auf – ja, er drückte sich davor, musste er sich eingestehen. Dann nahm er ihn endlich, drehte ihn und hielt ihn prüfend gegen das Licht, als wäre er womöglich mit Geheimschrift versehen, was natürlich nicht der Fall war. Er verwendete in Ermangelung eines Brieföffners seinen Korkenzieher und atmete tief durch. Was würde ihn erwarten, wer hatte ihm geschrieben? Schließlich steckte er die Metallspitze am Ende der stählernen Spirale in das Kuvert und riss es der Länge nach auf. Er zog ein weißes Blatt Papier hervor, entfaltete es und begann zu lesen.

Stockholm, 30. April 1987

Lieber Johan,
bitte entschuldige, dass ich Dich mit diesem Brief überrumpelt habe. Allerdings muss ich gestehen, dass genau das meine Absicht war, als ich den Absender wegließ und Gunilla bat, die Adresse auf den Umschlag zu schreiben – ich soll Dich übrigens herzlich von ihr grüßen. Du hättest einen Brief von mir womöglich ungeöffnet in den Abfalleimer geworfen, so

aber weiß ich, dass Du viel zu neugierig bist, um das jetzt noch zu tun. Habe ich recht?
Gönne mir bitte diesen kleinen Triumph. Es war die einzige Möglichkeit, die mir eingefallen ist, um Zugang zu Dir zu bekommen. Obwohl Du uns damals in Stockholm, nachdem Du aus dem Verlag ausgestiegen bist, strikt untersagt hast, Dich zu suchen und zu kontaktieren. Per und ich haben Dir das nicht krummgenommen, und wir haben Deinen Wunsch respektiert, denn es war furchtbar, was Dir damals in dem Sturm passiert ist, und es ging uns finanziell immer gut.
Nun aber kann ich nicht anders, als Dir zu schreiben. Per ist tot. Er ist vor drei Wochen überraschend an einem Herzanfall verstorben, und so lange hat es auch gedauert, bis ich verkraftet habe, dass er Verlagsgelder in Millionenhöhe veruntreut hat, und bis ich endlich herausfand, wohin Du gezogen bist.
Wie sich herausstellte, war Per spielsüchtig gewesen und hat in den letzten zwei Jahren immer mehr Schulden gemacht, was ihm am Ende keinen Ausweg mehr ließ. Der Herzanfall ist die offizielle Darstellung, aber in Wahrheit hat er sich umgebracht. Es ist eine Tragödie – für ihn, für seine Familie und für uns. Die Wahrheit ist aber auch, dass ich allein die Verlagsgeschäfte nicht dauerhaft aufrechterhalten kann. Ich brauche Unterstützung. Vier Jahre sind zugegebenermaßen eine lange Zeit, es ist viel geschehen, vieles hat sich verändert, und doch kennst Du den Verlag besser als die meisten, schließlich hast Du ihn

gegründet und mit aufgebaut, und Dein Gespür und Deine Liebe zu guten Büchern waren immer Gold wert.
Ich möchte Dich hiermit bitten, einmal ganz in Ruhe und mit dem gebotenen Ernst darüber nachzudenken, ob Du Dir eine neue Kooperation vorstellen und wieder in den Verlag eintreten könntest. Der Verlag hat eine gute Prognose, obwohl es ihm schon besser ging, was vermutlich nur daran liegt, dass ihm Teile seiner Seele allmählich abhandengekommen sind. Damals Du, jetzt Per. Ich hoffe, von Dir zu hören.

Es grüßt Dich herzlich
Magnus

Johan war erleichtert, dass er nun wusste, wem die Frauenhandschrift gehörte. Aber gleichzeitig war er auch traurig, weil sein langjähriger Geschäftspartner Per Eriksson ein so tragisches Schicksal erlitten hatte. Johan las den Brief noch einmal, dann legte er ihn auf den Tisch.

Er erhob sich, holte Besteck und einen Teller aus der Küchenzeile sowie Preiselbeermarmelade und Meerrettich aus dem Kühlschrank, dann setzte er sich wieder. Bedächtig zog er den Räucheraal zu sich heran, den ihm Annika in dem kleinen Supermarkt in Hedekas verkauft und in Zeitungspapier eingewickelt hatte, und befreite den Fisch aus seiner Verpackung. Er glänzte dunkel und fettig, und trotz seiner starren Augen, die Johan leicht vorwurfsvoll und mit getrübtem Blick anzuglotzen schienen, verspürte Johan regelrecht Appetit. Woher Harry Haller wohl gewusst hatte, dass er in Kürze Lust auf Fisch bekommen würde? Sollte das Absicht gewesen sein, so wäre diese Hellsichtigkeit eine neue Qualität in der Beziehung zu seinen Freunden, stellte Johan fest.

Es knackte, als er mit seinem Messer die Wirbelsäule des Aals durchtrennte, sich ein dickes Stück abschnitt und vor sich auf den Teller legte.

Es schmeckte himmlisch. So zart, fett und rauchig, und mit der leichten Süße der Preiselbeermarmelade und der milden Schärfe des Meerrettichs ergab sich eine aromatische Mischung in seinem Mund, die seine Sinne betörte. Er schloss die Augen, kaute bedächtig und ließ sich Magnus Löfwings Bitte durch den Kopf gehen.

Plötzlich wurde ihm eiskalt.

Ganz kurz nur.

Dann war es vorbei.

Johan öffnete die Augen und staunte nicht schlecht.

Neben ihm am Tisch saß eine Gestalt wie aus einer anderen Zeit, ein junger Mann von vielleicht fünfundzwanzig Jahren. Alles an ihm war auf gewisse Art und Weise wild, aber trotzdem seltsam vertraut. Der leicht verschmutzte Umhang, der an eine Mönchskutte erinnerte, die abgenutzten Schuhe und Hosen ließen eine lange und anstrengende Wanderschaft vermuten. Der stoppelige Bart und die Haare, die ihm in verklebten Strähnen bis zu seinen strahlenden Augen in die hohe Stirn fielen, unterstrichen diesen Eindruck. Der junge Mann sah Johan interessiert an und lächelte verschmitzt, als wüsste er mehr, als Johan sich jemals vorstellen konnte.

»Hat man dir aufgetragen, diesen Fisch zu essen?«, fragte er. Seine Stimme klang jugendlich und wissbegierig.

»Ja, man hat mir den Kauf von Räucherfisch nahegelegt. Dem habe ich Folge geleistet. Und nun esse ich ihn. Was soll ich denn sonst damit tun?«, entgegnete Johan und legte das Besteck beiseite. Er sah sein Gegenüber neugierig an und versuchte in dessen Gesichtszügen zu erkennen, wer er war und vor allem, weshalb er ihn besuchte.

»Und was versprichst du dir davon?«

»Ich hoffe hauptsächlich, damit genussvoll meinen Hunger zu stillen«, sagte Johan.

Der junge Mann lächelte kopfschüttelnd, als hätte er es mit einem verschrobenen Einsiedler zu tun. Er tippte mit den Fingern auf das ölige Zeitungspapier, das noch auf dem Tisch lag. Es hörte sich an wie der Taktstock eines Dirigenten, der die Aufmerksamkeit seines Orchesters einforderte. »Oh, mit Verlaub, ich vermute eher, dass es darum geht, Johan Andersson.«

»Um diese Zeitung?«, fragte Johan verwundert.

»Aber ganz bestimmt«, sagte der Fremde augenzwinkernd, strich sich die Haare aus dem Gesicht und verschränkte die Arme vor der Brust. Er ließ Johan keine Sekunde aus den Augen.

Der versuchte, sich nicht davon beirren zu lassen, schlug die an einigen Stellen feucht glänzende und nach Fisch, Druckerschwärze und Rauch riechende Doppelseite der *Bohusläningen*, einer Regionalzeitung aus Uddevalla, auf und überflog den Inhalt. Er wollte schon umblättern, da fiel sein Blick auf eine kleine Anzeige am Rand.

Am Sonntag, den 17.06.1987, erstmals großer Loppis in Karlstad! Floh- und Antikmarkt für Trödel, Bücher und Antiquitäten. Keine Neuware. Händler sind willkommen, Voranmeldung ist nicht erforderlich.

Johan sah auf. »Was hat das zu bedeuten?«, fragte er den jungen Mann und betrachtete ihn eingehend. Dabei überlegte er, wer zum Teufel er sein könnte. Johan fiel beim besten Willen nicht ein, um welche Romanfigur es sich bei diesem durchaus sympathisch wirkenden Fremden ohne jegliche besondere Merkmale handeln könnte. Dabei hatte er noch nicht einmal Harry Haller auf Anhieb erkannt, obwohl er den »Steppenwolf« und Hermann Hesse wie nur wenige andere Werke und Schriftsteller verehrte.

William von Baskerville hatte ihn vor etwas Dunklem gewarnt, das Johan vom Licht der Erkenntnis fernhalten wollte und vor dem er sich in Acht nehmen sollte. Dieses Etwas konnte dieser Mann wohl nicht sein.

»Du weißt immerhin schon, was ich *nicht* bin«, sagte der junge Mann schmunzelnd. Er war offensichtlich in der Lage, genau wie Johans andere Freunde auch, in seinen Gedanken zu lesen wie in einem Buch.

»Aber vielleicht bist du doch das Dunkle, von dem mein Freund William gesprochen hat«, sagte Johan und lehnte sich unwillkürlich ein Stück zurück.

»Wie kannst du so sicher sein, dass William von Baskerville dein Freund ist?«, fragte der Fremde, legte den Kopf schief und fixierte Johan. »Ich hingegen bin es. Ich kann dir nämlich aufrichtig versichern, dass ich nur dein Bestes will«, beruhigte der junge Mann ihn sanft. »Ich stehe für die Erkenntnis und die Wahrheit, für nicht mehr und nicht weniger.« Sein Lächeln war tiefgründig und spiegelte trotz seiner Jugend eine unerklärliche Weisheit wider, als hätte er schon viel mehr als das erlebt, was aufgrund seines Alters überhaupt möglich gewesen wäre, und als hätte er daraus auch die richtigen Schlüsse für sich gezogen. »Ich bin ein Student auf ewiger Wanderschaft, der nach Allwissenheit strebt.«

»Ein Student auf ewiger Wanderschaft?« Johan dachte angestrengt nach, doch ihm wollte kein literarisches Werk mit einer solchen Hauptfigur einfallen, geschweige denn eines, das er gelesen hatte und zu seinen Lieblingsbüchern zählte. »Ich kenne dich nicht. Warum erscheinst du mir trotzdem?«, fragte Johan und war sich der grotesken Situation bewusst, denn er erkundigte sich gerade beim Symptom über den Zweck der dazugehörigen Krankheit.

»Dass du mich nicht kennst, tut genauso wenig zur Sache wie die Liebe zu etwas, das längst vergangen ist und niemals wiederkommen wird, begreifst du das? Verpass deine Chance nicht und geh nach Stockholm. Nimm das Angebot von Magnus Löfwing an. Lebe im Hier und Heute – im Gestern sehe ich nur Tod und Verdammnis.«

»Bist du gekommen, um mir das zu sagen?«

»Auch.«

»Und die Zeitung?«, hakte Johan verwirrt nach. »Was ist damit? Der Markt und die Anzeige?«

»Das ist der andere Weg, der in die wahre Dunkelheit.«

»Und davor willst du mich bewahren?«

»Gewiss nicht davor, diesen Fisch zu verspeisen. Der

sieht, nebenbei bemerkt, recht schmackhaft aus. Räucheraal, nicht wahr?«

Johan zermarterte sich den Kopf. Bisher waren ihm ausschließlich Helden aus Geschichten erschienen, die einen bleibenden Eindruck bei ihm hinterlassen hatten. Darum ging er in Gedanken jedes Buch einzeln durch, das jemals in den Regalen seiner Zimmer gestanden hatte, doch er kam einfach nicht darauf, in welcher verflixten Geschichte dieser Student eine so bedeutende Rolle gespielt hatte, dass er sich an ihn erinnern musste. Dennoch hatte Johan das Gefühl, dass er diesen jungen Mann von irgendwoher kannte. Hatte er aufseiten des Helden einer Geschichte gestanden, oder war er eher ein Handlanger des Antagonisten gewesen? Oder drehte Johan jetzt vollkommen durch? Genügte es seiner Fantasie nicht mehr, ihm irgendwelche Romanfiguren vor die Nase zu setzen, sondern dachte er sich nun vielleicht schon komplette Hirngespinste aus? Dr. Dr. Malmström wäre bestimmt entzückt gewesen – aus rein medizinischer Sicht natürlich.

»Ich verstehe, dass es nicht einfach für dich ist, mein Erscheinen zu akzeptieren«, fing der junge Mann von Neuem an, er schlug ein Bein über das andere und lehnte sich entspannt zurück. »Ich glaube tatsächlich, dass du die Romanfiguren sehen konntest, weil du verrückt bist oder besser gesagt warst.«

»Ich war verrückt, weil ich Romanfiguren sehen konnte?«, fragte Johan.

»Hast du eine andere Erklärung?«

Johan ging nicht auf seine Frage ein. »Das heißt, ich bin es jetzt nicht mehr? Aber warum sehe ich dich dann noch?«

»Weil *ich* wahrhaftig bin«, sagte der junge Mann mit fester Stimme. »Und ich bin auch kein Symptom deines Leidens, sondern deiner Heilung, die kurz bevorsteht.«

»Moment, Moment«, wiegelte Johan überfordert ab, »das alles verwirrt mich etwas. Heißt das etwa, du bist ein Arzt oder ein Heiler? Studierst du Medizin?«

»So etwas Ähnliches.«

»Kommen die anderen nicht wieder zu mir?«, fragte Johan.

»Nun, das hängt ganz von dir ab und ist ein wichtiger Bestandteil des Heilungsprozesses.«

»Ich glaube, sie werden mir fehlen.«

»Nein, das werden sie nicht«, behauptete der Student mit fester Stimme. »Was dir wirklich fehlt, ist das echte Leben. Hol es dir zurück. Es liegt vor dir. Geh nach Stockholm und nicht zum *Loppis* in Karlstad.«

»Wer bist du?«, fragte Johan.

»Ich bin ein Teil von dir und vice versa«, sagte der Student. »Der Rest ist Fantasie, Moral, Wertegefüge, der Geist … was immer du möchtest.«

Das brachte Johan nicht weiter, höchstens in Kürze um seinen Verstand. Es war offensichtlich, dass dieser junge Mann seinen Namen nicht verraten wollte.

»Ich soll also nach Stockholm«, wechselte Johan das Thema. »Wieder in den Verlag.«

»So ist es. Das ist die richtige Wahl. Es ist ein ewiger Kreislauf. Ein Kommen und Gehen, ein Leben und Sterben. Wehr dich nicht dagegen, sondern nimm dein Schicksal endlich wieder in die eigene Hand. Beginne wieder dort, wo es einst geendet hat, mit diesem vermaledeiten Schiffsunglück. Nicht vielen wird die Möglichkeit einer Wiedergeburt zuteil. Glaube mir, ich weiß, wovon ich spreche. Ich komme viel in der Welt herum.«

»Ich soll aufhören, nach Lina und nach der Liebe zu suchen, mein altes Leben wieder aufnehmen und alles, was geschehen ist, einfach vergessen?« Johan holte tief Luft. »Aber ich will weiter nach ihr suchen«, rief er und sprang auf. Er schlug mit der Faust auf den Tisch, dass der Fischteller hüpfte. »Ich liebe sie! Ich werde sie immer lieben!«

Plötzlich hielt er inne.

Er hatte ein Geräusch draußen wahrgenommen, ein leises Scheppern, als wäre etwas umgefallen. Er ging zum Fenster und spähte in die Nacht hinaus. Aber er konnte nichts erkennen. Waren das Schritte im Kies, die sich rasch entfernten?

»Wir werden sehen«, hörte Johan noch die Stimme des jungen Mannes, doch als er sich wieder umdrehte, war er verschwunden.

Nur eine Stubenfliege kreiste tief unter der unmerklich schwingenden Hängelampe über dem Fisch und prahlte mit ihrem wankenden Schatten auf dem Küchentisch.

Der Geruch von Rauch lag in der Luft.

Er mochte vom Aal stammen.

Die Fliege entkam aus der Küchentür hinaus in den Flur.

15.
Das Meer ist ein wildes Tier

An Bord der Leksand – Samstag, 24. September 1983

Wäre es möglich, in die nahe Zukunft zu schauen, würde man in einem zunehmenden Wellengang, der mit einem beständig anschwellenden ablandigen Wind einhergeht, schon früh eine Gefahr erkennen. Dann würde man auch scheinbar Unbedeutendes – zum Beispiel das Verspeisen eines dick belegten Krabbenbrotes an der Snackbar eines Passagierschiffes – noch bewusster erleben. Es könnte ja immerhin das Letzte sein, was man in seinem Leben tat.

Doch daran dachte Johan nicht. Warum auch? Das bisschen Wind. Der Kellner hinter dem Tresen im Speisesaal erkundigte sich freundlich, ob ihm das *Räksmörgås* geschmeckt habe. Johan nickte, während der Mann den Teller mit den Überresten des Krabbenbrotes abräumte.

Die *Leksand* hatte vor gut einer Stunde in Holmsund abgelegt und war auf dem Weg zurück nach Stockholm. Morgen, etwa um dieselbe Zeit, würde sie dort eintreffen. Johan spürte die Vibrationen des Schiffsmotors kaum, genauso wenig wie das Schwanken der großen Fähre in den Wellen. Er nahm auch den dunklen Küstenstreifen mit seinen spärlichen Lichtern kaum wahr. Auf den nachtschwarzen Scheiben des Speisesaals vermischten sie sich mit dem Widerschein der Deckenleuchten, die an glänzenden Ketten über den Tischen hingen und im Rhythmus der stärker werdenden Wellen hin- und herbaumelten.

Johan dachte nach, ihm ging vieles durch den Kopf. Fragen, die mit Liebe zu tun hatten, Antworten und noch mehr Fragen.

Sie hatten den gesamten Tag zusammen in der Stadt der tausend Birken zugebracht. Die Sonne hatte geschienen, und die Zeit war viel zu schnell vergangen. Als er heute in dem schönen Café in den engen Gässchen von Umeå kurz auf die Toilette gegangen und dann wieder an ihren Tisch zurückgekommen war, war Lina verschwunden gewesen. Er hatte die Notiz entdeckt, die er unter sein Bierglas geklemmt hatte. Ein Fetzen Papier aus Linas Zigarettenpackung, »Bin gleich zurück!«, hatte sie darauf geschrieben und: »Ich muss nur rasch etwas erledigen. Kuss, Lina.«

Da betrat sie den Speisesaal, suchte ihn einen Moment lang mit konzentriertem Blick, fand ihn schließlich an der Bar, lächelte ihn an und hielt schnurstracks auf ihn zu, quirlig und hellblond, charismatisch und verführerisch. Sie trug ein enganliegendes schwarzes Kleid, das gerade genug verriet, ohne zu viel zu versprechen. Kurz darauf war sie bei ihm und küsste ihn zärtlich auf die Wange.

Lina.

Sie hielt ein kleines Paket in der Hand, einen Gegenstand so groß wie eine Pralinenschachtel, eingeschlagen in braunes Packpapier mit einer großen roten Schleife.

»Was ist das?«, fragte Johan nicht ohne Neugier.

»Für dich«, sagte sie, legte das Paket auf den Tresen und

setzte sich neben ihn. »Es ist ein Geschenk für dich. Ich habe es heute besorgt.«

»Für mich?« Johan lächelte. »Ach so, jetzt verstehe ich. Deshalb hast du mich im Café allein gelassen?«

Sie nickte.

»Habe ich das überhaupt verdient?«

»Oh ja!« Ihre Augen strahlten.

Smaragde, dachte Johan. Lina legte ihre Hand behutsam auf seine. »Es lag in einem der Schaufenster in der Pilgatan, wo ich heute Passanten und die Fassaden fotografiert habe. Ich habe dich schnell von dort weggezogen. Denn wenn du erkannt hättest, was für ein Laden das war, wärst du bestimmt hineingegangen.« Lina lachte herzlich, dann blickte sie Johan verliebt an. »Der Verkäufer war ein seltsamer, verschrobener Kauz, und er wollte es mir anfangs gar nicht verkaufen. Ich musste ihm hoch und heilig versprechen, es zu behalten oder an jemanden zu verschenken, der es wirklich verdient hat und dem gegenüber ich ehrlich bin. Ansonsten würde ein schreckliches Unglück geschehen. Dieser Typ war definitiv ein Spinner. Doch deswegen liegen lassen konnte ich es nicht. Dafür ist es einfach zu wunderbar.«

Johan schmunzelte. »Das klingt ziemlich geheimnisvoll, aber dieser Fluch und das angeblich schreckliche Unglück dürften dich sowieso nicht treffen« – Johan fuchtelte kurz und wild mit beiden Armen herum, als würde er etwas heraufbeschwören, während der Barmann neugierig zu ihnen herüberschielte –, »denn du bist ja ehrlich zu mir, nicht wahr?«

Erst viel später, als sich Johan diese Situation wieder und wieder in Erinnerung rief, fiel ihm auf, dass Linas Lächeln nach diesem Satz wie seltsam eingefroren gewirkt hatte, was Johan in diesem Augenblick aber kaum bemerkte. Er sagte: »Jetzt bin ich richtig neugierig geworden.«

»Dann mach es schon auf, Johan. Es wird dir gefallen.«

In diesem Moment hörte man einen lauten Schlag, und das Schiff erbebte. Gläser klirrten. Schreie ertönten. Eine Flasche rutschte von der Theke und fiel zu Boden, wo sie zerbrach. Ein Grollen war zu hören, das nach einem wilden Tier klang. Dann war es vorüber.

»Mist!«, fluchte der Barkeeper und bückte sich, um die Scherben aufzuheben.

Lina stand der Schreck noch ins Gesicht geschrieben. »Himmel, was war das denn?«

»Ein Kaventsmann, volle Breitseite«, erklärte der unsichtbare Barkeeper. Das Beruhigen von Gästen auf hoher See bei schlechtem Wetter schien fester Bestandteil seines Aufgabengebietes zu sein. Nach diesen Worten löste sich Linas Anspannung langsam. Vielleicht auch, weil die *Leksand* wieder ruhigere Fahrt aufgenommen hatte.

»Das war nur eine große Welle«, sagte Johan und lächelte. Dann nahm er das Päckchen in die Hand, löste die rote Schleife und schlug das knisternde Packpapier vorsichtig auseinander.

Ein Buch.

Er legte es vor sich auf den Tisch und strich über den lindgrünen Leineneinband mit seinen goldgeprägten Lettern und über die Ornamentbänder am oberen und unteren Rand. In der Mitte war eine wild tanzende Zigeunerin zu sehen, die ein Tamburin in die Luft streckte, ihr wallendes Haar reichte ihr bis hinab zur Hüfte. Sie tanzte in einem geblümten Kleid, und es schien, als hätte der Künstler es kaum geschafft, die beinahe ekstatischen Bewegungen der jungen Frau auf dem Buchdeckel zu bändigen – es war nur ein kleines, einfarbiges Bild, das auf das lindgrüne Leinen geprägt war, nicht einmal so groß wie eine Zigarettenschachtel, ganz nach der zarten Kunst des frühen Jugendstils und so schön, wie Johan es selten zuvor auf einem Bucheinband gesehen hatte.

»Es ist wunderschön«, sagte er leise. »Die ›Singoalla‹ von Viktor Rydberg. Es ist die erste Ausgabe von 1864, nicht wahr? Und in einem bemerkenswerten Zustand.«

»Ja«, sagte Lina. »Bis auf diesen kleinen halbkreisförmigen Riss im Einband.«

»Es sieht aus, als würde uns das Buch anlächeln.«

Lina sah Johan zärtlich an. »Und man kann tatsächlich darüber hinwegsehen, denn der wahre Schatz befindet sich zwischen den beiden Buchdeckeln.«

»Ich weiß«, sagte Johan. »Diese Geschichte gilt als das wichtigste Werk der schwedischen Spätromantik und …«

»Das meine ich nicht«, unterbrach ihn Lina sanft. »Schau hinein.«

Etwas verwundert sah ihr Johan in die Augen. Er zögerte, ehe er das Buch aufschlug, und dann starrte er entgeistert auf das alte Papier, fassungslos darüber, was auf der ersten Seite mit schwarzer Tinte geschrieben stand. Es war eine Widmung.

Die Liebe überwindet alle Grenzen,
vielleicht sogar die von Gott gemachten.
Für Johan von Viktor Rydberg

»Viktor Rydberg hatte bei dieser Widmung natürlich nicht dich im Sinn«, sagte Lina amüsiert. »Menschen mit deinem Namen gab es auch zu seiner Zeit schon einige. Du kannst dir aber sicher trotzdem vorstellen, wie aufgeregt ich war, als ich dieses Buch heute in dem kleinen Antiquariat in der Pilgatan entdeckte.«

Johan schüttelte ungläubig den Kopf. »Wirklich fantastisch! Aber diese Widmung hat mich auch ein wenig erschreckt.« Er blickte auf. »Das Buch muss ein Vermögen gekostet haben. Eine vom Autor handsignierte Erstausgabe aus dem Jahr 1864 und noch dazu in diesem hervorragenden Zustand ... Ich glaube, Exemplare wie dieses gibt es, wenn überhaupt, nur noch zwei oder drei auf der ganzen Welt. Du bist wirklich verrückt.«

»Es war viel günstiger, als du denkst. Vielleicht wegen des Risses im Einband? Oder vielleicht weil dieser komische Antiquar von Büchern zwar besessen schien, aber keine Ahnung davon hat?«

Johan atmete tief durch. »Gut, ich nehme das Geschenk an. Aber dann möchte ich dich heute zum Abendessen einladen und eine Flasche Champagner spendieren ...« Er beugte sich zu ihr und küsste sie. Dann flüsterte er ihr ins Ohr: »Ich liebe dich ... Und nach dem Abendessen werde ich dir in meiner Koje aus dem Buch vorlesen, wenn du magst. Es ist eine Geschichte voller Liebe und Leidenschaft, in der zwei Menschen alle Widerstände überwinden.«

»Das ist eine wunderbare Idee«, flüsterte sie zurück.

Unvermittelt löste sie sich mit sanftem Druck aus seiner Umarmung und lächelte ihn an, doch ihr Lächeln wirkte nicht mehr so unbeschwert wie zuvor.

»Bevor du mir vorliest, muss ich dir allerdings etwas gestehen.«

»Etwas gestehen? Aber was denn?« Johan sah sie ungläubig an.

»Nicht hier, nicht jetzt. Lass uns gemeinsam zu Abend essen, und danach erzähle ich es dir. Einverstanden?«

»Einverstanden«, erwiderte Johan, und doch beschlich ihn ein seltsam bedrückendes Gefühl.

Lina stand auf. »Ich gehe nur kurz in meine Kabine, um mich frisch zu machen. Wir sehen uns später. Ich freu mich darauf. Und, Johan ...?«

»Ja?«

»Auch wir können alle Widerstände der Welt überwinden. Vergiss das nicht. Bis nachher.«

Sie fuhr ihm zärtlich durchs Haar, küsste ihn auf die Wange und ging davon.

Erst jetzt fiel ihm auf, wie sehr das große Schiff mittlerweile mit dem Wellengang zu kämpfen hatte. Lina hatte Mühe, beim Gehen nicht das Gleichgewicht zu verlieren. Johan sah durch die Fensterscheiben, dass die Lichter von Umeå inzwischen verschwunden waren, aufgefressen vom Schwarz des Unwetters. Gischt und Regentropfen wurden an den Scheiben entlanggetrieben. Johan versuchte sich mit dem Gedanken zu beruhigen, dass der Kapitän die Gewässer sicher gut kannte und genau wusste, was zu tun war. Er strich nachdenklich über den lindgrünen Leineneinband von Viktor Rydbergs »Singoalla« und fühlte sich ein wenig wie die Fähre in dieser stürmischen See: verloren und dem Schicksal ausgeliefert.

Schließlich erhob sich Johan von seinem Barhocker, nahm

das Buch vom Tresen und machte sich auf den Weg zu seiner Kajüte, um sich ebenfalls für das Abendessen umzuziehen. Er freute sich sehr auf den Abend mit Lina und auf die Kojenvorlesestunde danach noch mehr.

Gerade hatte er die Treppe erreicht, die unter Deck führte, als eine weitere heftige Erschütterung die *Leksand* erfasste. Doch dieses Mal war es anders als vorhin. Eine Monsterwelle musste in die Fähre eingeschlagen und sie überrollt haben. Der infernalische Lärm hallte durch das ganze Schiff, das zitterte, als würde ein wütender Riese daran zerren. Lichter flackerten, manche verlöschten, Sirenen ertönten, und es klirrte mit einem Mal so laut, als hätte jemand einen Ziegelstein in eine Schaufensterscheibe geworfen. Das Schiff legte sich schief. Schreie waren zu hören und weinende Kinder. Kurz darauf kamen ihm Passagiere von unten entgegen, die zum Oberdeck hinaufwollten. Gleichzeitig stürmten auch von hinten Passagiere herbei und die Treppe hinab, die zu ihren Kajüten wollten, um Wertgegenstände zu holen oder schlafende Kinder zu retten. Die krächzenden Lautsprecherdurchsagen gingen im allgemeinen Chaos unter, waren nur bruchstückhaft zu verstehen. *»Notfall … alle Passagiere … Rettungswesten … dem Personal Folge leisten …«*

Johan geriet auf der engen Treppe in die Menschenmenge, er wurde angerempelt und konnte sich nur mit Mühe am Geländer festhalten. Die »Singoalla« wurde ihm aus der Hand geschlagen, flog in hohem Bogen treppab, blieb auf einer Stufe liegen und wurde von Füßen getreten.

»Lina?«, schrie Johan verzweifelt. »Lina?«

Doch es war, als hätte er keinen Ton von sich gegeben,

niemand schenkte ihm Beachtung. Er drückte sich an die Wand, ließ die panischen Menschen vorbeistolpern. Lina antwortete nicht. Sie hatte ihn nicht gehört. Es knirschte, das Schiff legte sich noch ein paar Grad schiefer in die See. Da ertönte ein Schaben, dann ein dumpfer Schlag, als wäre ein schwerer Schrank oder Tisch quer durch den Raum gerutscht und schließlich auf ein Hindernis getroffen. Für einen kurzen Moment glaubte Johan, eiskalte feuchte Luft zu spüren und Salz zu schmecken. Jetzt erst begriff er, was geschehen war, und ahnte, was wahrscheinlich noch geschehen würde. Das Geräusch der Motoren war plötzlich verstummt. Draußen tobte ein Sturm. Sie würden sinken, in einem eisigen Meer untergehen.

»Lina!«

Er stürmte die Treppe hinab, gegen den Menschenstrom, sah die »Singoalla« nicht mehr. Jemand musste sie aufgehoben und mitgenommen haben, oder sie war fortgetreten und mitgerissen worden. Irgendwohin. Gehetzt blickte er sich nochmals um. Nichts. Ein wunderbares Buch, aber es war nur ein Buch.

Johan rannte weiter. Eine Mutter mit einem kleinen Kind im Arm kam ihm entgegen. Dahinter offenbar der Vater.

Linas Kajüte lag noch eine Etage tiefer unter Deck. Das Schiff bebte und knirschte. Es klang furchterregend. Johan hastete weiter die steilen Stufen hinab, rannte fast ein älteres Ehepaar um, das von zwei Uniformierten nach oben begleitet wurde. Einer der beiden Männer rief Johan etwas nach, das er nicht verstand. Unten machte er einen letzten Sprung, kam auf dem Treppenabsatz unglücklich mit dem Knöchel auf. Er stöhnte vor Schmerz, strauchelte, prallte gegen die

Wand und rannte humpelnd weiter. Nach rechts, den Gang entlang – hier war es.

Endlich.

Die 16.

Linas Kajüte.

Er hämmerte gegen die Tür, rüttelte am Knauf und brüllte gegen den Lärm an, den die Sirenen, der Sturm und das tosende Meer verursachten.

»Lina!«, rief er. »Lina!«

Doch sie antwortete nicht.

Johan machte einen Schritt zurück, um die Tür einzutreten, da packte ihn jemand mit fester Hand am Oberarm und hielt ihn davon ab. Es war einer der beiden Uniformierten, denen Johan auf der Treppe begegnet war.

»Sind Sie lebensmüde? Was soll der Quatsch? Da ist niemand mehr!«, rief der Mann. »Alle Kajüten sind längst geräumt worden. Kommen Sie, wir müssen nach oben. Es ist viel zu gefährlich hier.«

Johan starrte ihn wild entschlossen an. »Haben Sie einen Schlüssel?«

»Ich sagte Ihnen doch, dass alle …« Der Mann zögerte, sah Johans Gesicht und schien zu merken, dass Diskussionen hier nichts brachten. Er fluchte etwas Unverständliches, zog blitzschnell einen Schlüsselbund aus der Tasche und öffnete die Kajüte.

Johan stürmte an ihm vorbei. »Lina?«

Er durchsuchte den engen Raum, riss die Tür zur Nasszelle auf. Nichts. Sie war nicht da.

»Sehen Sie? Habe ich Ihnen doch gesagt«, rief der Schiffsangestellte von hinten.

»Wo ist sie?«

»Das weiß ich nicht«, sagte der Mann und fasste Johan wieder am Arm. »Sie wird oben sein bei den anderen Passagieren, in Sicherheit. Und dort gehen Sie jetzt auch hin, und zwar schleunigst, verstanden? Hören Sie, ich sage Ihnen, wie es ist. Wir sind nicht mehr manövrierfähig, und draußen tobt Orkan *Ornella* mit Windstärke 10. Falls wir noch so einen Schlag abbekommen wie vorhin, möchte ich ungern hier unten …«

In diesem Moment traf eine dritte große Welle die *Leksand*.

16.
Agnes hat kein Bauchweh

Hedekas – Dienstag, 5. Mai 1987

Früh am nächsten Morgen klingelte das Telefon. Johan stellte, noch schlaftrunken, seine Kaffeetasse auf den Küchentisch und eilte in den Flur.

»*God morgon*, Johan«, begrüßte ihn Pfarrer Bertilsson am Telefon. Seine Stimme klang ungewöhnlich ernst.

»*Hej*, Gunnar. Was verschafft mir die Ehre?«

»Ich rufe an, weil Agnes heute nicht zur Arbeit kommen kann. Sie ist krank.«

»Gute Güte, was hat sie denn?«

»Bauchweh«, druckste Gunnar Bertilsson herum. Er war ein Lügner ohne große Begabung.

»Bauchweh?«, fragte Johan ungläubig nach. »Geht es ihr so schlecht, dass sie nicht selbst anrufen kann?«

»Nein, so schlimm ist es nicht«, wiegelte Pfarrer Bertilsson eilig ab. »Ich habe Agnes angeboten, dass ich das für sie übernehme, weil ich sowieso mit dir sprechen wollte.«

»Was ist denn los?«

»Ich war gestern Abend bei dir, Johan.«

Johan zog die lange Leitung hinter der Kommode hervor und nahm das Telefon mit in die Küche. Er setzte sich an den Tisch und trank einen Schluck von seinem lauwarmen Kaffee.

»Ich kann mich gar nicht an dich erinnern. Ich dachte, ich hätte den Abend allein verbracht«, sagte Johan scherzhaft. »Ich habe ein wenig gelesen, Wein getrunken, Räucheraal gegessen und in der Zeitung geblättert. Irgendwann nicht allzu spät bin ich dann ins Bett gegangen.«

»Du warst nicht allein«, sagte Gunnar Bertilsson bestimmt.

Johan wurde es heiß und kalt.

»Was meinst du?« Mit fahriger Hand stellte er die Kaffeetasse ab.

»Mit wem hast du in der Küche gesprochen?«

»Du hast mich belauscht?«

»Mehr oder weniger«, sagte Gunnar Bertilsson zögernd. »Durchs Fenster konnte ich nicht alles verstehen.«

»Du warst das also draußen im Garten? Aber warum, in Gottes Namen? Du hast mich in meinem eigenen Haus ausspioniert. Und ich dachte, ich hätte mir das Geräusch und die Schritte bloß eingebildet.«

»So wie den unsichtbaren Mann, mit dem du dich unterhalten und den du wegen Lina sogar angeschrien hast? Diesen Studenten? So hast du ihn doch genannt, nicht wahr?«

Stille.

»Du denkst, ich habe eine Macke, nicht wahr?«, sagte Johan.

»Macke ist vermutlich ein etwas zu grobkörniger Begriff als Beschreibung für dein Problem«, sagte der Pfarrer ausweichend.

»Ich bilde mir keine Studenten ein«, wehrte sich Johan.

»Und auch keine Professoren oder Lehrer oder sonst irgendwen. Ich weiß nicht, was du meinst.«

»Ganz egal, mit wem du geredet hast, dein Gesprächspartner hatte in einem Punkt recht. Du solltest Lina und die Vergangenheit ruhen lassen und wieder anfangen zu leben.«

»Du betest zu einem unsichtbaren Gott, und ich führe manchmal Selbstgespräche«, erwiderte Johan aufbrausend. »Was ist daran so verwerflich?«

»Oh, nichts, lieber Johan, nichts«, sagte Bertilsson. »Zumindest solange es ein gewisses Maß nicht überschreitet.« Er machte eine kurze Pause, ehe er fortfuhr: »Wir mögen dich sehr, Johan, und ich hoffe, das weißt du, aber wir glauben, dass du dringend Hilfe benötigst. Fachkundigen Rat.«

»Wir?«

»Ich bin gestern Abend eigentlich bei dir gewesen, um mit dir zu sprechen, und nicht, um dich zu belauschen, das schwöre ich bei Gott«, sagte Gunnar Bertilsson. »Birgitta, Agnes und ich haben beschlossen, dass ich mit dir reden sollte. Agnes hat mir erzählt, dass Annika aus dem Supermarkt ihrem Bruder Jan berichtet habe, du hättest dich bei deinem letzten Einkauf mehr als merkwürdig benommen. Du hättest leise, aber durchaus intensive Gespräche mit einer unsichtbaren Person geführt. Und dann hättest du plötzlich Räucheraal statt Schokokekse gekauft – ganz als hätte es diese unsichtbare Person mit einer für andere unhörbaren Stimme befohlen. Jan hat das alles unserer Agnes erzählt, als er sie zufällig in Hedekas getroffen hat. Annika redet viel, das weiß jeder, aber so etwas denkt sie sich doch nicht aus, und ihr Bruder Jan ist für gewöhnlich ein eher nüchterner Typ. Räucheraal statt Schokokekse, wer macht denn so was?« Er räusperte sich vernehmlich. »Aber da ich ja weiß, welches Unglück du vor einigen Jahren erlitten hast, bei dem du diese Frau verloren hast, habe ich das Ganze sehr ernst genommen.«

»Und mich belauscht!«, warf Johan ungehalten ein.

»Als ich in den Hof kam, habe ich Licht in der Küche gesehen und Stimmen gehört.«

»Stimmen?«

»Ja, so dachte ich zumindest, bis ich herausfand, dass du eine intensive Unterhaltung mit einem leeren Stuhl führtest, den du dann sogar angeschrien hast. Ich habe gesehen, wie du aufgesprungen bist und gerufen hast, dass du sie liebst. Das war zu viel für mich. Ich bin vor Schreck rückwärts über einen Blumenkübel gestolpert und hab ihn wohl umgeworfen. Dann bin ich über den Hof davongelaufen und wieder nach Hause gefahren.«

»Agnes hat kein Bauchweh«, stellte Johan fest.

»Nein.«

»Sie hat Angst.«

»Ja«, sagte Gunnar Bertilsson. »Aber nicht vor dir. Sie macht sich Sorgen um dich und kann mit dieser Situation ganz und gar nicht umgehen.«

»Ich werde vielleicht weggehen von hier«, sagte Johan unvermittelt und mit entschlossener Stimme. »Vielleicht für immer.«

»Weggehen? Wohin? Warum?« Gunnar Bertilsson hörte sich verwirrt an.

»Zurück nach Stockholm. Ich habe ein Angebot meines früheren Partners erhalten, wieder im Verlag einzusteigen, und ich habe beschlossen, dass ich es annehmen werde.

Ja, vielleicht habt ihr recht, Gunnar, vielleicht brauche ich Hilfe, aber vielleicht muss ich auch, genau wie du es mir eben geraten hast, bloß endlich einen Schlussstrich ziehen unter meine Vergangenheit und ganz neu beginnen. Vielleicht waren Hedekas, das Café ›Singoalla‹ und das Antiquariat nur eine Art Schneckenhaus, in das ich mich zurückgezogen habe, um mich meinem Schmerz und Selbstmitleid über Linas Verlust hinzugeben. Ich sollte vielmehr daran denken, dass jeden Morgen die Sonne aufgeht. Man muss nur in den Himmel schauen. Meine Zeit hier war wichtig, aber möglicherweise neigt sie sich dem Ende zu.«

Johan bat den verdutzten Gunnar Bertilsson noch, Agnes aufzutragen, sich während Johans Abwesenheit um die Tagespost zu kümmern, was dieser ihm versicherte.

Nach dem Telefonat fuhr Johan mit dem Auto hinunter zur Straße und hängte einen Leinensack über das handgemalte Hinweisschild, den er unten verknotete, sodass er auch einer stärkeren Brise standhalten würde. Etwaige Besucher würden verstehen, so hoffte er, dass Lokal und Antiquariat vorübergehend geschlossen waren.

Wieder zurück im Haus rief er umgehend in Stockholm bei Magnus Löfwing im Verlag an und sagte ihm, dass er sich sein Angebot durch den Kopf gehen lassen würde. Johans ehemaliger Partner wirkte überrascht, als hätte er nicht damit gerechnet, dass Johan sich tatsächlich melden, geschweige denn auf seinen Vorschlag eingehen würde. Sie vereinbarten für übermorgen ein Treffen. Magnus würde Johan den Verlag zeigen, und tags darauf wollte er sich mit ihm zusammensetzen, um die Zahlen durchzugehen. Gleich für den ersten Abend plante Magnus ein gemütliches Beisammensein.

Johan fühlte sich erleichtert, als wäre ihm eine schwere Last von den Schultern genommen worden. Er warf einen letzten Blick auf die Karlstader *Loppis*-Anzeige in der öligen und nach Fisch und Rauch riechenden Zeitung aus Annikas Supermarkt. Dann knüllte er sie zusammen, warf sie in den Müll und machte sich an die Vorbereitungen für seine Reise.

Als er mit dem Kofferpacken fertig war, setzte er sich in die Sonne und nahm endlich wieder einmal den »Steppenwolf« zur Hand, wie er es Harry Haller versprochen hatte. Zwar hätte sich Johan aus reiner Gewohnheit den einen oder anderen Gast im Café gewünscht, aber in Anbetracht dessen, dass Agnes ja heute nicht kam, dass die Vorräte an literarischen Kuchen zur Neige gingen und dass seine Lebensplanung sowieso in eine völlig andere Richtung lief, war das vielleicht sogar zuträglich.

Es wurde allmählich Abend, und er wünschte, er könnte sich den Rat von Harry Haller oder den von William von Baskerville einholen. Was sie über Stockholm dachten und Johan empfahlen, hätte ihn brennend interessiert. Auch die geistreichen und äußerst logischen Worte eines Sherlock Holmes oder die lockeren Sprüche eines Cyrano de Bergerac hätten Johan jetzt sicher weitergeholfen. Vielleicht hätte ihm sogar eine im Wohnzimmer herumtanzende Pippi Langstrumpf helfen können.

Doch keiner seiner Freunde tauchte heute auf, nicht einmal der reisende Student ohne literarische Herkunft. Im Grunde war das nichts Ungewöhnliches, hatten sie sich doch auch früher schon tage- und manchmal sogar wochenlang nicht blicken lassen – was Johan bisweilen durchaus als

Erleichterung empfunden hatte. Aber jetzt hatte er zum ersten Mal das Gefühl, dass er sie brauchte und dass er sie richtiggehend vermisste. Er ertappte sich sogar dabei, dass er den einen oder anderen leise beim Namen rief. Johan hatte allerdings vorsorglich die Vorhänge in der Küche zugezogen, nicht dass Gunnar Bertilsson dort stand und doch noch den psychiatrischen Notdienst anforderte.

Johan wusste nicht, ob das Fernbleiben seiner alten Gefährten das Zeichen einer Spontanheilung darstellte oder ob es etwas mit seiner Entscheidung zu tun hatte, nach Stockholm zu gehen? Hatten es ihm seine Freunde übelgenommen? Hirngespinste waren sicher nicht immer wünschenswert, aber der Verdacht, dass sich sogar die eigenen Halluzinationen von einem abwandten, fühlte sich noch unangenehmer an.

Vielleicht war es auch einfach Schicksal, denn je später die Kraniche eintreffen, desto größer sind bekanntlich die Veränderungen, die sie mit sich bringen. Und sie waren dieses Frühjahr wirklich verflucht spät dran gewesen.

II. Teil

1.
Die Macht des auslösenden Moments

Seit vier Jahren war Johan nicht mehr in Stockholm gewesen, und nur selten war er in dieser Zeit lange Zug gefahren – von den wenigen Malen abgesehen, an denen er seine Eltern in Malmö besucht hatte, und den zwei Ausflügen, bei denen er im Juni für ein paar Tage an den Siljansee gereist war. Die Menschen dort trugen zu Mittsommer einfach die schönsten Trachten, was durchaus sehenswert war, sofern man sich dafür interessierte und einem Trinkgelage mit ausgedehnten Tanzdarbietungen der Ureinwohner nichts ausmachten.

Stockholm war das Gegenteil von solcher Folklore.

Es war die modernste Stadt in Schweden, Regierungs- und Königssitz, Hauptstadt, die größte, wahrscheinlich lauteste und berühmteste Stadt mit der bedeutendsten Altstadt. Stockholm hatte die meisten und schönsten Museen, den dichtesten Verkehr und die meisten Einwohner – folglich auch die meisten reichen, armen, hässlichen und schönen Menschen. Außerdem zahlreiche Hunde, Katzen, Tauben und Möwen.

Und es war für Johan ganz persönlich der Ort mit den intensivsten Erfahrungen, den meisten Liebesgeschichten, den unangenehmsten Auseinandersetzungen, den bemerkenswertesten Erfolgen, den erstaunlichsten Niederlagen und den interessantesten Begegnungen.

Für Johan zählte im Moment allerdings nur eines: Stockholm war Vergangenheit. Seine Vergangenheit. Er war einst davor geflohen, weil er es nicht mehr hatte sehen wollen.

Und nun war er doch wieder hier. Aber ob Stockholm auch wieder Zukunft für ihn werden würde – er konnte es beim besten Willen nicht sagen.

Magnus Löfwing hatte darauf bestanden, ihm einen Verlagsangestellten als Fahrer zum Bahnhof zu schicken, der Johan ins Hotel bringen sollte. Magnus selbst hatte keine Zeit, man würde sich aber zum Abendessen treffen, um auf das schöne Wiedersehen und die unerhörten Perspektiven, die sich daraus ergäben, anzustoßen. So hatte Magnus es am Telefon zusammengefasst. Johan hatte genickt, was Magnus nicht hatte sehen können, der das damit einhergehende Schweigen allerdings als Zustimmung gedeutet hatte.

Der Angestellte, der Johan mitsamt seinem Reisegepäck abholte, war wortkarg oder vielleicht einfach schüchtern, doch von ausgesuchter, am Rande der Unterwürfigkeit kratzender Höflichkeit. Möglicherweise hatte Magnus Löfwing ihm vorab mitgeteilt, welche Funktion Johan im Verlag demnächst vielleicht innehaben könnte. Vor allem aber war der Fahrer sehr jung. So jung, dass Johan ihn aus seiner Zeit im Verlag nicht mehr kannte. Als Johan aus der Geschäftsführung ausgeschieden war, dürfte dieser Mann noch die Schulbank gedrückt und auch noch keinen Führerschein besessen haben. Ein Volontär, dachte Johan bei sich. Er fragte ihn aber nicht, um sein höfliches Schweigen nicht zu unterbrechen.

Johan saß still im Fond des schwarzen Volvos und sah durch die getönten Scheiben die Stadt an sich vorbeiziehen, die ihm einmal Heimat gewesen war.

Magnus Löfwing hatte darauf bestanden, die Kosten für Johans Zugfahrt und seinen Aufenthalt in Stockholm zu übernehmen. Er dulde keinen Widerspruch, hatte er am Telefon gesagt. Johan hatte ihm auch nicht widersprochen, denn wenn Magnus Löfwing darum bemüht war, ihn wohlwollend zu stimmen, wollte er ihm dabei nicht im Wege stehen – selbst wenn Johan sich das alles auch selbst hätte leisten können und es seine Entscheidung für oder gegen den Verlag nicht maßgeblich beeinflusste.

Magnus Löfwing ließ sich jedenfalls nicht lumpen. Das prächtige Hotel, vor dessen pompöser, mit Bronzeplatten beschlagener Pforte der Wagen schließlich hielt, war Anfang des zwanzigsten Jahrhunderts errichtet worden und lag im Herzen der Stadt. Johan kannte es noch von früher. Es stand, umgeben von weiteren, nicht weniger luxuriösen Gründerzeithäusern an einer breiten Straße, lediglich fünf Gehminuten vom Zentrum und mit dem Taxi nicht viel weiter von der Verlagsgesellschaft *Förlaget Löfwing & Eriksson AB* entfernt.

Nachdem Johan eingecheckt hatte und von einem Angestellten, der seinen Koffer auf einem Wagen schob, auf sein Zimmer gebracht worden war, ging er duschen, sah kurz aus dem Fenster und legte sich schließlich aufs Bett, um sich nach der fünfstündigen Reise und den Ereignissen der letzten Tage ein wenig auszuruhen.

Es fühlte sich merkwürdig an, in Stockholm zu sein. Weit entfernt von den schreienden Kranichen und seinen Büchern.

Und wo waren seine Freunde?

Entgegen aller Vernunft hatte Johan gehofft, dass irgendeiner von ihnen ihn hier erwarten würde, sobald er die Zimmertür schloss und sich umdrehte. Sogar nach der Dusche, als er aus dem Bad kam, sah er sich nach ihnen um. Doch da war niemand. Er begriff das genauso wenig wie den Umstand, dass ihm diese Figuren jemals erschienen waren.

Wann waren Halluzinationen krankhaft und wann wurden sie zu Geistern? Genügte es, dass sie einem über eine lange Zeit erschienen? Oder wurden sie erst real, wenn sie einem fehlten? So wie die Sehnsucht nach einer toten Frau am Meeresgrund, die nur noch existierte, weil die Liebe zu ihr nicht in Frieden ruhen durfte.

Das hätte Dr. Dr. Malmström im Einklang mit Juri Michailowitsch Lotman ganz anders gesehen. Er hätte diese Umstände wahrscheinlich als Verlust einer »individuell vollzogenen kommunikativen Operation« bezeichnet und deren mit Halluzinationen gepaartes Auftreten als Symptome einer posttraumatischen Belastungsstörung eingestuft. Ja, Johan dachte tatsächlich wieder an ihn, denn die Praxis seines ehemaligen Psychiaters lag nur drei Straßen von seinem Hotel entfernt.

»Gewiss«, hatte Dr. Dr. Malmström damals mit ernster Miene und zusammengezogenen Augenbrauen gesagt – und Johan erinnerte sich noch daran, als wäre es gestern gewesen –, »gewiss sind diese Symptome alles andere als gewöhnlich. Aber was ist schon gewöhnlich, wenn man von Individuen spricht? Sie sind ja auch eines. Und genau diese ganz individuelle Wahrnehmung der Erscheinungen bezeugt die Macht des auslösenden Moments.«

Wenn Linas Tod und das Schiffsunglück dazu geführt hatten, dass Johan jederzeit literarische Helden aufsuchen konnten, war das kaum zu glauben, aber nachvollziehbar, wenn man die Schwere des Unglücks und seine *individuelle Wahrnehmung* in Betracht zog. Aber welches Ereignis hatte sie wieder verschwinden lassen? Was hatte Johan in den letzten Tagen, in der Zeit nach Harry Hallers Auftritt in dem kleinen Supermarkt von Hedekas zwischen Keksen und Räucheraal getan, das dazu führte, dass sich keiner mehr blicken ließ?

Fast wirkte es, als hätte der reisende Student sie weggezaubert und Johan erlöst.

Aber war es tatsächlich eine Erlösung? Manchmal konnte Verlust Erlösung sein. Oft jedoch nicht.

Johan schloss die Augen. Nach einigen Minuten schlief er ein und wurde erst nach über zwei Stunden vom Zimmertelefon geweckt. Die Rezeption wies ihn wie gewünscht darauf hin, dass es kurz vor sieben Uhr sei und er um Viertel vor acht zum Essen abgeholt werden würde.

Er rasierte sich, zog sich an und ging hinunter in die Lobby, wo er sich auf einen so bequemen antikbraunen Ledersessel setzte, dass er Mühe hatte, nicht gleich wieder einzuschlafen.

Doch er musste nicht lange warten.

»*Hej*, Johan.«

Er blickte hoch.

»Ah, *hej*.« Johan stand auf und reichte Magnus Löfwing die Hand.

Der lachte und sagte: »So förmlich?« Dann nahm er Johan in die Arme. »*Long time no see.* Schön, dass du zurück bist, alter Freund.«

Magnus hatte etwas zugenommen, und ein leichter Silberschleier hatte sich über sein ursprünglich strohblondes Haar gelegt. Aber er hatte noch immer dieses Funkeln in den Augen, als könnte er überall ein gutes Geschäft wittern. Als hätte er Johans Gedanken gelesen, fasste er sich mit beiden Händen an den runden Bauch, lachte wieder und sagte: »Das war vor Pers Tod noch viel schlimmer. Seither habe ich vier Kilo abgenommen. Ich sage dir, Squash bringt's total. Zweimal pro Woche in die Halle statt ins Restaurant, und du wirst wieselflink und kannst zusehen, wie die Pfunde purzeln. Glaube mir.« Magnus trat einen Schritt zurück und musterte Johan ungläubig. »Gute Güte, aber das hast du ja überhaupt nicht nötig. Du bist gertenschlank wie eh und je. Wie machst du das?«

»Ich lese viel«, sagte Johan.

»Lesen? Nimmst du mich auf den Arm?«

»Nein. Ich lese wirklich viel. Berufsbedingt. Aber vielleicht kommt es auch vom Bücherschleppen. Die Kisten mit den antiquarischen Büchern wiegen eine ganze Menge. Außerdem gehe ich oft um den See spazieren, meistens morgens, und im Winter mache ich Skilanglauf«, fügte er an.

Magnus' Blick enthielt mehr Mitleid wegen Johans unspektakulären Lebens als Neid auf seine schlanke Figur. »Hauptsache, du bist wieder zurück und es geht dir gut, nicht wahr?«, sagte er und klopfte ihm auf die Schulter. »Komm, wir fahren jetzt zu uns. Gunilla freut sich schon, dich endlich wiederzusehen nach all den Jahren, und sie hat fantastisch gekocht.« Er legte Johan die Hand auf den Rücken und schob ihn in Richtung der doppelflügeligen Bronzetür.

»Wir fahren zu euch? Ich dachte, wir gehen auswärts essen?«

Magnus hielt inne. »Oh, entschuldige. Ja, so war es ursprünglich geplant, aber als Gunilla hörte, wer zu Besuch kommt, hat sie ein Abendessen bei uns vorgeschlagen. Du weißt ja, wie Frauen sind. Ich hoffe, das ist in Ordnung für dich?«

2.
Johan wird beobachtet

Der Abend war nett, und Gunilla und Magnus waren auch nett. Sie und Magnus hatten zwei Kinder, Malte und Lena-Marie, die mittlerweile neun und zwölf Jahre alt und ausgesprochen hübsch waren. Johan hatte das vollkommen verdrängt, tat aber so, als wäre es ihm stets gegenwärtig gewesen. Magnus und Gunilla hatten auch Patricia Vännerholm, eine alte Schulfreundin von Gunilla, zum Essen eingeladen. Patricias Mutter war Spanierin, was man ihr durchaus ansah, wenn man es wusste. Sie war groß, schlank, dunkelhaarig, sympathisch und attraktiv, redete aber nicht allzu viel und schien eher von zurückhaltender Natur zu sein, die sie vermutlich von ihrem nordschwedischen Vater geerbt hatte.

Der Abend begann mit einer überschwänglichen Begrüßung, dem Vorstellen besagter Patricia und einem stolzen Vorzeigen der von Johan vergessenen Kinder. Dann begab man sich in das mit Antiquitäten vollgestellte und recht gemütliche Esszimmer und nahm an einem großen Tisch aus dunklem Holz Platz. Es folgten ein vorzügliches, durchaus unterhaltsames Dinner (schmackhafter Kabeljau in Senfkruste, dazu Dillkartoffeln und Wurzelgemüse) und danach ein nachdenklicher, dem mittelbar infolge seiner Spielsucht verstorbenen Teilhaber Per Eriksson gewidmeter Digestif.

Im letzten Teil skizzierte Magnus in einem leicht beschwipsten, aber hochmotivierten Vortrag, was man in den nächsten Jahren alles gemeinsam mit der *Förlaget Löfwing & Eriksson AB* erreichen könne, sobald Johan wieder mit im Boot und am Ruder sei.

»Magnus liebt Metaphern aus der Nautik, seit er wieder begonnen hat zu segeln«, sagte Gunilla lächelnd. »Er hat sich sogar eine eigene Jacht zugelegt und sie Gunilla getauft. Im Sommer fahren wir oft in die Schären.«

Gunilla tätschelte ihrem Mann die Hand. Dann ging sie in die Küche, um Kaffee zuzubereiten. Dazu gab es Petits Fours aus der besten Konditorei Stockholms, wie Magnus nicht müde wurde zu betonen. Und weitere Digestifs. Noch kauend tupfte sich Magnus mit der Stoffserviette einige Sahnecremereste von den Lippen und erhob sein Glas.

»Lieber Johan, ich freue mich, dich zukünftig wieder als Partner im Verlag und an meiner Seite zu wissen, und ich bin sicher, es geht nicht nur mir so.« Dabei zwinkerte er Johan unbemerkt zu und nickte mit dem Kopf in Richtung Patricia. »Jedenfalls ist das ein besonderer Tag, und darauf sollten wir anstoßen. Auf die Liebe, das Geschäft und die Zukunft! *Skål!*«

Bei der Erwähnung des Wortes »Zukunft« hielt Johan für einen Moment inne, doch dann stieß auch er mit den anderen an.

»Aber jetzt, Johan, musst du uns unbedingt erzählen, wie es sich da draußen lebt in Hedekas«, sagte Magnus. »Das ist bestimmt ganz anders als hier in Stockholm.«

»Ja, Johan, erzähl uns etwas darüber«, bekräftigte Gunilla den Wunsch ihres Mannes.

»Ach, Hedekas ist im Prinzip ganz okay«, sagte Johan. »Es hat nur nicht so viel zu bieten wie die Großstadt.«

»Das glaube ich gern«, sagte Magnus und lachte. »Nimm's mir nicht übel, Johan, aber wie du in diesem Kaff so viele Jahre verbringen konntest, ist mir absolut schleierhaft. Da wird man doch verrückt. Du gehörst zu uns, hierher nach Stockholm. Dass du eine Auszeit brauchtest nach der ganzen Sache damals, wird dir keiner verdenken. Aber mehr als vier Jahre? Was um Himmels willen hast du den lieben langen Tag dort gemacht?«

»Ich habe selten darüber nachgedacht, wie viel Zeit es wirklich war. Vielleicht lag es daran, dass ich tatsächlich immer etwas zu tun hatte. Ich habe mein Antiquariat geführt, mich um mein Haus und meinen Garten gekümmert und all das, und außerdem hatte ich ja noch das ›Singoalla‹.«

»Das ›Singoalla‹?«, fragte Magnus verdattert.

»Ja, ein Literaturcafé«, sagte Johan.

»Sieh an. Das wusste ich ja gar nicht. Ein Literaturcafé? Was ist das denn?«, fragte Magnus.

»Es ist ein Café, das der Literatur gewidmet ist. Dort gibt es Kuchen und andere Gerichte, die einen Bezug zu Büchern haben. Ich dachte, das passt doch gut zu einem Antiquariat.«

»Interessantes Konzept«, bemerkte Gunilla. »So etwas läuft bestimmt auch in Stockholm. Das Angebot müsste nur etwas edler sein. Die Leute hier geben sich nicht mit Kaffee und Kuchen zufrieden, nicht wahr, Patricia?«

»Da hast du allerdings recht«, pflichtete Patricia ihrer alten Freundin bei, ehe sie sich an Johan wandte. »Und du hast beides ganz allein betrieben, das Antiquariat und dieses Café?«, fragte sie mit einem gewissen Erstaunen. »Ist das nicht viel Arbeit für wenig Brot?«

»Ja«, antwortete Johan, »aber da draußen braucht man nicht viel Geld, und ich hatte auch die Unterstützung von Agnes.«

»Agnes?« Magnus hob die linke Augenbraue.

»Sie ist die verwitwete Schwester des Pfarrers von Hedekas«, sagte Johan. »Sie hat für das Café Kuchen gebacken und dort auch bedient. Außerdem hatte das ›Singoalla‹ sowieso nur im Frühling und im Sommer geöffnet, dienstags bis freitags und an Sonntagen.«

»Eine verwitwete Pfarrersschwester namens Agnes? Du machst Witze, oder?«, prustete Magnus lauthals los. »Junge, Junge, das ist ja ein echtes Klischee. Bei einer Romanfigur würde ich das einem Autor niemals durchgehen lassen!«

Johan sah in Magnus' gerötetes Gesicht. Dann zu Gunilla und Patricia hinüber. Er wusste nicht, ob die beiden sich ebenfalls darüber amüsierten, denn sie zeigten es nicht.

»Lass uns doch lieber das Thema wechseln, Magnus. Ich bin hierhergekommen, um das alles hinter mir zu lassen, und möchte ehrlich gesagt nicht mehr darüber sprechen.«

»Alles klar, entschuldige«, sagte Magnus, räusperte sich, hob erneut das Glas und prostete Johan zu.

Nachdem sie einige Zeit über Gewerbemieten, Stockholmer Restaurants und die Schwierigkeit, im Winter frischen Seefisch zu bekommen, gesprochen hatten, verabschiedete sich Patricia höflich, jedoch nicht ohne einen an Johan gerichteten Augenaufschlag, den er in diesem Moment nicht ganz einzuordnen wusste.

»Sie ist erst Anfang dreißig und verdient als Anwältin

schon eine ganze Menge«, sagte Magnus, als er von der Wohnungstür zurückkam. »Sie ist vor Kurzem bei zwei Kollegen in eine gutgehende Kanzlei für Unternehmens- und Vertragsrecht in der Grev Turegatan eingestiegen, beste Lage. Außerdem ist sie ledig.« Magnus grinste, stieß Johan jovial mit dem Ellbogen in die Seite und zwinkerte ihm zu. »Wie du siehst, gibt es also nicht nur geschäftliche Gründe, deine Fühler mal wieder nach Stockholm auszustrecken. Solche Mädels findest du nicht zwischen deinen alten Büchern am See, was?«

Gunilla rollte mit den Augen und schüttelte den Kopf. Die Sprüche ihres Gatten schienen ihr peinlich zu sein. Johan erinnerte sich daran, dass Magnus auch früher schon so gewesen war.

Und plötzlich kam sich Johan auf unerklärliche Weise erleichtert vor, und er hatte das Gefühl, dass er langsam, ganz langsam wieder in Stockholm ankam. Einiges hatte sich geändert, aber Johan erkannte alles wieder.

Kurz nach ein Uhr nachts verabschiedete er sich. Gunilla wollte unbedingt ein Taxi für ihn rufen. Doch Johan sagte, ihm tue ein kleiner Spaziergang gut.

»Dann lass ihn halt, er ist alt genug«, raunte Magnus seiner Frau mit schwerer Zunge zu, und nachdem er Johan um den Hals gefallen war, sagte er zu ihm: »Bis morgen früh im Verlag, mein zukünftiger Kompagnon.«

»Um zehn Uhr im Verlag«, sagte Johan und schüttelte Magnus die Hand. »Ich freue mich darauf.«

»Und ich mich erst!«, rief Magnus völlig enthemmt.

Es hallte so laut durch die geöffnete Wohnungstür ins

Treppenhaus, dass Gunilla ihrem Mann einen strengen Blick zuwarf. Sie küsste Johan auf beide Wangen und wünschte ihm eine gute Nacht.

Auf dem Treppenabsatz blickte Johan noch einmal zurück und hob die Hand. Magnus und Gunilla sahen es nicht. Sie hatten die Köpfe zusammengesteckt und tuschelten. Dann schlossen sie die Tür.

Es war eine kühle Frühlingsnacht oder genau genommen schon ein Frühlingsmorgen, für junge Menschen eine gute Zeit zum Ausgehen und Feiern, da spielte die Temperatur selten eine Rolle und die Uhrzeit auch nicht. Die Straßen waren voller Leute, und erst als Johan kleinere Seitengassen wählte, die ihn von Östermalm an die Grenze zu Norrmalm und Gamla stan brachten, wo sich sein Hotel befand, ebbte der Verkehr ab, und es gab weniger Fußgänger und Radfahrer. Die Läden und ihre Schaufenster wurden auf eine gewisse Art persönlicher.

Nach gut zwanzig Minuten, sein Hotel lag nur noch wenige Straßen entfernt, kam er zu einem kleinen Antiquariat. Neugierig blieb er stehen. Es war sehr ansprechend dekoriert und obendrein exquisit bestückt. In der Auslage entdeckte Johan einige Schätze, die er selbst einmal besessen hatte, aber auch solche, die er immer gerne besessen hätte. Vor allem herrliche Exemplare aus der Zeit des frühen Jugendstils bis zu den Goldenen Zwanzigern. Das war eine Epoche, die es ihm besonders angetan hatte, weil es kaum etwas gab, was Johan mehr faszinierte als diese floralen Ornamente, die nur um ihrer selbst willen und um den Betrachter zu erfreuen auf Bucheinbänden, Buchrücken und einzelnen Seiten verwendet worden waren. Das zeigte, welchen Wert Bücher Anfang des vergangenen Jahrhunderts noch gehabt hatten. Wenn er an die häufig zweckmäßigen modernen Einbände dachte, dann wusste er, weshalb er ausschließlich mit alten Büchern und einer gewissen Wehmut handelte.

Mit einem Mal stellten sich ihm die Nackenhaare auf. Da waren sie wieder, diese unendliche Sehnsucht und das Fernweh tief in ihm, scheinbar ohne Grund und völlig fehl am Platz.

Er wurde beobachtet. Er war sich ganz sicher.

Johan drehte sich um. Doch da war niemand, nur ein eiskalter Wind, der durch die Bäume wehte, und weit entfernt bellte ein Hund.

Diese scheinbar unangebrachten Gefühle – wonach sehnte er sich? – kamen aus seinem tiefsten Inneren, und gleichzeitig kam er sich vor, als würde er sich selbst von außen betrachten. Das ergab keinen Sinn, und doch fühlte es sich genau so an. Indifferent. Er hatte es zum letzten Mal in Hedekas wahrgenommen, als er von seinem Antiquariat zum Wohnhaus gelaufen war. Kurz darauf hatte ihn der freundliche reisende Student besucht, von dem er noch immer nicht wusste, aus welchem Buch er stammte, und der sich darüber in Schweigen gehüllt hatte. Weshalb Johan partout nicht darauf kam, war ihm ebenso schleierhaft. Denn Johan erinnerte sich für gewöhnlich an alles, was er gelesen hatte. In diesem Fall jedoch blieb nur ein vager Schemen ohne Zeit und ohne Ort. Oder anders gesagt: ohne dazugehörige Geschichte. Das wurmte ihn.

Johan knöpfte seine Jacke zu und schaute sich noch einmal um. Außer einem Pärchen, das sich untergehakt hatte und dicht nebeneinanderher lief, und einem teilnahmslos aus einem Fenster im dritten Stock schauenden Anwohner auf der anderen Straßenseite war niemand zu sehen. Das Gefühl war vergangen. Doch ein Hauch davon blieb wie eine unkonkrete, aber spürbare Warnung zurück.

Johan warf einen letzten Blick auf das wunderschöne Schaufenster und beschloss, hierher zurückzukehren, wenn das Antiquariat geöffnet hatte. Dann steckte er die Hände in die Jackentaschen, pfiff (warum auch immer) Pippi Langstrumpfs Melodie und setzte seinen Weg zum Hotel fort, in dem vermutlich wieder niemand auf ihn wartete.

3.
Stockholm, Frauen und Bücher

Johan war überpünktlich an diesem Morgen. Er betrat um Viertel vor zehn das Verlagsgebäude, das sich äußerlich kaum verändert hatte. Innen jedoch war vieles neu. Der Eingangsbereich war vergrößert und mit einer einladenden Sitzgruppe aus rotem Leder und moderner schwedischer Kunst an den Wänden bestückt worden. Daneben hing die Galerie der erfolgreichsten Autoren der Verlagsgesellschaft *Förlaget Löfwing & Eriksson AB*, wie das Unternehmen, das Johan mitgegründet hatte, seit seinem Ausscheiden hieß. Die Fotos hingen in den Gängen, die vom Empfang u-förmig wegführten. Das hatte sich nicht verändert, nur die Gesichter waren teilweise ausgetauscht worden. Der Erfolgloseste unter den Erfolgreichen musste immer demjenigen weichen, der ihn mit seinem Erfolg vom Thron stieß.

Johan trat zu der attraktiven Mittzwanzigerin, die hinter dem Tresen saß. Sie hatte ihn schon eingehend gemustert, aber, während er sich umgesehen hatte, kein Wort gesagt. Er stellte sich vor, erhielt einen Besucherausweis und durfte sich ins rote Leder der Sitzgruppe sinken lassen.

Kurz darauf erschien der junge Mann, der ihn gestern vom Flughafen abgeholt und zum Hotel gefahren hatte.

»Hatten Sie eine angenehme Nacht?«, erkundigte er sich bei Johan, genauso höflich wie gestern.

»Ja, danke. Das ist ein prima Hotel«, sagte Johan.

Er folgte dem Angestellten bis zum Aufzug, der sie in den sechsten Stock brachte, ganz nach oben. Dort führte er Johan zum Zimmer des Verlagsleiters am Ende eines langen Ganges. Er klopfte, Magnus Löfwing öffnete, und der junge Mann ging davon.

»Und, Johan? Hast du gut geschlafen? Bist du fit? Ich muss gestehen, ich habe etwas Kopfschmerzen heute Morgen. Einer von den Cognacs war bestimmt vergiftet.« Er lachte, klopfte Johan auf die Schulter und wies mit der anderen Hand in sein Büro.

Johan betrat den lichtdurchfluteten Raum über den Dächern der Stockholmer Altstadt. Er sah aus dem Fenster, folgte dem Flug einer Möwe mit den Augen.

»Ich habe den Cognac gut vertragen. Nochmals vielen Dank für den gelungenen Abend. Ich hatte zwar eigenartige Träume, aber ansonsten war meine Nacht erholsam und ruhig.«

»Eigenartige Träume?«, fragte Magnus Löfwing.

»Von Stockholm, Frauen und Büchern«, sagte Johan.

»Aha«, sagte Magnus Löfwing. Dann lachte er. »Womit wir beim Thema wären. Bei beiden Themen, um genau zu sein. Wie hat dir Patricia gefallen?«

Johan wandte seinen Blick von der Möwe ab und drehte sich um. »Patricia? Oh, die ist wirklich nett.«

»Nur nett?«

»Wahrscheinlich ist sie mehr als das«, antwortete Johan. »Aber ich kenne sie ja gar nicht richtig.«

»Möchtest du sie wiedersehen?«

Johan zögerte. Offenbar zu lange für Magnus Löfwing.

»Hast du Angst vor Frauen?«, wollte der wissen. »Da warst du früher aber anders.«

»Früher ist vorbei«, sagte Johan. »Aber um das klarzustellen: Ich habe nach wie vor keine Angst vor Frauen. Ich finde nur, das geht alles etwas schnell.«

»Sie hat wohl einen Narren an dir gefressen«, sagte Magnus. »Gleich heute Morgen hat sie Gunilla angerufen und sie gebeten, mal vorsichtig bei dir vorzufühlen. Gunilla hat es mir erzählt und mich beauftragt ... na ja, du kennst ja die Frauen. Also, was soll ich Gunilla heimlich verraten, damit sie es Patricia heimlich weitersagen kann?«

Nun war klar, was Patricias Augenaufschlag am gestrigen Abend zu bedeuten hatte. Ja, und vielleicht gehörte das zu einem Neuanfang dazu, überlegte Johan, zu einem Bruch mit dem alten Leben. Etwas Neues wagen bedeutete auch, neue Menschen wagen. Möglicherweise sogar schneller, als einem lieb war.

Johan nickte stumm. Schließlich sagte er: »Du kannst Gunilla verraten, dass ich mich mit Patricia durchaus noch einmal treffen würde. Zum Spazierengehen oder auf einen Kaffee.«

Magnus lächelte verschmitzt. »Gute Entscheidung. Patricia ist nicht unattraktiv, sie wird dir nicht auf der Tasche liegen, und Nein sagen kannst du immer noch. Du sollst sie ja nicht gleich heiraten, sondern einfach auf andere Gedanken kommen. Gunilla wird sich freuen. Sie liebt es, andere zu verkuppeln.«

Magnus schnappte sich eine Präsentationsmappe aus der

Ablage, ging zu dem großen Konferenztisch hinüber und stellte sich hinter einen der Stühle.

»So, genug von den Damen«, sagte er. »Dann wollen wir uns mal Thema Nummer zwei zuwenden: den Büchern. Deswegen bist du doch hier, oder?« Er zog den Nachbarstuhl hervor. »Komm, setz dich zu mir.« Damit nahm er selbst Platz und schlug die Mappe auf. »Ich zeige dir zunächst ein paar Zahlen und unsere Strategie, die wir in der Zwischenzeit angewandt haben – und vor allem, welche Projekte wir noch gemeinsam umsetzen könnten.«

Es wurde ein langer Tag für Johan. Auch wenn er sich im Laufe der Zeit mit Magnus in dessen Büro immer mehr daran erinnerte, wie es einmal gewesen war, in seinem früheren Beruf in der Verlagsleitung – er war es einfach nicht mehr gewohnt, sich mit Dingen zu beschäftigen, mit denen sich die Geschäftsleitung eines solchen Hauses wie der Verlagsgesellschaft *Förlaget Löfwing & Eriksson AB* nun einmal zu beschäftigen hatte. Es war doch etwas anderes, ob man sich mit Agnes, der Schwester des Dorfpfarrers von Hedekas, einen Namen für die Literaturtorte des Tages im Café »Singoalla« ausdachte oder ob man für die Veröffentlichung von Literatur verantwortlich war. Genau wie es auch etwas anderes war, ob man seiner einzigen Aushilfe am Abend nach getaner Arbeit den Lohn in die Hand zählte (die aus unerfindlichen Gründen auch nie mehr verlangte) oder ob man sich mit den Abrechnungen von über achtzig Mitarbeitern beschäftigen musste, mit Krankenständen, Betriebsräten, gesetzlichen Vorgaben zur Arbeitszeit und individuellen Karrierewünschen.

Beide Positionen, die in Hedekas als Antiquar und die als Geschäftsführer im Verlag, hatten jedoch auch einiges gemeinsam – die Literatur, Menschen, Einnahmen und Ausgaben. Auch wenn es sich dabei um extrem unterschiedliche Dimensionen handelte. Allerdings waren die Bücher des Verlags bei ihrer Auslieferung unberührt und ungelesen und hatten noch nie einen Menschen zum Lachen oder Weinen gebracht.

Buchstaben und Satzzeichen.

Und doch war es eine andere Welt.

Könnte es wieder seine Welt werden?

Die Uhr zeigte halb neun Uhr abends, als Johan zusammen mit Magnus das Verlagsgebäude verließ. Sie nahmen ein Taxi zu Johans Hotel und gingen dort ins Restaurant, wo Magnus bereits am Vortag einen Tisch für zwei Personen reserviert hatte. Gunilla konnte nicht kommen. Sie hatte eine Aerobic-Stunde, zusammen mit Patricia.

»Patricia macht auch Aerobic?«, erkundigte sich Johan.

Er und Magnus hatten an einem Tisch in der hinteren Ecke des Restaurants Platz genommen. Diese Lage versprach eine gewisse Intimität.

»Ja, schon seit zwei oder drei Jahren. Macht beweglich und eine gute Figur, zumindest bei Gunilla, das kannst du mir glauben. Ich schätze, bei Patricia dürfte es nicht viel anders sein. Sie ist wirklich keine schlechte Partie, glaub mir. Schlau, finanziell unabhängig, hübsch und Aerobic-Hintern. Was will man mehr?« Magnus lachte wieder und machte dem Kellner ein Zeichen. Er bestellte eine Flasche Champagner und die Speisekarte.

»Feiern wir schon?«, fragte Johan. »Was denn?«

Magnus lächelte. »Man darf beim Feiern nicht aus der Übung geraten, da muss der Anlass nicht immer gigantisch sein. Sonst verlernt man es. Wann hast du es das letzte Mal so richtig krachen lassen?«

Johan überlegte. »An Weihnachten, glaube ich.«

»Mit vielen Gästen und Champagner und so weiter?«

»Zuerst mit mir allein, und später kamen ein paar Freunde dazu. Es gab *Julskinka*, Lachs und Bier.« Johan verschwieg Magnus aus gutem Grund, dass die Heimat seiner Freunde, die ihn am vergangenen Heiligabend besucht hatten, zwischen Buchdeckeln lag. Diese Begegnungen fühlten sich jetzt so fern an, als hätten sie niemals existiert.

»Aha. So sehen also wilde Partys à la Hedekas aus? Weihnachtsschinken, Lachs und Bier?«, sagte Magnus scherzend und holte Johan damit aus seinen antiquarischen Gedanken. Er hob sein Glas und hielt es auffordernd über den Tisch, direkt über das Blumengesteck in der Mitte. »Mann, Junge, da haben wir vor ein paar Jahren aber noch ganz andere Feste gefeiert, was? *Skål*, Johan, und willkommen zurück in Stockholm und zurück im Verlag.«

Johan nahm sein Champagnerglas und stieß mit Magnus an.

Magnus blätterte kurz und beiläufig in der ledergebundenen Speisekarte und klappte sie gleich darauf wieder zu. »Ich bestelle, wenn es dir recht ist. Lass dich überraschen. Der Laden ist nicht übel, aber eins kann er ganz besonders gut.«

Johan hatte keine Einwände. Magnus nahm die Champagnerflasche aus dem Kühler und wollte nachschenken, doch der Kellner hatte ihn beobachtet und eilte herbei. Magnus bestellte als Vorspeise zwei Nordmeerkrabbencocktails und danach *Filets mignons* an *Sauce béarnaise* mit *Janssons frestelse* und Speckböhnchen als Beilagen. Dazu einen Rotwein aus dem Burgund.

»Hier gibt es das beste Fleisch in Stockholm, wahrscheinlich in ganz Schweden«, sagte er, und als der Ober gegangen war: »Zurück zum Geschäft. Worauf willst du denn warten? Oder hast du noch ein anderes, womöglich besseres Angebot, von dem ich nichts weiß?«

Johan schüttelte den Kopf und tupfte sich den Mund mit der Serviette sauber. »Nein, natürlich nicht, und ich denke, das ist dir bewusst. Ein besseres Angebot als deines kann ich mir nicht vorstellen. Ich meine, nach einigen Jahren einfach in dieselbe Position im selben Unternehmen zurückzukommen, dürfte schwer zu toppen sein.«

Magnus nickte. »Das ist wahr. Außerdem wäre es auch ziemlich lukrativ für dich, auf jeden Fall weit lukrativer als ein Literaturcafé mit Antiquariat irgendwo am Ende der Welt.«

Der Kellner unterbrach Magnus' Rede. Er kam mit dem bestellten Rotwein zum Tisch, öffnete die Flasche und ließ Magnus probieren. Als er wieder verschwunden war, ergriff der erneut das Wort.

»Du nimmst mir meine offenen Worte bitte nicht übel. Ich meine es nur gut mit dir, und außerdem weiß ich ganz genau, was ich an dir habe, Johan. Ich sage dir ganz ehrlich, dass es mit etwas Mühe bestimmt möglich wäre, einen anderen zu finden, der diesen Job genauso gut machen könnte wie du.«

Magnus machte eine Kunstpause, trank vom Wein und beugte sich etwas nach vorn zu Johan hin, als wollte er ihm ein großes Geheimnis verraten. »Allerdings hätte ich mit diesem anderen weder eine gemeinsame Vergangenheit, noch könnte ich ihm so blind vertrauen wie dir, verstehst du?«, sagte er dann.

In diesem Moment kamen zwei Ober und servierten die Vorspeise, dazu hausgemachtes Knäckebrot.

»Außerdem kannst du dich auch auf mich verlassen, das weißt du doch, oder?«, fragte Magnus.

Johan probierte von seinem Krabbencocktail. Er schmeckte ausgezeichnet. »Mir geht es so gut wie lange nicht mehr«, sagte er.

»Das freut mich. Außerdem möchte ich dir noch etwas verraten, das vielleicht wirklich ein Grund zum Feiern sein könnte.« Magnus zwinkerte, prostete Johan zu und nahm einen Schluck, bevor er sich eine große Gabel vom Krabbencocktail in den Mund schob und genüsslich kaute. »Sobald du mir sagst, dass du in den Verlag zurückkommst, werden wir ihn umbenennen«, erklärte er. »*Löfwing & Eriksson AB* geht dann natürlich nicht mehr. Nichts gegen Per, und Friede seiner Asche, aber er ist tot, so bedauerlich und tragisch das auch ist. Das Leben geht weiter. Darum muss der Laden dann natürlich *Löfwing & Andersson AB* heißen. Ich habe schon mit dem Notar gesprochen. Das ist kein Problem.«

»*Löfwing & Andersson* klingt gut«, sagte Johan nachdenklich. »Beinahe vertraut, als hätte der Verlag schon immer so geheißen.«

»Wenn du mich fragst, klingt es sogar noch besser als *Löfwing & Eriksson*«, sagte Magnus und lächelte.

»Wo ist Pers Grab?«

Magnus schaute Johan überrascht an und stellte sein leeres Glas neben seinen Teller. »Sein Grab?«

»Ich will ihn besuchen. Das bin ich ihm schuldig. Und mir auch.«

»Er liegt auf dem *Skogskyrkogården*«, sagte Magnus, »auf dem Waldfriedhof.«

Wenig später kamen zwei Kellner herbei. Sie nahmen die Champagnergläser und die Teller der Vorspeise mit und deckten den Tisch für das Hauptgericht.

Auch dieser Gang schmeckte hervorragend. Das rosa gebratene Fleisch zerging auf der Zunge und vermengte sich mit der *Sauce béarnaise* und dem Gratin aus Kartoffeln und Zwiebeln zu einer wahren Geschmacksexplosion. So lebte man also in Stockholm, dachte Johan. Beinahe hätte er es vergessen.

»Schreib mir doch mal Patricias Telefonnummer auf«, sagte er schließlich zu Magnus. »Ich denke, ich werde sie morgen anrufen.«

4.
Der große pechschwarze Pudel scheint zu lächeln

Die Sonne schien von einem leicht bewölkten Frühlingshimmel, und Patricia hatte Zeit. Natürlich hatte sie Zeit. Es war offensichtlich, dass sie mit Johan gern etwas unternehmen und offensichtlich auch mehr von ihm wollte als nur das. Patricia wusste es, Gunilla wusste es, Magnus wusste es, und Johan wusste es jetzt auch, obwohl er es auf gar keinen Fall wissen durfte, zumal Magnus von Gunilla angehalten worden war, weder gegenüber Patricia noch gegenüber Johan diesbezüglich etwas durchblicken zu lassen. Immerhin stand ihre Reputation als verschwiegene Freundin auf dem Spiel. Darum verhielten sich alle Beteiligten unter wechselseitigen Versprechungen und Verpflichtungen so, als ob sie von nichts wüssten, auch um gegebenenfalls im passenden Moment überrascht dreinblicken zu können, falls die Situation es von ihnen verlangen sollte. Es war ein klein wenig wie im Kindergarten, aber Johan spielte trotzdem mit. Irgendwie war es aufregend und machte sogar Spaß.

Johan überlegte. Die letzte Frau, mit der er – abgesehen von einem unbedeutenden, rein körperlich motivierten Sommerabenteuer – in den langen Jahren nach Lina mehrere Stunden am Stück verbracht hatte, lebte in Hedekas und hieß Agnes. Vielleicht war sogar das eine Liebesgeschichte, doch falls dem so war, war sie einseitig und würde es auch immer bleiben.

Was Patricia anging, wollte Johan nichts ausschließen, denn sie gefiel ihm rein optisch, auch wenn er nicht viel über sie wusste. Lediglich vom Hörensagen ein paar Fakten wie Alter, Einkommensstufe, Beruf, Beziehungsstatus sowie vage Vermutungen über die Beschaffenheit ihres durchtrainierten Aerobic-Hinterns. Das war bereits mehr, als man für gewöhnlich wissen musste, um jemanden attraktiv zu finden, und diese Informationen hatten möglicherweise bei der gestrigen Entscheidung, Patricia anzurufen und sich mit ihr zu verabreden, mehr bewirkt, als Johan es sich eingestehen wollte.

Johan suchte nicht nach einer neuen Frau, er suchte nach Gründen, sein Leben zu ändern und sich vielleicht sogar in Stockholm niederzulassen. Wenn einer dieser Gründe zwar vielleicht nur temporär, dafür aber durchaus sympathisch war, schloss sich das nicht aus. Ganz im Gegenteil.

Patricia deutete auf die einzelne weiße Nelke in Johans Hand. »Ist die für Per?«

Johan nickte. »Habe ich heute Morgen noch rasch besorgt. Per mochte weiße Nelken.«

Patricia hatte sich nicht davon abbringen lassen, Johan zum Friedhof zu fahren, obwohl er insistiert hatte, dies sei für eine erste Verabredung ein recht ungewöhnlicher Ort. Er hatte stattdessen vorgeschlagen, sich danach in einem netten Café in der Altstadt zu treffen, wohin er mit dem Taxi gefahren wäre. Doch vielleicht gehörte das Ungewöhnliche zu Patricia …

»Ich finde es gut, dass du das Grab deines ehemaligen Geschäftspartners besuchen möchtest«, sagte sie.

»Ich bin ihm das schuldig. Das habe ich gestern auch Magnus gesagt«, erklärte er.

Patricia setzte den Blinker und bog in den Gamla Tyresövägen ein, der von der Hauptstraße in Richtung Waldfriedhof führte. »Was hat Magnus über mich erzählt?«

Johan betrachtete Patricia von der Seite. Ihr Gesicht war etwas gebräunt und fein geschnitten (vielleicht sogar leicht spanisch), aber sie hatte Augen so blau wie ein prahlerischer Sommerhimmel. Das war eindeutig schwedisch.

»Anwältin, gut situiert, Single, sympathisch«, antwortete Johan.

Patricia lachte herzlich auf. »Das ist die mit Abstand kürzeste und am wenigsten emotionale Personenbeschreibung von mir, die ich je gehört habe.« Sie sah zu Johan hinüber. »Du gehst nicht oft mit Frauen aus, wie?«

»Früher schon«, sagte er, »aber in den letzten Jahren habe ich lieber gelesen.«

»Kein Wunder. Gunilla hat mir genau erzählt, wo du lebst. Aber Lesen ist selten ein Fehler. Glaube mir, selbst ein weniger gutes Buch taugt oft mehr als die meisten Menschen. Zumindest ist das meine persönliche Erfahrung.«

»Vermutlich«, sagte Johan. »Aber es gibt auch Ausnahmen. Wenn dir je ein Mensch begegnen sollte, der schrecklicher ist als ›Ulysses‹ von James Joyce, dann gib mir unbedingt Bescheid. Den muss ich kennenlernen.«

»Mach ich. Versprochen. Es ist tatsächlich ein eher mühsames Werk.«

»Du hast es wirklich gelesen?«, fragte Johan verwundert.

Er drehte sich zu ihr und blickte sie von der Seite an. Patricia lächelte. Hinter ihr zogen Häuserfassaden mit kleinen grünen Vorgärten vorbei.

»Bis etwa Seite 300 habe ich durchgehalten, dann habe ich aufgegeben. Habe ich deinen Intellektuellentest jetzt trotzdem bestanden?«

Johan schmunzelte.

»Und was ist mit dir? Hast du es etwa komplett gelesen?«, fragte Patricia.

»Ja. Bis zur letzten Seite.«

»Das tut mir leid. Warum?«

»Es ist ein literaturwissenschaftlich so bedeutendes Werk wie wenige andere. Es führt die persönliche Entwicklung und das Innenleben des Protagonisten mit den beiden kulturell relevantesten Hauptströmen Europas zusammen, nämlich dem Judentum und der griechischen Antike«, erwiderte Johann.

Patricia stoppte an einer Kreuzung und ließ einen von rechts kommenden Wagen passieren.

»Die Wahrheit ist«, seufzte Johan, »dass ich es lesen *musste*, weil ich während meines Literaturstudiums eine Klausur darüber geschrieben habe. Es war grauenvoll.«

Einen Moment lang sahen sich beide schweigend an, dann lachten sie los. Es fühlte sich gut an, erschreckend vertraut.

»Ich wollte deinen Intellekt nicht testen«, sagte Johan, als er sich wieder beruhigt hatte.

»Doch, genau das wolltest du«, widersprach Patricia glucksend, zog ein Taschentuch aus ihrer Handtasche und tupfte sich eine Träne aus dem Auge. Dabei verzog sie das Gesicht, wie nur geschminkte Frauen es können.

Nein, wollte ich nicht, dachte Johan. Ich wollte einfach nur ein Gespräch mit dir führen.

Patricia steckte das Taschentuch wieder weg und fuhr an.

»Ist schon okay«, sagte sie. »Ich frage dich dafür nachher ein paar Paragrafen ab. Mal sehen, wie du das meisterst.«

Die Straße vollführte eine sanfte Linkskurve, als Patricias Gesichts einen ernsten Ausdruck annahm. Sie deutete über das Lenkrad.

»Wir sind gleich da. Da vorne ist schon der *Skogskyrkogården.*«

Johan blickte durch die Windschutzscheibe. Am Himmel über dem dicht bewaldeten Friedhof türmten sich die weißen Wolken zu riesigen Säulen auf, die bis in die Unendlichkeit des Himmels zu reichen schienen.

Johan war noch nie hier gewesen, nicht einmal während all der Jahre in der Stadt – damals. Es hatte keinen Grund dafür gegeben. Heute, in seinem Alter – und früher, als er noch jünger gewesen war, noch viel weniger – ging man nicht häufig auf Friedhöfe. Irgendwann waren die Großeltern lange begraben, die eigenen Eltern würden noch einige Jahrzehnte leben, und Gleichaltrige verstarben in der Regel nicht. Höchstens nach Krankheiten und Unfällen. Dazu kam, dass Stockholm insgesamt elf öffentliche Friedhöfe besaß. Auch wenn keiner so schön war wie dieser hier, sofern man bei einem Friedhof von Schönheit sprechen konnte.

Johan war beeindruckt von der Ruhe, den uralten riesigen Bäumen und den schmalen Wegen, die ein unüberschaubares Netz bildeten, das den gesamten Friedhof wie ein Geflecht aus Adern zu durchziehen schien. An den

Wegesrändern blühten Blumen in leuchtenden Farben, wo sie dem Rasenmäher noch nicht zum Opfer gefallen waren. Es war warm. Die Vögel zwitscherten, ihnen schien der Friedhof auch zu gefallen. Die Sonne warf ein paar Strahlen wie gleißende Mikadostäbe durch die Wipfel, zwischen die Stämme der Kiefern und über den kniehohen Farn, der manch sauber gemähte Rasenfläche ebenfalls säumte.

Am anderen Ende des Friedhofs fand ein Begräbnis statt. Es war zu weit entfernt, um die Gesichter zu erkennen. Plötzlich bemerkte Johan, dass Patricia sich bei ihm untergehakt hatte. War er so in Gedanken versunken gewesen, dass ihm das entgangen war? Er erstarrte einen Augenblick lang. Doch sie bemerkte es nicht. Oder sie verbarg es erfolgreich hinter ihrem sanften Gesichtsausdruck.

Es dauerte einige schweigsame Minuten, bis Johan anhielt und sich nach rechts zu einem der Gräber wandte. Er betrachtete den stilsicheren und zeitlosen Stein aus schwarzem Granit mit serifenloser Silbergravur, der zu Per Eriksson passte wie einst seine dunklen Nadelstreifenanzüge zu den italienischen Lederhalbschuhen.

»Hier ist es. Grabnummer null-null-eins-sieben-neun, Bereich 126 Z«, sagte Johan in die tote Ruhe hinein, die nur das Geräusch einer vorbeibrummenden Hummel untermalte.

»Er ist ja nur fünfundvierzig Jahre alt geworden«, flüsterte Patricia, sie war offensichtlich erschüttert über diese Tatsache.

»Per war knapp zehn Jahre älter als ich«, stellte Johan fest.

Ein eiskalter Wind hauchte leise durch die Bäume und

trug ein Gefühl von Einsamkeit und Endlichkeit mit sich, das kaum zu ertragen war.

Irgendwo auf dem Friedhof bellte ein Hund.

Weit entfernt.

Wenn es denn einer gewesen war.

Johan hob den Kopf und blickte hinauf. Es war wieder still. Die Sonne war verschwunden, der Himmel grau. Er trat vor und legte die weiße Nelke quer auf den Grabstein, verharrte eine Weile und trat dann zurück neben Patricia.

»Alles in Ordnung?«, erkundigte sie sich.

»Nein«, antwortete er. »Alles ist nicht in Ordnung. Nur manches. Recht wenig, um genau zu sein. Und ich glaube, der große Rest braucht noch eine ganze Weile, um wieder einigermaßen in Ordnung zu kommen.« Er fasste sich und wandte sich ihr zu. »Verlassen wir diesen traurigen Ort und fahren irgendwo einen Kaffee trinken. Dafür haben wir uns schließlich verabredet, nicht wahr? Ich könnte jetzt etwas Ablenkung und Unterhaltung gut gebrauchen.«

»Das kriegen wir hin«, entgegnete Patricia und lächelte aufmunternd. »Gehen wir.«

Damit hakte sie sich wieder bei Johan unter und zog ihn sanft mit sich fort.

Sie gingen einige Schritte, und Patricia nahm die Aufforderung zur Unterhaltung offenbar sehr ernst und die Weitläufigkeit des Friedhofareals zum Anlass, ausführlich von ihren Eltern zu berichten, beziehungsweise von der Immobilienpreisentwicklung der Gegend, in der sie wohnten (es handelte sich um das Örtchen Sollentuna, circa eine halbe Autostunde nördlich von Stockholm gelegen). Beides interessierte Johan nicht sonderlich, doch er war Patricia dankbar, dass sie ihm davon erzählte. Er mochte die Wärme in ihrer Stimme und ihre Nähe mehr und mehr.

Warum er das tat, wusste Johan nicht, aber irgendetwas bewog ihn, während sie sich gemächlich immer weiter von Pers letzter Ruhestätte entfernten, noch einmal beiläufig über die Schulter zurückzublicken. Kaum hatte er das getan, zuckte er zusammen. Ihm bot sich ein bizarres Bild. Auf dem steinernen Rand des Grabes, direkt neben dem polierten Granit mit den silbernen Lettern, saß ein Hund. Ein großer pechschwarzer Pudel. Sein Fell glänzte, wirkte beinahe unpassend gepflegt und frisch in Form gebracht, als wäre er eben beim Hunde-Coiffeur gewesen. Die kurzen Locken bewegten sich im Wind. Er wirkte ruhig, und er schien zu lächeln. Seine Augen leuchteten, und er schaute Johan tief in die sehnsüchtige Seele.

Patricia schien die Starre zu bemerken.

»Was ist los, Johan?«, fragte sie ihn. Doch noch bevor sie sich umgedreht hatte, um seinem Blick zu folgen, war der Hund blitzschnell zwischen den Bäumen verschwunden.

Kurz darauf fing es an zu regnen.

5.
Zurück blieb der Frühling

Patricia führte Johan in ein ausnehmend schönes Café am Rande der Altstadt. Es war mit Antiquitäten eingerichtet und hatte sich den Charme des vergangenen Jahrhunderts bewahrt, sodass es Johan nicht gewundert hätte, wenn in diesem Augenblick ein groß gewachsener Herr im Dreiteiler und mit Melone, Monokel und Flanierstock und mit ihm eine Dame im Reifrock eingetreten wären, die Stola mit einer breiten silbernen Brosche zusammengehalten, die Haare züchtig zu Schnecken frisiert.

Ungewöhnlich war, dass die Frau neben ihrer kleinen, mit Hunderten von Glasperlen bestickten Handtasche und einem hübschen Seidenschirm – beides hatte sie sich über den Unterarm gehängt – ein Buch in der Hand trug. Johan versuchte vergeblich zu entziffern, um welches Buch es sich handelte, aber es gelang ihm nicht, auch wenn er wusste, dass er es kannte. Es passte nicht zu dieser Frau, nicht in ihr Jahrhundert.

Ganz kurz sah sie ihn an, lächelte, beinahe verschämt. Da wusste Johan, dass er auch die Frau kannte. Doch ihm wollte einfach nicht einfallen, wer sie war. Es schmerzte ihn. Es war, als versuchte er, in einem Traum die Zeit auf einer Uhr abzulesen.

Sie flüsterte ihm etwas zu. Johan verstand es nicht, aber er begriff, was es bedeutete. Das Buch, er musste das Buch finden. Sie hielt es ihm zaghaft entgegen. Es hatte einen braunen Ledereinband und einen verzierten Buchrücken, die Seiten waren mit Goldschnitt versehen, und auf dem Deckel prangte ein in Gold geprägter Titel. Doch sosehr Johan sich auch bemühte, er konnte ihn einfach nicht entziffern.

Jetzt schien auch der Begleiter der jungen Frau Johan bemerkt zu haben. Er führte einen großen schwarzen Pudel an der Leine mit sich. Um das Tier herum summte eine fette und hässliche Fliege. Der Hund fixierte Johan und knurrte so leise, dass offenbar nur Johan es hören konnte. Der Mann nahm seine Melone ab und schloss die Tür des Cafés hinter sich – das leise Klingeln des Messingglöckchens tönte Johan in den Ohren.

Dann trat der Mann zu der Frau, warf Johan einen unfreundlichen Blick zu, griff sie unsanft am Oberarm und zog sie mit sich zu einem freien Tisch, wo sie sich beide setzten. Der Pudel machte brav Platz neben seinem Herrchen und knurrte Johan weiter an. Johan glaubte für den Bruchteil einer Sekunde, in dem Mann den reisenden Studenten zu erkennen, der ihm in Hedekas erschienen war. Doch das Gesicht verblasste so schnell wie die Erinnerung. Der Pudel löste sich auf und verschwand wie ein verbotenes Trugbild.

Da ertönten von draußen mit einem Mal Geräusche. Johan schaute durch das Fenster des Cafés hinaus. Ein Kutscher trabte auf der gepflasterten Straße mit seinem Zweispänner heran. Er ließ die Zügel auf die breiten Hinterteile der beiden Kaltblüter klatschen und schnalzte mehrmals lautstark mit der Zunge. Dabei drückte er seinen Kopf tief zwischen die Schultern, beinahe wie eine Schildkröte, den glänzenden Zylinder hatte er tief ins Gesicht gezogen. Gegen den dichten Frühlingsregen, der auf ihn niederging, nutzte das jedoch genauso wenig wie der gewachste Umhang, den er sich übergeworfen hatte.

Jetzt erst sah Johan, dass es sich bei dem Kutscher um seinen alten Geschäftskollegen Per Eriksson handelte. Er schaute kurz zu Johan hinüber, tippte einen Gruß an seinen tropfnassen Hut und schüttelte dann den Kopf, als wollte er Johan von etwas abhalten oder ihn mit Missbilligung strafen, doch noch während er das tat, fuhr er aus dem Traumbild davon. Lautlos.

Zurück blieb der Frühling. Und der Regen.

Und ein Gefühl von zerrissener Einsamkeit.

Wieder einmal.

»Johan? Träumst du?«

Er schreckte hoch und sah auf. Patricia war von der Toilette zurückgekommen und setzte sich wieder an ihren Platz.

»Gut möglich«, antwortete er, massierte sich den Nacken und rutschte im Stuhl etwas höher. Ihm mussten wohl tatsächlich kurz die Augen zugefallen sein. »Ich bin irgendwie erschöpft, obwohl ich heute noch nicht viel getan habe.«

»Ich schätze, du hast vor so einem Tag bestimmt nicht gut geschlafen, und es war vorhin ja auch emotional berührend«, sagte Patricia verständnisvoll. »Aber was Per angeht, war es gut, dass wir bei ihm auf dem Friedhof waren, davon bin ich überzeugt.« Dann lächelte sie und fügte hinzu: »Trink deinen Kaffee, dann wirst du wieder fit.«

Sie nippte an ihrem Kakao. Ein kleiner Tupfer Schlagsahne blieb an ihrer Nasenspitze zurück. Sie lachte kurz, wischte ihn weg und leckte sich den Zeigefinger ab.

Johan trank ebenfalls. Der Kaffee war zwar nicht mehr ganz heiß, dafür aber recht stark. »Sieh nur, was für ein Glück wir hatten! Es hat erst auf dem Rückweg zu regnen begonnen.«

»Stimmt.« Patricia sah auf die Straße hinaus. »Oder es ist eine himmlische Aufforderung, ins Museum zu gehen? Wann warst du zum letzten Mal in einer Ausstellung?«

»Zählen historische Landwirtschaftsmaschinen, eine antiquarische Messe und regionale Malerei?«

»Nein«, sagte Patricia.

Johan dachte scharf nach. Schließlich antwortete er: »In diesem Fall, denke ich, war das im selben Jahr, in dem ich zum letzten Mal mit einer Frau ausgegangen bin.«

»Also vor Hedekas?«

»Vor Hedekas«, bestätigte Johan.

»Dann wird es aber Zeit. Glückwunsch! Heute ist dein Tag. Wenn wir ausgetrunken haben, holen wir das nach. Was hältst du vom *Moderna Museet*? Ich denke, in den vier Jahren dürfte dort am meisten passiert sein, was du in deinem Kuhdorf nicht mitbekommen hast. Zumindest, was Kunst angeht.« Sie hielt plötzlich inne. Erst jetzt schien sie zu bemerken, dass es leicht verletzend gewesen sein könnte, was sie gerade gesagt hatte. »Entschuldige«, hob sie an und legte ihre Hand auf Johans, »so war das nicht gemeint.«

Johan lachte und schüttelte den Kopf. »Nein, nein, schon in Ordnung. Ich meine, du hast vollkommen recht. Hedekas ist ein Dorf, Kühe gibt es dort eine ganze Menge, und in den letzten vier Jahren habe ich mich so sehr auf die Vergangenheit, alte Bücher und mich selbst konzentriert, dass ich manchmal schon das Gefühl hatte, ich würde verrückt werden. Vom Rest der Welt habe ich wirklich nicht viel mitbekommen. Deshalb habe ich von der Entwicklung der modernen Kunst sicher am meisten verpasst. Und genau deshalb sollten wir uns das *Moderna Museet* ansehen. Die Ausstellungen über die Dinosaurier, die Wikinger und die Wasa dürften sich wohl kaum verändert haben, und die hat es auch schon gegeben, lange bevor ich von Stockholm aufs Land gezogen bin.«

Patricia drückte sanft Johans Hand, bevor sie sie behutsam wieder losließ. »Mit dir Zeit zu verbringen macht Spaß.«

»Danke, ebenso«, sagte Johan und lächelte zurück. Er winkte der Bedienung und zahlte Patricias Kakao und seinen Kaffee sowie die beiden Käsesandwiches, die sie gegessen hatten.

»Danke für die Einladung. Ich werde mich revanchieren, wenn wir heute Abend zusammen essen gehen.« Patricia erhob sich.

»Nicht nötig«, sagte Johan und half ihr in die Jacke. «Das mit dem Abendessen ist mir allerdings neu.«

»Natürlich gehen wir essen. Das ist ein wichtiger Bestandteil deines sozialen Reintegrationsprogramms. Ich sagte ja – heute ist dein Tag. Erst Museum für moderne Kunst, dann mit einer Frau richtig ausgehen.«

»Einverstanden, ich akzeptiere das Programm in vollem Umfang«, sagte Johan. Er zog sich die Jacke über und sah auf die Uhr. Es war bereits Viertel vor eins. »Allerdings müsste ich noch in ein Antiquariat in der Lästmakargatan.«

»Und was für ein Buch hast du im Sinn?«

Johan zögerte. »Ich weiß es ehrlich gesagt nicht genau. Nur dass es einen braunen Ledereinband, einen verzierten Buchrücken, Goldschnitt und einen geprägten Titel besitzt.«

Patricias Gesicht verriet Verständnislosigkeit. »Wenn du das Buch nicht kennst und nicht weißt, wie es heißt, woher weißt du dann, dass es braun ist, einen Goldschnitt hat und einen geprägten Titel?«

»Okay, ich gebe zu, das klingt verrückt, aber ich würde das Buch auf jeden Fall wiedererkennen, wenn ich es sehe.«

»Du kennst es also doch? Johan, du verwirrst mich.«

Johan zögerte. Woher er dieses Buch kannte und wann er es zuletzt gesehen hatte, konnte er Patricia unmöglich verraten. So gut kannte er sie noch nicht, und vielleicht würde er es ihr selbst dann nicht sagen, wenn sie ihm näherstünde als Agnes.

»Ich habe es schon einmal gelesen, komme aber partout nicht auf den Titel oder den Autor. Ich weiß nur, dass es ein äußerst wichtiges Buch für mich ist.«

Patricia blickte Johan an, als würde sie intensiv nach einer Erklärung für dieses aus ihrer Perspektive sicher wenig nachvollziehbare Verhalten suchen. Vielleicht hatte sie auch Angst, dass die Zeit in Hedekas weitab von der Stockholmer Zivilsation Johan mehr irreparable Schäden zugefügt hatte, als sie es sich zunächst hatte eingestehen wollen.

»Ich werde nicht schlau daraus, aber wenn es wichtig für dich ist, dann ist das eben so. Allerdings würde ich mich freuen, wenn du die Suche nicht gerade heute starten würdest, sonst bekommen wir ein Zeitproblem. Das *Moderna*

Museet schließt nämlich schon um 18:00 Uhr. Ich finde das etwas zu knapp, insbesondere wenn wir uns danach noch frischmachen und zum Essen treffen wollen. Ich will deinem Vorhaben nicht im Weg stehen, aber vielleicht kannst du dieses seltsame Buch ja an einem anderen Tag suchen.«

Patricia blickte Johan auffordernd an. Es schien eine einfache Alternative zu sein, die schnell artikuliert war, aber in Wirklichkeit war es eine *prinzipielle* Entscheidung. Johan horchte unsicher in sich hinein, ob es richtig oder falsch war, diesem oder jenem Bedürfnis nachzukommen. Schließlich entschied er sich.

»Du hast recht, das Antiquariat läuft mir nicht davon«, gestand er lächelnd ein. »Lass uns ins Museum und heute Abend schön essen gehen.«

Um 18:30 Uhr war Johan zurück in seinem Hotel in der Arsenalgatan. Es war ein wirklich beeindruckender Nachmittag mit Patricia im Museum für moderne Kunst gewesen, den er sehr genossen hatte. Sie hatten über schwachsinnige Kunst gelacht, über tiefsinnige gesprochen und über scheinbar sinnlose so lange diskutiert, bis das entsprechende Werk einer der beiden erstgenannten Gruppen zuzuordnen war. Das braune ledergebundene Buch mit der goldenen Prägeschrift – irgendwann würde es sich ergeben, dass er im Antiquariat vorbeischaute …

Als Johan sich den Zimmerschlüssel an der Rezeption seines Hotels aushändigen ließ und kurz darauf die breite Treppe hinaufging, war er sich sicher, dass er noch länger in Stockholm bleiben würde, viel länger als gedacht. Der Rezeptionist hatte bestätigt, dass ihm sein Zimmer weitere zwei Wochen zur Verfügung stand. Es fand gerade keine wichtige Messe in Stockholm statt, und die touristische Hauptsaison würde erst im Juni beginnen. Johan hatte es zunächst bis morgen reservieren lassen, er wollte sicherheitshalber noch eine Nacht darüber schlafen, auch wenn er nicht wusste, was ihn jetzt noch umstimmen könnte.

Er lief den haselnussfarbenen und mit goldgelben Ornamenten versehenen Teppich entlang bis zu seinem Zimmer, schloss auf, setzte sich auf das Bett und griff zum Telefon. Es klingelte fünf Mal. »Bertilsson?«

»*Hej*, Gunnar, ich bin's, Johan. Wie läuft es bei euch?«

»Johan!«, kam es erfreut zurück. »Schön, dass du dich meldest. Uns geht es gut, immer dasselbe, du weißt ja, viel ist nicht los. Die Kraniche sind jetzt alle da, und deshalb kommen auch die ersten Touristen. Viele fragen, wann das Café ›Singoalla‹ wieder geöffnet hat. Bleibt's dabei? Kommst du bald wieder zurück?«

»Deswegen rufe ich an. Nein, Gunnar, ich glaube nicht. Es hat sich einiges getan, ich glaube, ich werde noch bestimmt zwei Wochen bleiben.«

»Oh«, sagte der Pfarrer überrascht, »bist du so erfolgreich in Stockholm?«

»Erfolgreich? So würde ich das nicht formulieren, doch es gibt eben Dinge, die brauchen mehr Zeit als gedacht.«

»Ich verstehe.« Gunnar Bertilsson schwieg eine Zeit lang, schließlich fragte er: »Kommst du überhaupt wieder hierher zurück?«

Johan zögerte. »Ich weiß es nicht«, antwortete er endlich. »Ich weiß im Moment nur, dass ich mich gut fühle, aber nicht, was in naher Zukunft sein wird.«

»Gottes Wege sind unergründlich«, sagte der Pfarrer leise.

»Gegen diese These habe nicht einmal ich etwas einzuwenden«, erwiderte Johan. »Ist Agnes da?«

»Nein, sie ist mit Birgitta nach Uddevalla gefahren. Dort ist heute Markt. Aber sie müssten bald zurück sein. Soll ich ihr etwas ausrichten?«

Johan war mit einem Mal wie erstarrt.

Es lief ihm heiß und kalt den Rücken hinunter.

Das konnte nicht sein, und doch war es offensichtlich wahr. Er hatte während des Gespräches mit Pfarrer Bertilsson seinen Blick durch das Hotelzimmer schweifen lassen – über die Wände, die Bilder, zum Fenster, zur Badezimmertür, über die getäfelte Decke und den Boden ... und genau dort sah er sie deutlich. Abdrücke im Flausch des beigefarbenen Teppichs, Abdrücke wie von einem Hasen. Er täuschte sich nicht, er konnte Spuren diverser Wildtiere unterscheiden. Das hatte er, umgeben von zahllosen Jägern, in Hedekas über die Jahre gelernt.

»Das gibt's doch nicht«, stammelte er.

»Johan?«, schallte es durch das Telefon. »Johan? Alles in Ordnung bei dir?«

Er war wie benommen.

»Gunnar, ich muss Schluss machen. Alles okay so weit, ich habe bloß ... vergessen, etwas Dringendes zu erledigen ... Ich ... ich melde mich wieder. Grüß Agnes und Birgitta von mir. Bis bald.«

Johan legte auf. Dann rutschte er vom Bett auf die Knie und kroch langsam zu den vermeintlichen Fußspuren hinüber, die sich vom Eingang bis zum Badezimmer erstreckten, wo sie verschwanden. Zwei längliche Abdrücke in Laufrichtung und dahinter zwei kurze. Jedes Kind konnte mit zwei Fingern Kaninchenspuren im Sand oder im Schnee nachahmen.

Im Badezimmer war es dunkel. Die Tür war angelehnt. Hatte er sie heute Morgen nicht verschlossen? Johan wusste es nicht mehr. In seiner Brust pochte es wie wild. Es war nicht die Furcht vor einem höchstwahrscheinlich kleinen Häschen, es war eher die Angst, nicht zu wissen, wo es hergekommen war. Johan fasste sich ein Herz, erhob sich vom Boden, stieß die Tür zum Badezimmer auf, schaltete gleichzeitig das Licht an und ging hinein.

Er sah sich um. Der Raum war höchstens sechs Quadratmeter groß, es gab keine Möglichkeit, sich zu verstecken. Nicht einmal für einen kleinen Hasen.

Erleichtert atmete Johan aus. Trotzdem verstand er nicht, was hier vor sich ging.

Als er wieder aus dem Badezimmer trat, waren auch die Pfotenabdrücke im Teppich spurlos verschwunden.

6.
Zwischen Schwarz und Weiß

In Stockholm gab es natürlich noch unzählige andere Restaurants, aber von dem in seinem Hotel war Johan nach dem gestrigen Dinner mit Magnus durchaus überzeugt, und er wusste, was ihn dort erwarten würde. Johan hatte Patricia daher vorgeschlagen, kurz vor acht in der Hotelbar einen Aperitif einzunehmen, um danach gemeinsam zu essen.

Der Abend wurde zu einem gelungenen Abschluss dieses eindrucksvollen Tages, *seines* Tages, wie Patricia nicht müde wurde zu betonen – vom Campari Orange über das wieder einmal hervorragende Menü bis hin zu den amüsanten, geistreichen und niemals langweiligen Gesprächen mit ihr.

Johan hatte es, bis kurz bevor sie das *Moderna Museet* heute Mittag betreten hatten, noch ein wenig bereut, Patricia nachgegeben und doch nicht seinem ursprünglichen inneren Drang gefolgt und zum Antiquariat gegangen zu sein, um nach dem ominösen Buch mit dem braunen Ledereinband und dem Goldschnitt zu schauen. Doch dieses Bedürfnis hatte sich allmählich verflüchtigt, bis er es schließlich vollkommen vergessen hatte, als hätten dieses Buch und die Erinnerung daran niemals existiert und als hätte jemand

Johans Gehirn mit einem Vergessenszauber belegt, der die Bilder der Vergangenheit in einen zarten, aber undurchdringlichen Nebel hüllte.

Nach dem gemeinsamen Dinner nahmen Patricia und Johan in der Bar einen Digestif und einen Espresso zu sich. Gegen halb elf verabschiedeten sie sich in der Hotellobby. Es waren lange Abschiedsküsse, aber sie landeten auf der Wange des jeweils anderen, nicht auf seinem Mund. Johan hätte sich in diesem Moment noch ganz andere Sachen vorstellen können – schließlich bewohnte er ein Hotelzimmer mit einem hinreichend großen Doppelbett –, doch er und Patricia trafen in stiller Übereinkunft die Entscheidung, *das* heute nicht zu tun. Noch nicht.

Es war ihr erstes Treffen, und obwohl sie erwachsen und ungebunden waren, fühlte es sich seltsamerweise zu früh an, auf gewisse Art und Weise unangebracht, der Situation unangemessen. Also blieb es bei den deutlich zu langen Wangenküssen, der etwas zu innigen Umarmung und einem etwas zu langen Händedruck.

Ein letztes Winken durch die geschlossene Glastür des Hotels, ein Taxi hielt, Patricia blickte noch einmal zurück, dann stieg sie ein und fuhr davon. Für Freitag hatten sie sich wieder zum Abendessen verabredet. Vorher ging es nicht, denn sie war bis kommenden Donnerstag beruflich in Oslo. Dafür gab es wahrscheinlich an besagtem Freitagabend dann etwas zu feiern, denn genau an diesem Tag wollten Magnus und er ihre Zusammenarbeit im Verlag durch die Unterzeichnung entsprechender Verträge in Patricias Kanzlei besiegeln. Vorausgesetzt, die Verhandlungen mit Magnus in den nächsten drei Tagen würden nichts ergeben, was dagegenspräche, und das konnte Johan sich nicht vorstellen. Möglicherweise wollte er das auch gar nicht.

Und so kam es, dass Johan weder am Sonntag – an dem Magnus und er trotz des göttlichen Ruhetages wenigstens am Vormittag in den Verlag fuhren, bevor sie mit den Kindern und Gunilla mit dem gleichnamigen Motorsegler einen Ausflug in die Schären machten – noch irgendwann im Laufe der Woche etwas fand, das ihn dazu bewogen hätte, seine Entscheidung, wieder hierher zurückzukommen, zu revidieren.

Ganz im Gegenteil.

Als er schließlich am Freitag um kurz nach zehn Uhr morgens nach dem Frühstück aus dem Hotel trat und sich bei strahlendem Maiwetter auf den Weg zu Patricias Kanzlei machte, fühlte er sich einfach großartig. Alle Zweifel waren wie weggeblasen, er hatte wunderbar geschlafen, keine Kaninchenspuren mehr entdeckt, keine pechschwarzen Pudel waren ihm erschienen, und er hatte sogar das Gefühl, jünger zu sein und aufrechter zu gehen, als hätte er seinen Rucksack von zentnerschwerem, unnützem Ballast befreit, den er aus unerfindlichen Gründen eine Ewigkeit mit sich herumgeschleppt hatte. Heute Morgen trug er lediglich seine Aktentasche, in die er nachher die Verträge stecken würde.

Johan überquerte die Straße und hielt weiter geradeaus auf Östermalm zu. Bis zur Kanzlei von Patricia und ihren beiden Kollegen war es nicht mehr weit, vielleicht noch zehn oder fünfzehn Gehminuten. Johan lockerte ein wenig seine Krawatte. Er war – ja, er musste es sich eingestehen – doch ein bisschen aufgeregt. Nicht dass er noch nie einen Anwalts- oder Notartermin absolviert hätte, allerdings war es selten um solch große und richtungsweisende Entscheidungen gegangen wie heute, von der einstigen Verlagsgründung einmal abgesehen und dem Tag, an dem er aus dem Unternehmen ausgestiegen und nach Hedekas gegangen war, doch beides lag ja schon einige Jahre zurück.

Er würde mit Magnus zunächst einen auf drei Monate befristeten Arbeitsvertrag mit der Option zum erneuten Einstieg als Teilhaber in den Verlag schließen, der nach der Umfirmierung Johans statt Pers Nachnamen in der Firmenbezeichnung tragen würde. Mit Pers Familie war alles vorvertraglich geregelt worden, fast – so hatte Magnus es Johan erzählt – hätten die Witwe und ihre Tochter erleichtert gewirkt, als Magnus an sie herangetreten war.

Das Geld für den Kauf seiner Anteile würde Johan rasch aufbringen können, es lag größtenteils noch auf der hohen Kante. Zwar hatten der alte Hof in Hedekas und der Aufbau des Cafés und des Antiquariats ihn einiges an Geld gekostet, aber es war noch genug übrig; in Hedekas aß man in der Regel bedeutend mehr in Zeitung eingeschlagenen Räucherfisch als *Filet mignon* mit *Sauce béarnaise*. Abgesehen davon würde der Hof in Hedekas auch einiges einbringen, schließlich hatte Johan in den letzten vier Jahren dort viel renoviert und die alte Scheune ausgebaut. Außerdem war Magnus ihm sehr entgegengekommen und verlangte nicht mehr, als Johan damals von ihm und Per für seinen Anteil erhalten hatte. Denn obwohl die Verkaufszahlen tatsächlich nicht mehr so berauschend waren wie früher, schien Magnus felsenfest davon überzeugt, dass sich die finanzielle Situation des Verlags mit Johans Eintritt in kürzester Zeit wieder zum Guten wenden würde. Und es kam ihm wohl einfacher vor, mit Johan zusammenzuarbeiten, statt die Verantwortung allein zu tragen, jetzt da Per tot war.

Johan ging gedankenverloren durch die Altstadt des Stockholmer Stadtteils Norrmalm, er nahm den direkten Weg durch die kleinen Straßen und Gassen in Richtung Östermalm, bis er plötzlich innehielt. Trotz des wolkenlosen Himmels und beinahe sommerlicher Temperaturen wehte ihm plötzlich ein eiskalter Wind entgegen, den er sich nicht erklären konnte. Erst als er aufblickte, wusste er, wo er sich befand: an der Kreuzung zur Lästmakargatan, wo sich das Antiquariat befand.

Er sah auf seine Uhr. Es war erst halb elf, er war viel zu früh losgegangen, da er auf jeden Fall pünktlich sein wollte. Doch nun hatte er noch eine halbe Stunde bis zum Termin und nur noch wenige Minuten Fußweg. Wenn man zu früh kam, machte das auch keinen guten Eindruck.

Kurz entschlossen verließ er die Norrlandsgatan und bog nach links ab. Der Wind kam ihm jetzt entgegen, blies immer heftiger und kälter. Oder schien nur er das zu bemerken? Auf der Straße liefen nämlich noch andere Menschen herum, lachend, in T-Shirts und kurzen Hosen und Röcken, als befänden sie sich in einer anderen Realität. Johan zog den Reißverschluss seiner Jacke zu.

Nervös wandte er sich um.

Er hatte das Gefühl, dass ihm jemand folgte.

Doch da war niemand.

Was war los mit ihm? Es musste dieses seltsame Buch sein, das ihn nun wieder beschäftigte. Brauner Ledereinband. Verzierter Buchrücken. Goldschnitt und geprägte Titelschrift. Fort war seine Leichtigkeit, seine Entschlossenheit wankte. Wegen eines imaginären Buches? Warum quälte es ihn so, weshalb erschien es ihm immer wieder?

Er würde dieses Rätsel niemals lösen, wenn er nicht danach suchte.

Nach kurzer Zeit hatte Johan das kleine Antiquariat erreicht. Sofort lachten ihn die wunderbaren Jugendstilausgaben durch das Schaufenster förmlich an. Drinnen huschte ein kleiner Mann durch die dunklen Räume, der stapelweise Bücher herumtrug. Johan drückte die Tür einen Spaltbreit auf und hielt irritiert inne. Er kannte den Klang dieses Messingglöckchens, er hatte ihn schon einmal gehört. Doch da war noch etwas anderes. Instinktiv drehte er sich um und erschrak sich fast zu Tode. Er wurde tatsächlich verfolgt. Auf der gegenüberliegenden Straßenseite saß im Schatten zweier dicht an dicht parkender Autos, zwischen Kofferraum und Kühlergrill, der schwarze Pudel, der Johan bereits auf dem *Skogskyrkogården* und während des Cafébesuchs mit Patricia erschienen war.

Der Pudel starrte Johan an, unergründlich, und legte den Kopf schief, als würde er etwas abwägen, mit blitzenden Augen.

Johan straffte die Schultern, wandte sich um, stieß die Antiquariatstür zur Gänze auf und trat ein.

Es war warm und ruhig, und es roch so wunderbar nach alten Geschichten, dass sich bei Johan sofort eine innere Ruhe einstellte und sein Puls sich spürbar verlangsamte.

»Kann ich Ihnen helfen?« Der Antiquar stellte einen Stoß Bücher auf einem Tisch ab und kam auf Johan zu. Der etwa sechzigjährige Mann war klein und von gedrungener Gestalt, er hatte schütteres Haar, das er in Fransen ordentlich über die Halbglatze gekämmt trug. Was dort an Haar fehlte, hatte er im Gesicht. Neben dem dunklen Schatten eines dichten Bartwuchses besaß er offenbar unbeherrschbare Augenbrauen, so buschig wie haarige Raupen. Sie hatten sich auf seiner viel zu großen Hornbrille niedergelassen. Durch die dicken Gläser strahlten zwei freundliche, aufmerksame Augen.

»Ich suche ein Buch«, sagte Johan.

»Oh, da sind Sie bei mir richtig«, gab der Antiquar vertrauensvoll zurück. Er schien verschrobene Kundschaft gewohnt zu sein und verzog keine Miene. »Ich habe so viele Bücher, dass ich sie sogar verkaufe.« Der Mann lächelte verschmitzt, aber keineswegs überheblich. »Suchen Sie etwas Bestimmtes und haben bereits konkrete Vorstellungen, oder möchten Sie sich lieber in aller Ruhe umschauen?«

»In gewisser Hinsicht habe ich sehr konkrete Vorstellungen ...«, antwortete Johan. »Es mag seltsam klingen, aber ich weiß, wie das Buch aussieht, das ich suche, allerdings nicht, wie es heißt. Es ist in braunes Leder gebunden, hat einen verzierten Buchrücken, Goldschnitt und einen in Gold geprägten Titel.«

»Ich verstehe«, sagte der Antiquar völlig ungerührt. »Tja, hätten wir Kenntnis vom Urheber oder sogar vom Titel dieses Werkes, wäre das natürlich eine große Hilfe. Aber wir wollen mal sehen, wie ich Ihnen vielleicht auch ohne diese Informationen dienlich sein kann. Wovon handelt das Buch denn? Ist Ihnen das bekannt?«

Johan zuckte ratlos mit den Achseln. »Nicht einmal das weiß ich, nicht genau zumindest. Ich bilde mir ein, mich zu erinnern, dass die Geschichte irgendwie bedrohlich ist, zugleich aber auch allgemeingültig. Und sie ist genauso menschlich wie überirdisch«, sagte er.

»Das scheint mir ein recht umfassendes und anspruchsvolles Werk zu sein«, sagte der Antiquar anerkennend. »Aber ich bitte um Nachsicht, wenn mir aufgrund dieser Beschreibung nicht gleich Hunderte Bücher einfallen. Ein paar würde ich aber schon …«

»Der Protagonist ist ein Reisender«, rief Johan plötzlich so laut, dass selbst der Verschrobenheit gewohnte Antiquar kurz zusammenzuckte. »Ein reisender Student, um genau zu sein«, fügte Johan hinzu.

»Ein reisender Student?«

»Ein fahrender Skolast. Zumindest hat er das behauptet.«

»Er hat das behauptet?« Der Antiquar blickte Johan skeptisch an.

»In der Geschichte«, ergänzte Johan. »Er ist mir natürlich nicht persönlich erschienen.« Dabei bemühte er sich, überzeugend zu lachen. »Außerdem glaube ich mich zu erinnern, dass dieser reisende Student mit einem schwarzen Pudel zu tun hat. Auf irgendeine Art und Weise.«

Der Antiquar nickte, lächelte wissend und machte schließlich einen Schritt nach vorn, als beträte er eine Bühne. Er hob einen Arm, machte ein ernstes Gesicht, räusperte sich und sprach mit fester Stimme:

»Das also war des Pudels Kern!
Ein fahrender Skolast? Der Kasus macht mich lachen.«

Danach ließ er die theatralisch erhobene Hand wieder sinken und blickte Johan an.

»Das ist aus dem einzigen mir bekannten Werk, in dem ein reisender Student und ein schwarzer Pudel gemeinsam vorkommen. Ich möchte sogar behaupten, dass es das einzige mir bekannte Werk ist, in dem überhaupt ein schwarzer Pudel vorkommt, ob mit oder ohne reisenden Studenten. Hier treten die beiden jedenfalls in Personalunion auf. Außerdem meine ich, dass es sich bei dieser Figur um den Antagonisten des Stückes handelt, denn der Protagonist ist natürlich kein anderer als …«

»Faust«, führte Johan den Satz des Antiquars zu Ende. Es klang allerdings so, als sagte Johan das eher zu sich selbst.

»Ganz recht«, erwiderte der Antiquar. »Es ist die berühmte Szene im Studierzimmer. Und wussten Sie, dass Goethes ›Faust‹ erstmals im Jahre 1876 von keinem Geringeren als Viktor Rydberg aus dem Deutschen ins Schwedische übersetzt wurde? Dafür wurde er beinahe noch bekannter als für seine etwas später erschienene ›Singoalla‹. Kennen Sie dieses Werk auch? Es ist toll. Kann ich nur empfehlen. Der Roman der schwedischen Spätromantik schlechthin, will ich meinen.«

»Wie konnte ich das vergessen?«, fragte sich Johan geistesabwesend, weil ihm langsam dämmerte, wen er in der Küche in Hedekas gesehen hatte. »Mephisto«, hauchte er.

»Der Pudel? Oh ja, in der Tat, das stimmt«, bestätigte der Antiquar und schob sich die dickglasige Brille, die während seines engagierten Rydberg-Vortrags etwas heruntergerutscht war, wieder direkt unter die behaarten Raupen. Dann lachte er. »Mein Gott, darauf muss man erst einmal kommen: Den Teufel in einen Pudel zu stecken! Goethe hatte wirklich Humor, das muss man ihm lassen. In einen Pudel! Der

›Faust‹ ist ein Meisterwerk der deutschen – ach, was sage ich – der Weltliteratur. Ich habe zwar keine Erstausgabe von 1876 im Bestand, aber dafür eine wunderschöne aus dem Jahre 1878, und die ist …« Der Antiquar hielt plötzlich grübelnd inne. »Seltsam … Jetzt, da ich darüber nachdenke, bin ich mir sicher, dass ebendiese Ausgabe tatsächlich in braunes Leder gebunden ist und mit Goldschnitt, einem verzierten Buchrücken sowie einer mit Gold geprägten Titelschrift ausgestattet ist. Wie konnten Sie nur erraten, dass ich genau diese Ausgabe auf Lager habe? Das nenne ich Zufall!«

»Mephisto ist ein Trickser und ein Täuscher. Er lügt und schmeichelt, er tut alles, um in den Besitz deiner Seele zu kommen«, zischte Johan und hielt sich wankend an einem Bücherregal fest.

»Ist alles in Ordnung mit Ihnen?«, erkundigte sich der Antiquar sichtlich besorgt und mit wachsender Verunsicherung. »Möchten Sie vielleicht ein Glas Wasser?«

Johan blickte auf. »Nein danke, sehr freundlich. Kann ich Ihre Faust-Ausgabe sehen?«

Die Züge des Antiquars entspannten sich. »Aber gewiss doch. Kommen Sie.«

Er führte Johan durch einen der beiden schmalen Gänge, die seine deckenhohen Bücherregale bildeten. Am Ende des Ganges befand sich eine Art Leseecke. Der Antiquar deutete auf den Tisch mit vier Stühlen und zwei grünen Leselampen.

»Nehmen Sie Platz. Ich hole es Ihnen, dann können Sie es sich in aller Ruhe anschauen.« Damit verschwand der Antiquar für einen kurzen Moment, dann tauchte er wieder auf und legte das Buch vor Johan auf den Tisch.

»Bitte schön. Lassen Sie sich ruhig Zeit. Ich schließe erst um halb eins.« In diesem Augenblick ertönte das Messingglöckchen vom Eingang her. »Sie entschuldigen mich? Heute geht es hier ja zu wie in einem Taubenschlag!«

Mit diesen Worten verschwand der Antiquar zwischen den Bücherregalen, und kurz darauf hörte Johan leises Stimmengemurmel.

Er blickte auf das Buch, das vor ihm lag, und ihm wurde heiß und kalt. Es war dasselbe, das die junge Frau aus vergangenen Zeiten ihm im Café gezeigt hatte, als er kurz weggenickt war.

Johan schlug das Buch auf und las.

Ihr naht euch wieder, schwankende Gestalten,
Die früh sich einst dem trüben Blick gezeigt.
Versuch ich wohl euch diesmal festzuhalten?
Fühl ich mein Herz noch jenem Wahn geneigt?
Ihr drängt euch zu! nun gut, so mögt ihr walten,
Wie ihr aus Dunst und Nebel um mich steigt;
Mein Busen fühlt sich jugendlich erschüttert
Vom Zauberhauch, der euren Zug umwittert.

Ihr bringt mit euch die Bilder froher Tage,
Und manche liebe Schatten steigen auf;
Gleich einer alten, halbverklung'nen Sage
Kommt erste Lieb' und Freundschaft mit herauf;
Der Schmerz wird neu, es wiederholt die Klage
Des Lebens labyrinthisch irren Lauf,
Und nennt die Guten, die, um schöne Stunden
Vom Glück getäuscht, vor mir hinweggeschwunden.

Johan schlug die alte Faust-Ausgabe zu, er fasste es noch immer nicht. Es war zweifelsfrei exakt dasselbe Buch wie in seinem Traum im Café. Wie zur Hölle war das möglich?

Kaum hatte er diesen Satz zu Ende gedacht, klang es plötzlich mit tiefer, erhabener Stimme: »Du hast mich gerufen? Hier bin ich, stets zu Diensten.«

Johans Puls raste. Er fuhr herum und blickte zum linken der beiden Gänge aus Bücherregalen. Dort saß der schwarze Pudel vom *Skogskyrkogården,* nur wenige Meter von ihm entfernt, und sah ihn erwartungsvoll an.

»Oje, oje! Ich werde zu spät kommen!«, ertönte es mit einem Mal von rechts aus dem anderen Gang. Diese Stimme klang weder tief noch erhaben, sondern wie die eines abgehetzten Zwergs.

Johan sah zu seiner großen Überraschung ein weißes Kaninchen, das sich in diesem Moment mit den Pfoten über die Ohren strich und die Augen rieb. Das Auffälligste an ihm war allerdings – natürlich abgesehen von seiner Fähigkeit, sprechen zu können –, dass es ein kariertes Sakko trug und darunter eine geknöpfte Weste. Außerdem hatte es einen Schirm unter den Arm geklemmt und eine Taschenuhr in der Hand. Nun steckte das Kaninchen seine goldene Uhr zurück in die Weste. »Zum Glück bin ich nicht zu spät. Nicht zu spät.«

»Du bist das weiße Kaninchen aus ›Alice im Wunderland‹«, stellte Johan verblüfft fest. Als Kind hatte er dieses Buch ins Herz geschlossen.

»Das stimmt«, kam es zurück. Das weiße Kaninchen nickte Johan freundlich zu und stützte sich dabei elegant auf seinen Schirm.

»Deine literarischen Kenntnisse sind beeindruckend«, kommentierte der Pudel und verneigte sich in Johans Richtung.

»Ach, sei du bloß still!«, rief ihm das weiße Kaninchen entgegen, und an Johan gewandt sagte es: »Du weißt ja mittlerweile, wer dieser liebreizende Köter in Wirklichkeit ist, nicht wahr? Hüte dich vor ihm. Er lügt, sobald er das Maul aufmacht. Und er will nur das Schlechteste für dich.«

»Verleumdungen, nichts als Verleumdungen«, widersprach der Pudel sanft. »Was willst du denn im Gegensatz zu mir, du erheblich zu klein geratener Stallhase? Etwa nur Johans Bestes? So ein Unsinn! Wenn dem so wäre, warum ist er dann hier in Stockholm und nicht bei dir und seinen angeblichen Freunden in Hedekas in seinem Antiquariat? Er weiß, wer wirklich auf seiner Seite steht.«

»Du verstehst weder etwas von Büchern noch von Freunden!«, rief das Kaninchen ärgerlich. Johan war sich sicher, dass es diese Worte wütend gekläfft hätte, wenn es ebenfalls ein Hund gewesen wäre.

»Da kannst du so viel zetern und meckern, wie du willst, es ändert nichts an der Tatsache, dass du nur eine alberne Gestalt aus einem Kinderbuch bist«, entgegnete der Pudel seelenruhig. »Durchaus anmutig und herzerwärmend, das muss ich zugeben, aber weit davon entfernt, einem Menschen, der in einer Krise steckt, mit Rat und Tat zur Seite zu stehen. Verrate Johan gern die Uhrzeit – ich sage ihm, wie das Leben funktioniert.«

Das Kaninchen blieb ruhig und gelassen, nur wenn man ganz genau hinschaute, sah man, dass sich seine Nase beim Atmen schneller auf- und abbewegte. »Ich, eine alberne

Figur? Im Gegenteil. Hast du nicht gehört, was der Antiquar vorhin gesagt hat? Du bist ein Witz von Goethe, mehr nicht.«

»Hätt' ich dich nicht so lieb, würde ich dich einfach verspeisen«, knurrte der Pudel und richtete sich auf.

»Dafür bist du viel zu langsam«, konterte das weiße Kaninchen und machte sich sprungbereit. »Außerdem kann doch ein Trugbild nicht ein anderes auffressen. So einen Unsinn habe ich ja noch nie gehört!«

»Entschuldigt bitte, aber habt ihr vergessen, um wen es hier eigentlich geht? Doch um mich, oder?«, fragte Johan die Streithähne. »Sagt mir, bin ich etwa verrückt geworden?«

»Ich glaube schon«, sagte der Pudel.

»Ich glaube nicht«, sagte das Kaninchen.

Johan schüttelte den Kopf. »Also liegt die Wahrheit irgendwo dazwischen? Zwischen Schwarz und Weiß?«

»Geschickt formuliert«, lobte der Pudel. »Aber leider falsch.«

»So könnte man wohl sagen«, fügte das Kaninchen hinzu.

»Es gibt also keinen Mittelweg? Und was soll ich eurer Ansicht nach jetzt tun?«

»Du stehst vor einer schwerwiegenden Entscheidung«, sagte der Pudel.

»Das stimmt«, pflichtete das Kaninchen ihm bei. »Du musst dich entscheiden.«

»Und zwar, wem von uns beiden du folgen willst«, sagte der Pudel. »In deiner Haut möchte ich nicht stecken.«

»Lass diesen metaphorischen, doppeldeutigen Unfug«, rügte ihn das Kaninchen. Dann hoppelte es etwas näher zu Johan hin und blickte zu ihm hoch. »Erkennst du des schwarzen Pudels und des weißen Kaninchens wahren Kern?«

Nun erhob sich auch der Pudel und kam näher. »Das Karnickel und mich verbindet nur eines, nämlich dieser Augenblick der Gegenwart. Jeder von uns beiden steht zwar auch für die Vergangenheit und die Zukunft, doch es ist nicht dieselbe.«

»Ich stehe für die einzig wahre Liebe, die du kennst und verloren hast«, sagte das weiße Kaninchen. Dann flüsterte es: »Aber du täuschst dich. Zweifle nicht!«

»Pah! Wer flüstert, der lügt«, sagte der Pudel und fuhr fort: »So unendlich leid es mir auch tut, mein lieber Johan, aber deine geliebte Lina ist Schnee von vorgestern.«

»Leidtun? Dir? Dass ich nicht lache!«, warf das Kaninchen ein. »Dir fehlt das Herz dafür.«

»Mein Herz ist größer als dein ganzer Kopf«, widersprach der Pudel unbeirrt. Und zu Johan sagte er: »Sieh den Tatsachen ins Auge. Anders als dieses Kaninchen hier stehe ich für deine wahre Zukunft, mein Freund, und nicht für längst Verlorenes. Eine neue Liebe ist in greifbarer Nähe, und wenn ich greifbar sage, meine ich das auch so. Keine tote Frau, keine Lina, die nicht mehr ist als ein Hirngespinst, ein Produkt deines durch unerfüllte Liebe und Sehnsucht geschwächten Geistes. Und auch kein von Meerwasser aufgequollenes Buch eines schwedischen Romantikers, sondern eine wirklich gute Partie. Intelligent, finanziell unabhängig, hübsch, Aerobic-Hintern. Was willst du mehr? Lass zurück, was vorbei ist, nimm, was vor dir liegt. Wie sagt ihr noch gleich? Lieber den Pudel in der Hand als das

Kaninchen auf dem Dach?« Er lachte über sein Wortspiel, und seine Stimme klang warm und berauschend.

»Ha!«, rief das Kaninchen. »Diese höllische Teufelstöle verschweigt dir jedoch geflissentlich, dass du auf diese Weise nur eine Vergangenheit ausblendest, mit der du noch nicht abgeschlossen hast. Tief in deinem Innersten glaubst du noch immer daran, nicht wahr? Und sie wird so lange ein unbewusster Teil deiner Gegenwart sein, bis sie gestorben ist.«

»Guter Gott im Himmel, du hörst dich wohl gern reden, mein weißes Karnickel«, stöhnte der Pudel kopfschüttelnd. »Du klingst wie ein Pfarrer ohne Kirche. Dabei gehörst du mit Lorbeer in einen Topf und nicht auf die Kanzel. Willst du unseren Johan allen Ernstes davon überzeugen, deine salbungsvollen Worte seien ihm eine Hilfe?« Der Pudel wandte sich an Johan. »Weit gefehlt, mein lieber Freund. In Wirklichkeit will es dir nämlich die Chance auf ein glückliches Leben nehmen, indem es dich zurück in dein Antiquariat voller unerfüllbarer Träume schickt. Und das alles bloß, weil es dich, zusammen mit all diesen anderen Gesellen, weiter beherrschen will.« Der Pudel richtete seine Worte wieder an das Kaninchen. »Ist es nicht so? Wir beide wissen doch genau, wer von uns für die Liebe und die Hoffnung steht und wer für den Untergang.«

»Du bist der Teufel«, sagte das Kaninchen.

»Das sehe ich anders«, erwiderte der Pudel. »Du bist das Symptom einer Krankheit, ich bin die Erlösung.«

»Du kannst nur einem von uns folgen«, sagte das weiße Kaninchen zu Johan.

»Ja, das stimmt«, sagte der Pudel. »Da hat der falsche Hase ausnahmsweise mal recht.«

Von vorn drangen die Stimmen des Antiquars und dessen Kunden leise an Johans Ohr, während er die beiden Literaturgestalten betrachtete, die ihn, umgeben von hohen Bücherregalen und auf dem Dielenboden des Antiquariats sitzend, auffordernd anstarrten. Er fragte sich einmal mehr, ob er in einem Albtraum gefangen war oder in einer Realität, die ihn mit beginnendem Wahnsinn strafte. Er atmete durch.

»Ihr wisst doch gar nicht, wovon ihr sprecht«, sagte Johan. »Ihr kanntet meine Lina nicht, ihr wart nicht dabei, als wir uns auf dem Schiff kennenlernten, als wir uns küssten, als wir uns liebten, als unsere Seelen sich berührten.«

»Wie romantisch«, seufzte der Pudel mit ironischem Unterton, um dann mit fester Stimme fortzufahren: »Aber für so etwas ist jetzt keine Zeit, Johan.«

»He! Das ist mein Text!«, fuhr das Kaninchen ihn an. Zu Johan sagte es: »Erzähle uns von ihr«, und blickte ihn aufmunternd an.

»Wenn du auf das Kaninchen hörst, verleugnest du deine Zukunft, denn du wirst zu deinem entscheidenden Termin zu spät kommen!«, rief der Pudel.

»Für die Wahrheit ist es nie zu spät«, sagte das Kaninchen zum Pudel.

»Für einen Notartermin manchmal schon«, sagte der Pudel zum Kaninchen.

Johan sah auf seine Armbanduhr und wunderte sich. Er hatte das Gefühl, diesen beiden Literaturgestalten schon eine Ewigkeit zugehört zu haben, und doch waren erst wenige Minuten vergangen.

»Lina war einfach wunderbar«, schwärmte er. »Sie war

eine dieser Frauen, die man trifft und von der man schon nach wenigen Sekunden weiß, dass es eine Bereicherung ist, sie zu kennen.«

Der schwarze Pudel rollte mit den Augen, das weiße Kaninchen sah Johan lächelnd an.

»Ich werde den 11. September 1983 niemals vergessen, denn dieser Tag markiert eine Wende in meinem Leben«, fuhr Johan fort. »Was danach geschah, war unbegreiflich schön und gleichzeitig abgrundtief traurig. Es war der Tag, an dem ich der Liebe meines Lebens begegnete, die nur wenig später vom eiskalten Meer verschlungen wurde.«

»Ich kann dich so gut verstehen«, sagte der Pudel offensichtlich tief berührt von Johans Worten. Dabei fuhr er sich mit der Pfote über das Auge und schniefte.

»Was für ein Heuchler«, stellte das Kaninchen nüchtern fest und schüttelte angewidert den Kopf. »Denk daran, Johan, Lina wird immer ein Teil von dir sein. Wer den Glauben an die Liebe verliert, verliert alles. Triff die richtige Entscheidung, das Leben wartet nicht auf dich, und manche Gelegenheiten kommen nicht wieder.«

»Meine Rede, doch glauben heißt nicht wissen, Johan«, insistierte der Pudel mit erhobener Pfote. »Vergangenheit kommt von vergehen, vergiss das bei deiner Entscheidung nicht. Denn was vergangen ist, hat sich aufgelöst, ist verflogen, verschwunden und endgültig tot.«

Johan schloss ermattet die Augen und massierte sich den Nacken. Die Erinnerung an die kurze, aber intensive Zeit mit Lina, die unendlich fern und doch so präsent war, hatte ihn wieder aufgewühlt. Auch waren diese beiden literarischen Figuren mit Abstand die anstrengendsten, die ihm je erschienen waren. Doch als er die Augen wieder öffnete, waren der schwarze Pudel und das weiße Kaninchen verschwunden.

Dafür stand der Antiquar vor ihm.

Der andere Kunde musste den Laden inzwischen wieder verlassen haben.

»Gefällt Ihnen das Buch?«

Johan schob den Stuhl zurück, nahm den »Faust« vom Tisch und erhob sich. »Das weiß ich noch nicht. Aber ich kaufe es Ihnen trotzdem ab. Was soll es denn kosten?«

»Achthundert Kronen. Weil Sie es sind«, sagte der Antiquar.

7.
Gleich mehrere Lebensentscheidungen auf einmal

Als Johan wieder auf der Straße vor dem Antiquariat stand, den »Faust« fein säuberlich in Zeitungspapier eingeschlagen unter den Arm geklemmt, war er sich immer noch nicht sicher, welche Schlussfolgerung er aus der bizarren Begegnung mit diesen beiden Tieren aus Klassikern der Weltliteratur ziehen sollte.

Pudel oder Kaninchen? Weiß oder Schwarz? Zukunft oder Vergangenheit? Wissen oder Glaube? Es gab niemanden, den er diesbezüglich um Rat fragen konnte.

Er fühlte sich nicht wohl in seiner Haut, und ihn beschlich der Verdacht, dass er einen Fehler begehen würde, ganz gleich wie er sich auch entschied.

Ja, Johan hatte schon vor geraumer Zeit beschlossen, diese Halluzinationen, oder wie auch immer man die Traumfiguren nennen wollte (und was sonst waren sie?), zu akzeptieren. Aus starkem Interesse am eigenen geistigen Wohl wollte er nicht hinterfragen, wie existent sie waren und wie real alles war, was mit ihnen zusammenhing. So akzeptierte er einfach, dass sie ihm erschienen, wann immer es ihnen beliebte (das alles konnte man durchaus auch als klassische Verdrängung bezeichnen). Grundlage dieser Übereinkunft mit sich selbst war, dass er sich zugestand – wie allen anderen Menschen im Übrigen auch –, einen kleinen bis mittelgroßen Spleen zu kultivieren, insbesondere da es sich dabei definitiv um einen literarischen handelte, was also auch beruflich zu vertreten war und manchmal sogar neue Perspektiven eröffnete, denn wer sonst hatte schon die Gelegenheit, mit einem Protagonisten einen informativen und persönlichen Dialog zu führen?

Wenn sich dieser Spleen aber dermaßen auswuchs, dass er immer weniger dienlich war, sondern Johan zunehmend steuerte und seine Entscheidungen maßgeblich beeinflusste, sodass er sich nicht mehr sicher sein konnte, wer eigentlich die Kontrolle besaß, der Spleen, also die Traumfiguren, oder er selbst, dann fand Johan das äußerst bedenklich und sogar gefährlich. Schnell konnte sich der Verlust seines Verstandes dann von einer sprichwörtlichen Redensart in einen realen Zustand verwandeln. Es waren diese Momente, in denen ihm die ganze Sache wirklich Angst machte.

Und genau jetzt war so ein Moment, ein Moment, in dem sich selbst ihm und nach all der Zeit mit den Erscheinungen die Frage aufdrängte, ob nicht die Medizin Mittel und Wege finden könnte, ihn von dieser Last zu befreien, und ob jemand wie Dr. Dr. Malmström nicht die Instanz war, die ihn mit profundem Wissen erlösen konnte.

Johan stand der Schweiß auf der Stirn. Er strich sich durchs Haar und sah erneut auf seine Armbanduhr. Sie zeigte zehn vor elf. Jetzt musste er sich wirklich beeilen, um nicht zu spät in Patricias Kanzlei zu kommen, zu einem Termin, an dem er gleich mehrere Lebensentscheidungen auf einmal treffen musste, obwohl er nicht wusste, in welche Richtung sie ihn führen würden.

Um kurz nach elf erreichte Johan leicht außer Atem das sandfarbene Gründerzeithaus mit Stuckfassade in der Grev Turegatan 52. Es befand sich unweit der französischen Botschaft, die gleich um die Ecke lag. Draußen prangte ein der vornehmen Gegend angemessenes, auf Hochglanz poliertes Messingschild mit der Aufschrift »Societät Svensson, Lundén & Partner – Kanzlei für Unternehmens- und Vertragsrecht«.

Johan betätigte die Klingel des obersten Stockwerkes und nannte durch die Gegensprechanlage seinen Namen. Der Türöffner summte dezent. Er ging hinein und stieg die knarzende Treppe hinauf in den vierten Stock, wo ihn bereits eine Vorzimmerdame erwartete, die ihm bereitwillig die Jacke abnahm. Dann führte sie ihn ins Besprechungszimmer, wo die anderen bereits auf ihn warteten.

Am Ende des Mahagonitisches saß ein bemerkenswert dürrer Mann mit wilden Locken und roter Lesebrille. Er war etwa Anfang fünfzig und wirkte wie eine mit allen Wassern gewaschene Gottesanbeterin. Johan vermutete, dass dies entsprechend dem Messingschild an der Hauswand entweder Rechtsanwalt Svensson oder Rechtsanwalt Lundén sein musste.

Patricia saß neben Magnus Löfwing, mit dem sie ins Gespräch vertieft war. Als sie Johan bemerkte, lächelte sie herzlich, erhob sich von dem lederbezogenen Design-Freischwinger und kam zu ihm. Sie trug ein anthrazitfarbenes Kostüm, das – Magnus und der schwarze Pudel hatten absolut recht – ihren mutmaßlichen Aerobic-Hintern sehr zur Geltung brachte.

»Guten Morgen, Johan. Schön, dass du gekommen bist.«

»*Hej,* Patricia«, erwiderte er. »Wie waren deine Termine in Oslo? Erfolgreich?«

»Ja, das kann man sagen.« Sie küsste ihn zur Begrüßung auf die rechte und die linke Wange. Dabei flüsterte sie: »Ich freue mich allerdings noch viel mehr auf heute Abend.«

Patricia zu sehen, fühlte sich gut an, und sie zu spüren noch mehr. Johan merkte, wie die Anspannung, die ihn vom Antiquariat bis hierher begleitet hatte, langsam von ihm abfiel und er wieder im Hier und Jetzt ankam. Auch sein vom schnellen Laufen und Treppensteigen beschleunigter Herzschlag beruhigte sich allmählich.

Patricia ließ von ihm ab, zwinkerte ihm von den anderen unbemerkt zu und stellte ihm den dürren Anwalt vor, der mittlerweile ebenfalls aufgestanden war und zu ihnen trat.

»Darf ich bekannt machen? Herr Johan Andersson, Herr Rechtsanwalt Svensson.«

»Angenehm«, sagte Anwalt Svensson und schüttelte Johans Hand.

Nachdem Johan auch Magnus begrüßt und neben Patricia Platz genommen hatte, eröffnete Anwalt Svensson das Gespräch und erklärte, worum es bei ihrem Treffen ging. Er vertrete nicht nur die Interessen des anwesenden Herrn Magnus Löfwing, sondern auch die der Familie Eriksson als Erben der Unternehmensanteile des verstorbenen Per Eriksson an der *Förlaget Löfwing & Eriksson AB.* Da sich beide Parteien zuvor über alle Punkte einig geworden seien, liege hier kein Interessenskonflikt vor. Nun gehe es darum, dass der ebenfalls anwesende Herr Johan Andersson, ehemaliger Teilhaber des vorgenannten Verlages, einen auf drei Monate befristeten Arbeitsvertrag mit einer Option auf

Änderung des Gesellschaftervertrages, der Änderung des Unternehmensnamens und dem Ankauf der Anteile des verstorbenen Herrn Per Eriksson zu folgenden Konditionen …

Johan hörte konzentriert zu, und nach etwa fünf Minuten war Anwalt Svensson am Ende seines Vortrags angekommen. Er sah Johan freundlich an. »Sie haben ja bereits alle Inhalte mit Herrn Löfwing verhandelt, aber ich muss Sie von Rechts wegen trotzdem fragen, ob Sie alles verstanden haben.«

»Das habe ich«, sagte Johan und straffte die Schultern.

Magnus nickte erfreut.

Patricia lächelte Johan an.

Der atmete tief durch. »Aber ich kann diesen Vertrag nicht unterschreiben. Zumindest jetzt noch nicht.«

Im Raum verbreitete sich schlagartig eine Atmosphäre, als hätte ihn jemand bis unter die stuckverzierte Decke mit flüssigem Stickstoff aufgefüllt, und in Anwalt Svenssons Gesichtsausdruck spiegelte sich Verständnislosigkeit. Er schlug seine Kladde mit den Unterlagen zu und setzte sich kopfschüttelnd, während er Johan schweigend musterte.

»Wie meinst du das?«, fragte Magnus mit einer Stimme, in der deutlich Fassungslosigkeit und Verärgerung mitschwangen.

»So, wie ich es gesagt habe, Magnus. Ich kann das jetzt noch nicht unterschreiben. Es tut mir wirklich leid, aber ich muss erst ein … Projekt zu Ende bringen.«

»Was für ein Projekt?«, wollte Magnus wissen. »Dein Antiquariat?«

»Etwas Privates«, antwortete Johan.

»Etwas Privates?«, fragte Patricia, die ebenfalls einen ziemlich konsternierten Eindruck machte. »Du meinst damit eine Frau, nicht wahr?«

Johan schwieg eine Zeit lang, schließlich sagte er: »Ich habe erkannt, dass ich erst einen alten Teil meines Lebens abschließen muss, um einen neuen beginnen zu können. Und solange ich das nicht getan habe, kann ich diesen Vertrag nicht unterschreiben.«

»Und woher diese plötzliche Erkenntnis?«, fragte Magnus tonlos und mit verschränkten Armen.

»Ich habe zufällig zwei Berater getroffen. Spezialisten für Lebensentscheidungen sozusagen.«

»Zufällig? Komm, Johan, du kannst es uns gegenüber doch zugeben, wenn du wieder bei diesem Psychiater oder einem seiner Berufskollegen warst«, sagte Magnus. »Das ist keine Schande. Ich verstehe nur nicht, weshalb der Seelenklempner dir dazu rät, dir deine Zukunft zu erschweren.«

Johan schüttelte den Kopf. »Nein, bei ihm war ich nicht. Ich sagte Berater und nicht Therapeut. Das ist ein gewaltiger Unterschied.«

»Und woher kennst du diese angeblichen Berater?«, fragte Patricia unterkühlt. Sie lehnte sich an die Kante des Besprechungstisches, verschränkte ebenfalls die Arme und sah Johan durchdringend an.

»Ich habe schon vor längerer Zeit von ihnen gelesen …«

»Wie bitte? Du willst mir also weismachen, dass du irgendwo von zwei Coaches liest, die triffst du dann rein zufällig hier in Stockholm, kommst mit ihnen ins Gespräch, erzählst ihnen aus deinem Leben, und daraufhin raten sie dir, nicht in den Verlag einzusteigen?« Magnus wirkte mittlerweile richtiggehend wütend. »Willst du mich für dumm verkaufen?«

»Nein«, antwortete Johan, »so ist es tatsächlich gewesen. Allerdings waren die beiden geteilter Meinung. Der eine bestand vehement darauf, dass ich den Vertrag unterzeichne und hier sesshaft werde. Der andere legte mir jedoch nahe, umgehend zurück nach Hedekas zu gehen.«

»Und du hörst auf den zweiten?«

»Ja. Er hatte meiner Ansicht nach die besseren Argumente«, erklärte Johan und blickte Magnus nickend an. Er wusste nur zu gut, wie verrückt und unglaubwürdig sich das anhören musste.

»Würde ich dich nicht kennen«, sagte Magnus, »dann würde ich dich jetzt als Vollidioten bezeichnen. Wegen eines Beraters schlägst du diese einmalige Perspektive in den Wind? So einen Schwachsinn habe ich wirklich noch nie gehört! Aber Reisende soll man ja bekanntlich nicht aufhalten …«

Er suchte seine Unterlagen zusammen, steckte sie unwirsch in seine Aktentasche und erhob sich. Dann schüttelte er Anwalt Svensson mit einer entschuldigenden Geste die Hand, nickte Patricia zu und wandte sich noch einmal an Johan. Seine Wut schien etwas gedämpft, er klang nun eher enttäuscht.

»Ich gebe dir bis Ende der Woche Zeit, um deine Entscheidung zu revidieren, sonst werde ich mich nach einem anderen Teilhaber umsehen.«

»Das verstehe ich«, sagte Johan. »Es tut mir leid. Ich habe dir nie etwas versprochen, auch nicht, als ich nach Stockholm kam, und ich werde dir auch jetzt nichts versprechen.

Ich weiß nicht, wann ich meine Sachen endgültig geregelt habe, sodass ich offen und frei für Neues bin.«

»Triff die richtige Entscheidung, Johan, das Leben wartet nicht auf dich, und manche Gelegenheiten kommen nicht wieder«, sagte Magnus und straffte in einer einzigen kurzen Bewegung die Schultern, als wollte er seiner Aussage damit weiteres Gewicht verleihen.

»Ich weiß«, sagte Johan. »Davon habe ich schon gehört.«

»Nun, dieser Termin scheint mir nicht ganz so fruchtbar gewesen zu sein wie ursprünglich gedacht«, sagte Anwalt Svensson und erhob sich, nicht ohne Johan und seiner Kollegin Patricia noch einen unmissverständlichen Blick zuzuwerfen. Er begleitete Magnus Löfwing aus dem Besprechungszimmer nach draußen, wo er noch einige Worte mit ihm wechselte.

»Du hast mich in eine äußerst peinliche Lage gebracht«, sagte Patricia. Sie ließ ihre Arme sinken und kam auf Johan zu. »Ganz abgesehen davon, dass ich mich wohl nicht nur in dieser Hinsicht in dir getäuscht habe.«

»Das lag nicht in meiner Absicht«, entgegnete Johan. »Doch ich habe auch dir nichts versprochen. Meine Entscheidung kam zugegebenermaßen kurzfristig, aber manchmal muss man auf sein Herz hören, manchmal auf Berater und manchmal sogar auf weiße Kaninchen – und wann die auftauchen, kann man sich nicht aussuchen.«

Patricia starrte ihn entgeistert an. »Du brauchst dringend Hilfe, Johan.«

III. Teil

1. Es ist gar nicht so schwer, Tiere zu verstehen

Drei Stunden später saß Johan Andersson im Zug an die Westküste nach Uddevalla, von wo ihn ein Bus zurück nach Hedekas bringen würde. Er hatte sich von der Anwaltskanzlei aus ein Taxi zum Hotel genommen, hatte ausgecheckt und war unverzüglich zum Bahnhof gefahren. Er hatte nicht einmal bei Pfarrer Gunnar Bertilsson angerufen, um seine baldige Rückkehr anzukündigen – Johan wollte nur noch weg aus Stockholm.

So fluchtartig sich seine Abreise auch gestaltet hatte, so ruhig saß er jetzt allein im Abteil und sah schweigend aus dem Fenster, den Kopf an das Sitzpolster gelehnt. Draußen raste die Landschaft vorbei: ein Rapsfeld, eine Au, Wälder, ein Gehöft, eine Weide mit Kühen, Kornfelder – verwaschene Streifen in allen denkbaren Grün- und Gelbtönen.

Johan genoss das rhythmisch-monotone Geräusch, das die Räder des Zuges erzeugten, während sie über die Schienen rollten. Müde schloss er die Augen und träumte. Von Lina und ihm an Bord der *Leksand*.

»Entschuldigen Sie, ist hier noch frei?«

Müde öffnete Johan die Augen und rutschte in seinem

Polstersitz etwas höher. »Ja, sicher, entschuldigen Sie, ich bin wohl eingenickt.«

»Das ist Ihr gutes Recht«, sagte der Mann freundlich, »außerdem ist Schlaf sehr wichtig.«

Er nahm seinen schwarzen Zylinder ab und hievte sein altmodisches und wie eine Arzttasche wirkendes Gepäckstück in die Ablage über der Sitzbank. Seinen Hut legte er dazu, ehe er Johan gegenüber Platz nahm. In der Hand hielt er eine zusammengefaltete Zeitung, die er neben sich auf den freien Sitz legte. Insgesamt wirkte der Mann trotz seines nicht allzu fortgeschrittenen Alters – Johan schätzte ihn auf Mitte vierzig – in gewisser Hinsicht speziell. Entweder verdiente er seine Brötchen als Direktor eines Zirkus oder Varietés oder aber als Manager eines internationalen Modeherstellers in einer Metropole wie Paris, London oder New York, wo seine Kleidung bestimmt als der letzte Schrei durchging: weißes Hemd, Halstuch, dunkles langes Sakko (das an einen Frack erinnerte), gemusterte Weste, eine karierte Hose sowie dunkelbraune, auffallend saubere, gewienerte Lederschuhe.

Der Mann hatte einen lebhaften Blick hinter seiner Nickelbrille, lächelte sanft und ruhte offenbar in sich selbst. Er schien zu wissen, was er wollte. Und er wirkte auf Johan unglaublich aristokratisch, was das merkwürdige Flair noch verstärkte, das von ihm ausging. Denn warum wählte so ein Mann die schwedische Reichsbahn als Reisemittel, wo er sich doch bestimmt eine große Limousine mit Chauffeur leisten konnte?

»Dieser Waggon ist nicht gerade überbelegt«, hob der Fremde an.

»Das kann ich nicht beurteilen. Ich bin seit der Abfahrt des Zuges hier in diesem Abteil und habe wohl einen großen Teil der Strecke bereits verschlafen. Wo sind wir überhaupt?«

Johan sah aus dem Fenster, konnte aber keinen Hinweis entdecken, durch welche Gegend sie gerade fuhren. Nur Grüntöne, Gelbtöne, Felder, Wiesen, ab und zu ein schemenhaftes Haus.

»Ich bin etwa in Skövde zugestiegen«, sagte der Fremde.

»In Skövde?« Johan wandte sich dem Unbekannten zu. »Herrje, dann hatte ich ja mindestens zwei geschlagene Stunden lang die Augen zu «, sagte er ungläubig. »Ich fahre noch bis Uddevalla, und das dürften wir in etwas mehr als eineinhalb Stunden erreichen.«

»Woher kommen Sie, wenn ich fragen darf?«, erkundigte sich der Fremde höflich.

»Aus Stockholm. Zumindest war das die Stadt, in der ich in diesen Zug gestiegen bin. Eigentlich wohne ich in einem kleinen Ort am Lersjön, der etwa eine Stunde von Uddevalla entfernt liegt. Sie werden dieses kleine Nest bestimmt nicht kennen, es heißt Hedekas.«

»Hedekas? Ach was! Sie werden es nicht glauben, aber ich habe sehr wohl schon einmal davon gehört«, sagte der Fremde verwundert.

»Von Hedekas? Das ist ja kaum zu glauben. Woher das denn?«

»Es ist eher einem Zufall geschuldet«, gestand der Mann. »Ich habe mir zum Zeitvertreib am Bahnhof in Skövde die heutige Ausgabe der *Bohusläningen* gekauft, der dortigen Lokalzeitung. Darin las ich einen Bericht über den Zug und die Rast der Kraniche, die dieses Jahr angeblich recht spät eingetroffen sind. Zumindest stand das dort zu lesen. Und genau in diesem Zusammenhang wurde doch tatsächlich das Örtchen Hedekas erwähnt. Sonst würde ich es mit an Wahrscheinlichkeit grenzender Sicherheit nicht kennen. Ich kenne in Schweden ohnehin nicht allzu viele Orte. Ich komme nämlich aus England, müssen Sie wissen.«

»Aus England? Dann sind Sie ein Tourist?«

»Gewissermaßen«, sagte der Fremde.

»Aber Ihr Schwedisch ist perfekt«, wunderte sich Johan. »Woher können Sie unsere Sprache so gut?«

Der Mann zuckte die Achseln. »Vermutlich eine Begabung, ein Talent und dazu viel Fleiß. Wissen Sie, ich spreche einige Sprachen, auch einige, die derart abstrus sind, dass man es sich kaum vorstellen kann.«

»Bemerkenswert«, sagte Johan, »dann sind Sie also Sprachwissenschaftler.« Er blickte den ihm gegenüber sitzenden Mann interessiert und auffordernd an.

»Nein, nein, das ist nur mein privates Steckenpferd«, wiegelte der Fremde lachend ab, »eine Art Passion, könnte man sagen. Hauptberuflich bin ich Veterinär, und ich kann aufgrund meiner sprachlichen Fähigkeiten die meisten meiner Patienten mindestens genauso gut verstehen wie ihre Besitzer.«

»Das ist sicher auch ein Talent«, sagte Johan.

»Möglich«, erwiderte der Fremde. »Aber glauben Sie mir, es ist gar nicht so schwer, Tiere zu verstehen. Sie sprechen zu uns, man muss nur konzentriert hinhören.«

Es rumpelte unvermittelt. Durch die verglaste Abteiltür konnte Johan ein älteres Ehepaar erkennen – zumindest machten sie diesen Eindruck. Die Frau ging ihrem Mann anweisend voraus, während dieser sich abmühte, ein auffallend großes Gepäckstück durch den Gang zu zerren.

Als die beiden vorbei waren, rutschte Johan auf dem Sitzpolster bis zur Kante und beugte sich vor. Mit gesenkter Stimme (obwohl sich ohnehin niemand im Abteil befand, der ihn hätte hören können) sagte er: »Und wenn ich Ihnen erzählen würde, dass mir das vor gar nicht allzu langer Zeit, nämlich heute Morgen, selbst passiert ist, das mit den sprechenden Tieren, meine ich, dann würden Sie mich sicher für verrückt halten.«

»Mitnichten«, widersprach der Mann. »Was genau ist Ihnen denn passiert?«

Johan blickte ihm prüfend in die Augen, und er war sich in diesem Moment sicher, dass er ihm vertrauen konnte, auch wenn er nicht wusste, woher diese Überzeugung rührte. »Zwei Tiere haben zu mir gesprochen. Zum ersten Mal in meinem Leben.«

»Zum ersten Mal? Und dann gleich zwei? Das ist selten.« Den Mann schien die Tatsache überhaupt nicht zu wundern, dass ein Tier zu Johan gesprochen hatte, nur die Anzahl der Tiere erschien ihm offensichtlich erwähnenswert. »Und es waren keine Papageien oder Sittiche?«

»Weder noch«, sagte Johan. »Dass manche Vogelarten sprechen können, ist mir natürlich bekannt. In meinem Fall waren es jedoch ein Hund und ein Kaninchen, was mir eher ungewöhnlich erscheint.«

»Alles eine Frage der Übung«, sagte der Fremde in sachlichem Ton. »Und was haben sie Ihnen mitgeteilt?«

»Sie haben mir ihre Empfehlungen dazu gegeben, wie ich

mein Leben zukünftig gestalten soll, und mir zu bestimmten Entscheidungen geraten. Die beiden waren jedoch nicht derselben Meinung und haben kontrovers diskutiert.«

»Erstaunlich«, sagte der Fremde. »Und? Haben Sie sich entschieden?«

»Ja, das habe ich«, sagte Johan. »Deswegen sitze ich in diesem Zug. Sonst wäre ich heute Morgen Verlagsleiter in Stockholm geworden, jetzt aber bin ich wieder ein Antiquar in Hedekas.«

»Ein Antiquar? Das ist schön, ich liebe Bücher«, sagte der Fremde.

»Ich auch«, sagte Johan. »Sehr sogar.«

»Das erklärt natürlich einiges.«

»Was meinen Sie?«

»Nun, Menschen, die keine Bücher lieben, werden niemals Tiere verstehen, und Menschen, die überhaupt nicht lieben, werden niemals Bücher verstehen.«

»Ist das so?«, fragte Johan. Er richtete sich auf und rutschte wieder tiefer ins Sitzpolster zurück.

Der Fremde nickte vehement. »Ich bitte Sie. Das ist ein ungeschriebenes Naturgesetz.«

Plötzlich verringerte der Zug seine Geschwindigkeit, und die Bremsen begannen leise zu quietschen. »Nächste Station Grästorp!«, schnarrte es undeutlich aus dem Lautsprecher.

»Ich fürchte, hier muss ich aussteigen«, sagte der Mann.

»Hier schon? Aber Sie sind doch erst in Skövde zugestiegen«, wunderte sich Johan.

»Führe ich weiter, ergäbe das keinen Sinn«, antwortete sein Gegenüber. »Mein Auftrag ist erfüllt, alles andere wäre reiner Zeitvertreib, und der steht mir nicht zu.«

»Das ist aber wirklich schade«, sagte Johan. »Ich habe die kurze Unterhaltung mit Ihnen sehr genossen. Beinahe hatte ich das Gefühl, ich würde Sie schon ewig kennen.«

»Erstaunlich«, sagte der Mann, »das ging mir nicht anders.«

Der Zug quietschte immer lauter, die Verzögerungskräfte waren deutlich spürbar. Dichter und dichter standen die Häuser am Bahndamm, und kurz darauf fuhr der Zug langsam in den Bahnhof von Grästorp ein, bis er schließlich mit einem unangenehmen, aber letzten Quietschen und Ruckeln zum Stehen gekommen war.

Der Fremde erhob sich aus seinem Sitz, um Zylinder und Reisetasche aus der Ablage herunterzuholen. Dann ging er zur Abteiltür und schob sie auf. Er wandte sich nochmals um und deutete auf die zusammengefaltete Zeitung, die er auf seinem Sitz gegenüber von Johan zurückgelassen hatte.

»Vielleicht sollten Sie diese Ausgabe der *Bohusläningen* lesen. Man glaubt es kaum, aber es stehen bisweilen die interessantesten Sachen darin, vor allem auf der letzten Seite.«

»Danke«, sagte Johan, »dabei habe ich mich noch nicht einmal vorgestellt.« Er stand auf und reichte dem Mann die Hand. »Ich bin Johan Andersson.«

»Angenehm«, erwiderte Johans Gegenüber lächelnd und schlug ein. »Und wir haben sogar den gleichen Namenspatron. Ich heiße John, John Dolittle. *Good-bye, my friend and fare you well!*« Dann setzte er den Zylinder auf, verließ das Abteil und schloss sorgsam die Schiebetür hinter sich.

Als Johan aus seiner kurzen Überraschungsstarre erwachte, nachdem er begriffen hatte, wer ihm eben begegnet war, eilte er zur Tür, schob sie hastig auf und sprang hinaus in den Gang, in der Hoffnung, Doktor Dolittle kurz aufhalten und ihn vielleicht noch etwas fragen zu können. Doch stattdessen stieß er mit einem Schaffner zusammen, der plötzlich und scheinbar wie aus dem Boden gewachsen vor ihm stand.

»Vorsicht!«, rief der Schaffner,

»Verdammt!«, entfuhr es Johan, doch er fasste sich rasch wieder. »Entschuldigen Sie bitte, ich habe Sie nicht kommen sehen.«

»Sind Sie in Grästorp zugestiegen?«, erkundigte sich der Schaffner, in dessen Stimme nur ein Anflug von dienstvorschriftsmäßiger Höflichkeit mitschwang.

»Nein, ich bin schon seit Stockholm im Zug«, antwortete Johan und versuchte um den Bahnbeamten in seiner blauen Uniform herum in den Gang zu spähen. »Sagen Sie, haben Sie vielleicht einen Mann mit schwarzem Zylinder, Nickelbrille, grauem Anzug und karierter Hose gesehen? Er hat eine Arzttasche bei sich.«

Der Schaffner musterte Johan mit strengem Blick. »Sie wissen hoffentlich, dass Alkoholkonsum während der Fahrt nicht gestattet ist. Kann ich bitte Ihre Fahrkarte sehen?«

»Einen Moment, bitte.« Johan drehte sich um, um die Fahrkarte aus der Tasche seines Mantels zu holen, den er an einen Haken neben das Fenster gehängt hatte.

Da erst sah er, dass die Zeitung auf dem Sitz gegenüber genauso verschwunden war wie ihr Besitzer.

2.
Nur eine weitere mögliche Zukunft

Erst am Abend traf Johan in Hedekas bei seinem Haus ein. Er bezahlte das Taxi, das er von Munkedal aus genommen hatte, und öffnete das Hoftor. Der Wagen verschwand in einer Staubwolke auf dem holprigen Weg hinab in Richtung Straße. Es war warm, eine dicke Hummel summte an ihm vorbei und verschwand zwischen den blühenden Lupinen am Waldrand. Johan schnappte sich seinen Koffer und seine Aktentasche, betrat sein Grundstück und schloss das Tor hinter sich. Bevor er quer über den Hof zu seinem Wohnhaus hinüberging, warf er einen kurzen Blick in sein Antiquariat, ob dort auch alles in Ordnung war.

Ohne seinen Koffer auszupacken – den stellte er zusammen mit seiner Aktentasche einfach im Schlafzimmer ab –, ging er in die Küche. Dort lag die gesamte Post, die während seiner Abwesenheit angekommen war, insgesamt zehn Briefe. Agnes, die gute Seele, hatte – wie zu erwarten gewesen war – das Versprechen ihres Bruders eingelöst und sich darum gekümmert. Johan öffnete das Küchenfenster, um das kleine Haus von der abgestandenen Luft zu befreien und die frische Frühlingsbrise hereinzulassen, die draußen vom Lersjön her über die Wiesen und Felder wehte.

Er atmete tief durch, dann ging er in den Flur und rief bei Gunnar Bertilsson an, um ihm und Agnes mitzuteilen, dass er wieder im Lande sei.

Auf Gunnars erstaunte und hörbar besorgte Frage, weshalb Johan sich nicht vor seiner Abreise von Stockholm aus gemeldet habe, sondern erst jetzt, und ob wirklich alles in Ordnung sei, antwortete Johan knapp, dass er ihm und Agnes – die übrigens nicht zu Hause war, sondern mit Gunnars Frau Birgitta an einer Probe des Kirchenchors teilnahm, wie Johan erfuhr – das alles gern ausführlich schildern werde, wozu er aktuell aber weder Zeit noch Lust habe.

Johan versprach hoch und heilig, das nachzuholen, es gab ja tatsächlich viel zu berichten. (Auch wenn er dem Pfarrer und den beiden Damen aus gutem Grund nicht alles mitteilen würde.) Fakt sei jedenfalls, ihm gehe es gut, der Pfarrer und Agnes müssten sich keine Sorgen um ihn machen, aber er wolle zeitig schlafen gehen.

Diese einfache Erklärung schien Gunnar Bertilsson zu genügen, und er verabschiedete sich mit den besten Wünschen und bis in Bälde. Möglicherweise dachte er bei sich, dass Johan wieder klar im Kopf zu sein scheine, wisse, was er tue, und sich nun wieder voller Elan seiner beruflichen Passion, nämlich alten Büchern, widmen werde. Und vermutlich schlussfolgerte er auch, dass Johan seine Krise sicherlich überwunden hatte. Wahrscheinlich hoffte er, dass Johan sich daher nicht mehr mit einer imaginären Figur unterhalten werde, bevor er etwas im Supermarkt von Hedekas erstand, ganz gleich ob Schokoladenkekse, Räucherfisch oder etwas vollkommen anderes.

Hätte Pfarrer Gunnar Bertilsson allerdings gewusst, dass

Johan schon vor seiner Reise nach Stockholm ins Auge gefasst hatte, auf den Antikmarkt nach Karlstad zu fahren, weil dies in der Zeitung stand, in die sein Räucheraal eingewickelt war, den er nur erworben hatte, weil ihm genau diese imaginäre Figur, nämlich Harry Haller, dringend dazu geraten hatte, dann hätte er bestimmt an seinem Urteilsvermögen gezweifelt. Und hätte er obendrein gewusst, dass Johans Entscheidung, diesen Markt morgen tatsächlich zu besuchen, ausschließlich daher rührte, dass er im Zug von Stockholm nach Uddevalla – um genau zu sein, auf dem kurzen Streckenabschnitt von Skövde nach Grästorp – einem Mann namens Doktor John Dolittle begegnet war, dann hätte Gunnar Bertilsson all seine Hoffnungen über Bord geworfen und wahrscheinlich eher den psychiatrischen Notdienst in Uddevalla für Johan gerufen, als beruhigt den Telefonhörer aufzulegen.

Aber genau so war es. Johan hatte sich Dolittles Worte gut eingeprägt. Er hatte zwar erst, nachdem der fremde sympathische Tierarzt das Abteil verlassen hatte, bemerkt, dass dieser eine weitere literarische Traumfigur gewesen war, war aber dann mit dieser Tatsache so umgegangen, wie er während der letzten vier Jahre mit sämtlichen Erscheinungen umgegangen war: Er hatte deren Existenz einfach hingenommen. Mehr noch, er hatte auch den wenig subtilen Hinweis Dolittles aufgegriffen und war gleich nach der Ankunft in Uddevalla zu einem Zeitungskiosk gegangen, um sich die heutige Ausgabe des *Bohusläningen* zu kaufen, die er während der Taxifahrt vom Bahnhof in Uddevalla nach Hedekas las. So erkannte er schnell, worauf ihn der Doktor hatte hinwiesen wollen.

Genau wie Doktor Dolittle es angekündigt hatte, entdeckte Johan auf der letzten Seite etwas, das sein Interesse weckte. Es handelte sich um die Anzeige für eine Veranstaltung, an die sich Johan nur zu gut erinnerte. Sie kündigte den »Ersten großen Floh- und Antikmarkt für Trödel, Bücher und Antiquitäten« an, der bereits übermorgen, am Sonntag, in Karlstad stattfinden würde. Der Veranstalter schien mit dieser erneuten Anzeige auf Nummer sicher gehen zu wollen, dass er auch genügend Besucher und Aussteller anlockte.

Johan ließ die Zeitung auf den Küchentisch sinken, lehnte sich im Stuhl zurück und blickte nach draußen in Richtung Lersjön und dann in seinen blühenden Garten. Zwei Dompfaffen zischten lautlos vorbei, ein Schmetterling schaute kurz zum Fenster herein und schwebte flatternd davon.

Für Johan war dieser Umstand, auf den Dolittle ihn mit der Nase gestoßen hatte, etwas rätselhaft. Natürlich, es handelte sich um einen Antikmarkt, auf dem auch alte Bücher gehandelt wurden – aber war es nötig gewesen, ihm das nochmals ausdrücklich mitzuteilen? Oder handelte es sich hierbei nicht um einen Hinweis, sondern um eine Art geheimen Auftrag? Und was würde geschehen, wenn er den Markt *nicht* besuchte?

Plötzlich knurrte sein Magen so laut und deutlich, dass es beinahe verärgert klang. Da erst fiel Johan ein, dass er seit dem ohnehin nicht sonderlich üppigen Frühstück in Stockholm nichts mehr gegessen hatte. Er nahm sich den Schreibblock und den Bleistift, die stets neben dem Telefon auf der Kommode lagen, und ging in die Küche, wo er den Tisch deckte. Dann holte er sich aus der Speisekammer eine

Flasche Bier, eine Dose Ölsardinen und eine Packung des großen runden Knäckebrotes mit dem typischen Loch in der Mitte – Johan war heilfroh, wieder zu Hause zu sein. Er setzte sich an den Tisch, öffnete Bierflasche und Fischdose und brach sich ein Stück Knäckebrot ab, sodass die kleinen Krümel weit über die Tischdecke bis auf den Boden fielen.

Kauend dachte Johan darüber nach, welche Bücher seines Antiquariats er am Sonntag zum Verkauf mitnehmen sollte, auch wenn er keinen eigenen Stand hatte, und er überlegte, ob es irgendein Werk gab, das ihm noch fehlte, das er für einen Sammler besorgen oder für seinen Bestand kaufen sollte. Was ihm einfiel, schrieb er nieder.

Als er die Sardinen beinahe komplett aufgegessen hatte, hielt er kurz inne und lauschte. War da nicht ein Geräusch gewesen? Nein, er musste sich getäuscht haben. Johan kaute weiter und schob sich genüsslich mit dem letzten Stück Fisch auch das letzte Stück Knäckebrot in den Mund – das Krachen und Knuspern des staubtrockenen Brotes überdeckte alle anderen Geräusche –, dann aber zögerte er wieder. Doch, da war etwas. Eindeutig. Eilig spülte er den restlichen Bissen mit Bier hinunter, stand auf und schritt zum geöffneten Fenster. Vielleicht war es wieder Pfarrer Bertilsson, der es trotz seines Versprechens nicht lassen konnte, Johan zu beobachten, vielleicht weil er sich allzu viele Gedanken um Johans Wohlbefinden machte und daher im Vorbeet herumstakste.

»Gunnar?«, rief Johan in die Nacht. »Bist du das?«

Mit einem Mal wurde es ganz still. Auffallend still. Als würde die Welt den Atem anhalten. Fahl und wie sauer gewordene Dickmilch floss das Licht der Dämmerung in den

Hof. Gunnar Bertilsson war genauso wenig zu sehen wie sonst jemand. Alles schien normal zu sein. Einsam.

Doch als Johans Blick quer über das Grundstück und auf das Antiquariat fiel, kniff er verwundert die Augen zusammen. Die Tür der ehemaligen Scheune stand einen kleinen Spaltbreit offen. Er war sich nicht mehr sicher, ob er nach seinem Kontrollgang vorhin das Antiquariat auch wieder ordnungsgemäß verschlossen hatte, bevor er ins Haus gegangen war. Doch ganz gleich, ob er es vergessen hatte oder nicht, er musste hinübergehen und zuschließen. Räuberbanden, die sich auf antiquarische Bücher spezialisiert hatten, waren in Hedekas und Umgebung zwar nicht zu erwarten, aber Mäuse und Feuchtigkeit liebten Bücher fast so sehr wie Johan selbst, und vermeidbare Nagespuren hätte er sich genauso wenig verziehen wie Stockflecken.

Das Knirschen des Kieses unter Johans Füßen klang heimelig, auch wenn sich ein unbestimmtes Gefühl wie eine Erwartung in ihm breitmachte, je näher er dem Antiquariat kam. Und mit jedem Schritt, den er auf das rot getünchte Holzgebäude zuging, wurde er sich sicherer, dass die Geräusche, die er in der Küche gehört hatte, von dort gekommen waren.

Am Antiquariat angelangt, öffnete er die nur angelehnte Tür und schaltete das Licht an. Einige Schatten schossen wie Schemen durch die Gänge zwischen den Regalen und verschwanden hinter Stapeln von Büchern.

»Ist da wer?«, fragte Johan.

Stille.

Dann jedoch sagte eine dunkle Stimme: »Schließ die Tür, Johan.«

»William?«, erwiderte Johan erfreut, als er erkannte, von wem diese Worte stammten, und kam der Aufforderung nach.

»Er ist allein«, sagte eine andere Stimme, die minimal, doch unüberhörbar borniert klang. »Ich denke, wir können uns getrost zeigen.«

Es war Sherlock Holmes, der wie aus dem Nichts erschien und auf Johan zukam. Er tippte sich schweigend an die karierte Deerstalker-Mütze.

Nach und nach tauchten immer mehr Figuren hinter und aus den Büchern auf, sie traten aus den Wänden hervor oder manifestierten sich wie aufgewirbelter Staub, der zu Boden fällt und eine Form bildet.

Johan staunte nicht schlecht, als er sah, dass keine einzige der literarischen Figuren fehlte, die ihm seit Linas Tod begegnet waren – bis auf den fahrenden Studenten und den schwarzen Pudel, die ja ein und derselbe waren, zumindest wenn man Goethe Glauben schenkte, der den »Faust« schließlich verfasst hatte. Eigentlich vermisste Johan nur noch das weiße Kaninchen, doch kaum hatte er daran gedacht, kam es auch schon zwischen einigen Bücherkisten aus der hintersten Ecke auf Johan zugehoppelt.

Kurz darauf standen außer Sherlock Holmes noch mehr als zwanzig literarische Figuren vor Johan und in vorderster Reihe diejenigen, die ihn zuletzt besucht hatten: Gregor Samsa, Pippi Langstrumpf, Harry Haller (er hielt Pippi an der Hand, was sie erstaunlicherweise zuließ), Doktor Dolittle (der Johan wie einem alten Bekannten zuzwinkerte), Cyrano de Bergerac (der seinen großen Hut mit der Feder lüftete und sich verneigte) und natürlich William von Baskerville, der nun das Wort ergriff.

»Lieber Johan, ich denke, wir sind Euch eine Erklärung schuldig, damit Ihr ein paar Dinge begreifen könnt.«

»Oh, das hat er schon«, sagte das weiße Kaninchen, »sonst wäre er zu spät, zu spät.«

»Zu spät zu kommen, ist eine Erlösung, zumal dies die schmerzvolle, aber einzig heilsame Möglichkeit ist, zu vergehen und nicht ertragen zu müssen, was nicht zu ertragen ist, außer im Wahnsinn. Dem verfaulten Apfel zu entkommen, den der Stammbaum von sich warf, in dessen Fleisch man als Larve verbannt wurde, wird kaum gelingen«, sagte Gregor Samsa, und ein Zittern durchfuhr seine kleinen Insektenbeinchen.

»Das ist gewiss eine zulässige Interpretation von Zeit«, wandte William von Baskerville ein, »wenngleich sie gottlos ist und ich wahrlich nicht sagen kann, ob dies Johan Andersson weiterhilft.«

»Samsas Schicksal ist sicher ein Problem«, sagte Sherlock Holmes, »aber nicht für uns und vor allem keines, das es im Augenblick zu lösen gilt.«

»Sie sind wie mein Vater«, sagte Gregor Samsa mit kaum noch menschlicher Stimme. Seine widerliche Metamorphose schien sogar in seinem momentanen Zustand unaufhörlich voranzuschreiten.

»Nein, ganz bestimmt nicht. Mein Sohn wäre anders«, stellte Sherlock Holmes so sachlich fest, als wäre er ein Gerichtsmediziner, der die klar erkennbare Todesursache eines vor ihm liegenden Ermordeten benannte.

»Wenn die Geschichte dieses Samsa nicht so traurig wäre, könnte man fast darüber lachen«, äußerte sich Harry Haller. »Aber ich meine, man kann es trotzdem, vielleicht muss man es sogar tun. Aus Verachtung gegenüber dem Schicksal und aus Respekt vor der Liebe.«

»Der da ist verliebt«, sagte Pippi Langstrumpf grinsend, legte den Kopf schief und zeigte auf Johan.

»Ich? Verliebt?«, fragte Johan erstaunt.

»Ja«, sagte Pippi. »In Lina-Li-La-Lina.« Dazu tanzte sie auf einem Bein um Sherlock Holmes herum, der das offenbar recht befremdlich fand.

»Diese Einschätzung teile ich«, pflichtete Cyrano de Bergerac dem rothaarigen Mädchen bei. »Die Manieren und das Gewand dieses jungen Fräuleins hier erscheinen mir zwar zweifelhaft, doch seine Fähigkeit, die Wahrheit über die Liebe auszudrücken, wirkt darüber weit erhaben.«

»Ach, die Kleine erinnert mich ein wenig an Alice, auch wenn diese etwas zierlicher und lange nicht so stark war«, sinnierte das weiße Kaninchen. Dann wandte es sich an Johan. »Du bist hier, weil du dich dazu entschlossen hast und weil du auf mich und nicht auf den schwarzen Pudel gehört hast.«

»Das war eine weise Entscheidung«, sagte William von Baskerville. Er schürzte die Lippen und nickte anerkennend.

»Ich schließe mich Eurer Meinung an«, sagte Sherlock Holmes. Er nickte kaum wahrnehmbar, nahm aber seinen stets durchdringenden und prüfenden Blick (der sich anfühlte, als könne sich bei ihm niemand auf die Unschuldsvermutung berufen) keinen Augenblick lang von Johan. »Was ich wirklich nicht oft zu tun pflege.«

»Der fahrende Student und der schwarze Pudel waren ein und derselbe – Mephisto, der Teufel«, sagte Johan. »Das habe ich erst spät erkannt.«

»Keine voreiligen Schlüsse«, mahnte ihn Sherlock Holmes. »Ihnen fehlen die Beweise für eine solche Behauptung. Evidenz, Sie erinnern sich?«

»In der Tat, es gibt keine unumstößlichen Beweise«, fügte William von Baskerville hinzu, »doch das liegt in der Natur der Sache begründet. Wir werden bedauerlicherweise so lange keine Beweise finden, bis wir dem Teufel folgen, in welcher Gestalt auch immer er uns erscheinen mag. Bis dahin ist er nur eine weitere mögliche Zukunft und in Eurem Fall, geschätzter Johan, vermutlich eine ohne Hoffnung auf die große Liebe.«

»Denn die wiederum repräsentiere ich«, sagte das weiße Kaninchen und sprang kurz freudig in die Höhe, dass ihm beinahe die Taschenuhr aus der Weste gefallen wäre.

»William, du hast vorhin gesagt, ihr alle wärt mir eine Erklärung schuldig. Eine Erklärung wofür?«, fragte Johan.

William von Baskerville lächelte so gütig, wie er es meistens zu tun pflegte, und machte einen Schritt auf Johan zu. »Wisst Ihr, mein junger Freund, es war nicht ganz richtig, was ich da sagte. Denn eigentlich sind nicht wir es, die Euch eine Antwort schuldig sind, sondern Ihr Euch selbst.«

»Wobei ich anmerken möchte, dass diese Unterscheidung beinahe einer Haarspalterei gleichkommt«, sagte Sherlock Holmes von hinten.

»Haare zu spalten stelle ich mir unglaublich schwer vor«, sagte Pippi nachdenklich. Sie nahm einen ihrer roten Zöpfe in die Hand und starrte ihn mit zusammengezogenen Augenbrauen konzentriert an. Wahrscheinlich überlegte sie, wie geschickt man sein musste, um ein Haar mit einem Taschenmesser der Länge nach durchzuschneiden.

Sherlock Holmes rümpfte kopfschüttelnd die Nase und verlor sich im Dunkel des Antiquariats.

»Der Mann mit der komischen Mütze ist nicht lustig«, sagte Pippi Langstrumpf. Sie ließ ihren Zopf los und verschwand auf der gegenüberliegenden Seite hinter einer Bücherwand.

»Da hat sie recht«, sagte Harry Haller, nickte Johan aufmunternd zu und folgte ihr.

Cyrano de Bergerac zog seinen Hut und verneigte sich vor Johan und William von Baskerville.

»Auch ich werde mich jetzt zurückziehen und überlasse die Szene Euch. Ihr gehört zwar dem Klerus an und seid noch länger tot als ich selbst, aber nicht minder gelehrt und gewitzt. Und Euch, geschätzter Johan Andersson, will ich verraten, dass ich Euch damals mit Eurer Magd Agnes nicht hinters Licht geführt habe. Sie ist wirklich verliebt, doch nicht in Euch, wie ich nun weiß. Frauenherzen sind geheimnisvoll und unergründlich wie der Abgrund, der in die Hölle führt, und doch stürzt man sich immer wieder hinein, um lodernd im schönsten aller Gefühle zu vergehen – in der Leidenschaft. Nehmt es mir nicht krumm, es hatte gute Gründe, und William wird Euch bestimmt alles erklären. Lebt wohl.«

Damit verschwand er ebenfalls, und auch alle anderen Figuren lösten sich nach und nach in Wohlgefallen auf.

Plötzlich war Johan mit William von Baskerville allein. Der faltete die Hände vor dem Bauch und sah Johan tief in die Augen.

»Alles, lieber Freund, hat einen Grund. Jeder, der Euch erschienen ist, genau so, wie ich es im Moment tue, hat dies getan, weil er einen Zweck erfüllte. Er musste kommen, weil Ihr ihn gerufen habt.«

»Ich habe niemanden gerufen«, widersprach Johan. Er ging ein paar Schritte vor dem Verkaufstresen auf und ab und massierte sich den Nacken.

»Oh, doch, das habt Ihr«, widersprach William von Baskerville. »Natürlich nicht ausdrücklich. Ihr habt meinen oder den Namen der anderen nicht ausgesprochen und uns somit herbeigewünscht, wie man sich ein Wunder des Herrn erbittet. Und doch hattet Ihr ein Bedürfnis nach Beistand, worüber Ihr Euch vermutlich nicht einmal selbst im Klaren wart.«

Johan drehte sich zu dem Mönch um. »Du meinst, ich brauchte unbewusst den Rat einer bestimmten Romanfigur, und nur aus diesem Grund ist sie mir dann erschienen?«

William von Baskerville trat zu Johan; die Dielen des Antiquariats knarzten so leise, als würden sie atmen. William schmunzelte, und seine Augen funkelten gütig.

»Gewissermaßen war es so«, hob er an. »Aber, Johan, es war ja nicht nur ein *consilium*, nicht nur Rat. Es handelte sich zuweilen auch um *actio*, um eine hilfreiche Tat. Denkt an Eure Reise nach Umeå, bei der Euch Meister Sherlock Holmes begleitet hat.«

»Und weshalb bist du jetzt noch hier? Die anderen sind längst fort …«

William lächelte. »Wer sollte Euch das alles besser erklären können als ich? Ferner bin ich fest davon überzeugt, Ihr mögt mich am meisten, und Ihr vertraut mir.«

»Vertrauen? Ihr alle seid doch bloß Einbildung, Halluzinationen, Erscheinungen und Phantastereien!«, rief Johan trotzig. »Sei mir nicht böse, aber du bist nur dem kreativen Gehirn eines bärtigen Italieners entsprungen, der dich nach einer historischen Figur erschaffen hat.«

»Das ist wahr. Doch sagt mir eines: Ist das wirklich von Belang?«, fragte William von Baskerville mit ruhiger Stimme. »Jedes Buch, das Ihr gelesen habt in Eurem Leben und in dem Ihr Euch verlort, weil Ihr es liebtet, ist ein Stück Eures Lebensweges, ganz gleich zu welcher Zeit dies geschah. Wären wir lediglich Hirngespinste, so wäret Ihr Euch nur selbst gefolgt, weil Ihr uns in Eurem Geiste erscheinen ließet, der einer romantischen Sehnsucht nach vergangenen Geschichten erlegen ist. Wären wir hingegen keine ausgedachten Phantastereien, sondern, nun, nennen wir es *Geistwesen*, dann könntet Ihr Euch unserer Gesellschaft getrost erfreuen, denn es würde sich nichts ändern, wenn Ihr an uns zweifeltet, nicht einmal die Wirklichkeit. Und für das Ergebnis spielt es ohnehin keine Rolle.«

»Welches Ergebnis meinst du?«

»Nun, ich spreche von Euren Handlungsabsichten im Zusammenhang mit Eurer unvergänglichen Liebe zu Fräulein Lina Berglund und der Suche nach ihr, die Euch zum Lebenssinn geworden zu sein scheint.«

»Also lebt sie vielleicht noch?«, fragte Johan plötzlich aufgeregt.

»Ich weiß es nicht«, antwortete William von Baskerville zurückhaltend. »Nach allem, was mir jedoch bekannt ist, und das ist umständehalber nicht mehr, als Ihr selbst wisst, ist das leider mehr als unwahrscheinlich. Ich wünsche es Euch von Herzen, aber die Tatsache, ob diese Frau lebt oder nicht, ja selbst, ob sie je gelebt hat oder nicht, ist im Grunde nicht von Bedeutung. Man kann ein Gespenst genauso lieben wie eine Erinnerung, wie eine Idee, wie ein Land, ein Haus oder ein Buch, letztlich sogar wie einen Menschen. Wichtig ist nur, dass Ihr weiter nach der Wahrheit sucht. Was liebt Ihr wirklich, und wo werdet Ihr es finden, das sind die großen Fragen. Die Wahrheit wartet am Ende jeder aufrichtigen Suche. Sie ist der Mutterboden, worauf der Keim der ewigen Liebe gedeihen kann. Sogar die Liebe des Herrn ist ohne Wahrheit nichts, begreift Ihr das?«

»Ich denke schon«, antwortete Johan. Dann sah er William von Baskerville skeptisch an und fragte: »Sosehr ich dich und deine Weisheit schätze – es könnte auch sein, dass ich mich gerade mit mir selbst unterhalte, nicht wahr?«

»Das ist durchaus möglich und nicht vollkommen auszuschließen«, entgegnete William von Baskerville verschmitzt. »Aber selbst das wäre nicht verwerflich. Dann wäre meine Weisheit nämlich zwangsläufig Eure eigene. Und gegen ein gepflegtes Selbstgespräch ist meiner Ansicht nach nichts einzuwenden. Denn verwandelt nicht erst Gottes für den Sünder offenes Ohr jedes Selbstgespräch zu einem Gebet? Doch genug der vielen Worte. Ich für meinen Teil werde jetzt ebenfalls verschwinden, denn ich habe Euch augenblicklich ohnehin nichts mehr Dienliches mitzuteilen.«

»Ich habe aber noch so viele Fragen«, wandte Johan ein. »Bitte, geh noch nicht.« Am liebsten hätte er William von Baskerville in die Arme geschlossen und ihn am Fortgehen gehindert, doch er beherrschte sich.

»Im Moment wisst Ihr, was Ihr wissen müsst. Etwa, weshalb unsere Existenz – die Eurer *Freunde*, wie Ihr uns zu bezeichnen pflegt – für Euch so bedeutsam ist, obwohl es uns zugleich nicht geben kann. Und dass Ihr Euren Weg gehen müsst, um ans Ziel und endlich zur Ruhe zu gelangen, ganz gleich was Euch am Ende erwartet. Der Weg ist das Ziel, nicht wahr? Dieser Satz stammt übrigens nicht von mir, obwohl er mir durchaus gelungen scheint. Jedenfalls benötigt Ihr wahrlich weder den Rat dieses seltsamen Medicus namens Malmström noch den des Semiotikers Lotman, um Erlösung zu erfahren, auch wenn ich deren Fachwissen keineswegs schmälern will. Ihr müsst lediglich Erkenntnis gewinnen, und die wohnt nicht selten mit der Wahrheit Seit' an Seit' in einem Haus. Gute Nacht, geschätzter Johan, Gott sei mit Euch und behüte und beschütze Euch auf all Euren Wegen.«

Mit diesen Worten löste sich William von Baskerville in flüchtige Schatten und Schlieren auf und war nach einem kurzen Moment verschwunden.

Zurück blieb Johan Andersson. Er wusste nun, was zu tun war, auch wenn er im Augenblick noch etwas überfordert in den Raum starrte, wo sich außer Büchern und Regalen nichts mehr befand. Wenigstens nichts sonst, was man sehen konnte.

Ein kühler Luftzug streichelte ihn im Nacken. Leise schlug die angelehnte Tür des Antiquariats gegen den Rahmen, beinahe als hätte ein Geist sie heimlich aufgedrückt, um in die fahle Dämmerung zu entkommen.

Was für ein tröstender Gedanke, was für ein Unsinn.

3.
Ganz am Ende des letzten Ganges auf dem *Loppis* von Karlstad

Die zuständigen Behörden hatten dem *Loppis* das *Norra Fältet* zugewiesen, eine landwirtschaftlich wenig genutzte Wiese in kommunaler Hand, die zwar etwas außerhalb von Karlstad, dafür aber äußerst günstig in der Nähe eines Verkehrsknotenpunktes zweier Fernstraßen gelegen war. Vermutlich sollte durch die Wahl des Standortes die Akzeptanz dieses neuen, großen Antik- und Trödelmarktes gesteigert werden, da Händler wie Käufer aus allen schwedischen Himmelsrichtungen somit einen guten Zugang hatten und außerdem einen sehr großen Parkplatz.

Als Johan noch recht müde von einer eher unerquicklichen Nacht voller aufwühlender Träume (und es war zudem gerade erst sieben Uhr) auf das *Norra Fältet* fuhr, war er sich sicher, dass die Rechnung der Behörden eigentlich aufgehen müsste. Zumindest an Tagen, an denen die Morgensonne auf die im Frühtau wie mit Diamanten übersäte Rasenfläche schien. Dann würden sich nämlich zahlreiche Stände mit Antiquitäten und Trödel auf diesem Platz drängen und dazwischen interessierte Menschen ihre Köpfe mal hierhin und mal dorthin strecken.

Heute Morgen sah es hier jedoch furchtbar traurig aus,

als hätte der Nebel beschlossen, vom Himmel zu fallen und nicht mehr zu schweben. Es war weniger als Regen und doch mehr als ein Nieseln. Alles war in einen dichten gräulichen Vorhang aus Farben fressenden Tröpfchen gehüllt. Auch war der aufgeweichte Boden eine echte Herausforderung. Das erkannte Johan, sobald er sein Auto auf den Parkplatz gestellt hatte, den ein Parkplatzanweiser ihm – bei ebendiesem Wetter im Prinzip vollkommen überflüssigerweise – angewiesen hatte. Johan war aus dem Saab gestiegen und direkt in eine stattliche Pfütze getreten, die seinen leichten Sommerschuh zuerst gar nicht mehr hergeben wollte. Seine Socke wurde feucht. Wohnte man nicht in der Stadt, hatte man mehrere Dinge stets im Auto: eine Decke, ein Taschenmesser, ein Abschleppseil, eine Regenjacke, eine Taschenlampe mit neuen Batterien und vor allem: Gummistiefel. Das war ein weiterer großer Unterschied zwischen Hedekas und Stockholm, wo man eher ein Sakko und eine Flasche Sekt für überraschend anberaumte Cocktail-Partys mit sich führte.

Johan ging um das Auto herum zum Kofferraum. Dort tauschte er seine schlammigen Lederschuhe gegen die Gummistiefel, zog die Öljacke an und stapfte durch den Nieselregen über den Parkplatz in Richtung der wenigen Stände. Es waren nicht viele Marktbesucher gekommen, was für den An- und Verkauf von Büchern sicher nicht zuträglich war. Kein Händler mit Verstand würde seine wertvollen Bücher diesem Wetter preisgeben, nicht einmal unter einem dichten und ausladenden Zelt. Die Luftfeuchtigkeit war einfach zu hoch und damit auch das Risiko, dass altes Papier Schaden nehmen und das entsprechende Werk an

Wert verlieren könnte. Das war auch der Grund, weshalb Johan seine wenigen zum Verkauf bestimmten Bücher im Auto gelassen hatte. Zwar war seine alte Umhängetasche aus dickem gewachstem Leder und ziemlich wasserfest, aber auch er wollte kein Risiko eingehen. Immerhin handelte es sich bei seiner mitgebrachten Ware um zwei Bände von Rainer Maria Rilkes frühen Gedichten und mehreren lateinischen Werken mit religiösen Themen. Nachdem er diese Bücher gestern für den Markt zusammengestellt hatte, wollte er sich schon zu einem seiner Seespaziergänge rund um den Lersjön aufmachen. Da war ihm eingefallen, dass er ja noch eine wunderbare Originalausgabe von Immanuel Kant aus dem Jahre 1766 auf Lager hatte, die äußerst selten und gewinnträchtig war. Er wollte sie nicht bloß aus monetären Gründen mit nach Karlstad nehmen, sondern weil ihm der Titel besonders gut gefiel: »Träume eines Geistersehers, erläutert durch Träume der Metaphysik«. Das passte im Augenblick einfach zu gut zu seinem Leben.

Johan erreichte die ersten Stände und begutachtete deren Auslagen. Das alles erinnerte ihn ein wenig an den *Loppis* in Umeå, den er auf der Suche nach Lina besucht hatte. Auch damals war das Wetter nicht besonders gut gewesen – etwas trockener, aber wesentlich kälter –, und auch damals war er wenig zielstrebig herumgelaufen. In Wirklichkeit wusste er nicht einmal, was genau er suchte. War es vielleicht das Haus, in dem Erkenntnis und Wahrheit zusammen wohnten, wie William von Baskerville es ihm vorausgesagt hatte?

Als es auf acht Uhr zuging, füllte sich der Parkplatz langsam ein wenig, und Johan schien es auch, als würde die Zahl der Menschen, die auf dem Markt umherliefen, zunehmen.

Er hatte bereits einen großen Teil der Verkaufsstände begutachtet, es fehlten ihm nur noch zwei der sieben Reihen. Buchhändler waren, wie er bereits befürchtet hatte, kaum unter den Anbietern, es waren bloß drei, um genau zu sein. Sie hatten aufgrund des Wetters ihre wertvollsten Stücke gar nicht auf den Tischen präsentiert, sondern sie vermutlich in den Bücherkisten darunter oder im Auto gelassen, wie Johan auch.

Doch Johan war nicht nur auf der Suche, sondern wollte auch seine mitgebrachten Werke verkaufen. Und einer der Händler hatte tatsächlich Interesse an dem Werk von Immanuel Kant geäußert. Johan war daraufhin zum Auto zurückgegangen, hatte das Buch geholt, und man war sich schnell handelseinig geworden – achttausend Kronen waren nicht zu verachten.

Nach dem Verkauf ging Johan weiter über den Markt und erreichte bald die letzte Reihe mit Ständen und Verkäufern, die ihre Waren anboten. Er hoffte, dass sich hier etwas fand, das er möglicherweise brauchen konnte, nicht nur altes Spielzeug, Silber, Vasen, verrostete Pfannen, ein Jahresalmanach oder eine Bibelausgabe irgendeiner, sicher ehemals netten, aber mittlerweile verstorbenen Großmutter – solche Art von literarischen Nachlässen gab es nämlich tausendfach.

Der nicht enden wollende Nieselregen sammelte sich auf seiner Kapuze und tropfte ihm ins Gesicht und auf die Jacke. Er kam sich einsam vor, ganz gleich wie viele Menschen um ihn herum waren.

Und dann sah er ihn.

Diesen kleinen Stand.

Ganz am Ende des letzten Ganges auf dem *Loppis* von Karlstad.

Er war nicht breiter als ein Schreibtisch und seine Auslage dicht an dicht mit Büchern belegt, die mit einer trüben Plastikplane abgedeckt waren. Das Zelt, das den Stand vor der Nässe schützte, war mit breiten roten und weißen Streifen versehen, es erinnerte Johan an die Tüte mit den Esskastanien auf dem *Loppis* in Umeå. Der Unterstand war ringsum mit einem ebenfalls gestreiften Querbehang versehen, von dem ein dichter Vorhang aus Tropfen wie seine Verlängerung herabfiel.

Der Verkäufer saß auf einem alten Lehnstuhl und hatte, obwohl er unter seinem rot-weißen Dach mindestens genauso gut vor dem Regen geschützt war wie seine Bücher, die Kapuze seines in die Jahre gekommenen Mantels über den Kopf und tief ins Gesicht gezogen. Heraus schauten nur sein grauer Bart und eine auffallend große Nase.

Es war seltsam. Während bei den meisten Ständen Menschen stehen geblieben waren, um sich die angebotenen Waren anzuschauen, schien sich für diesen Stand absolut niemand zu interessieren. Er war der kleinste auf dem Markt und lag ganz am Ende der letzten Reihe – vielleicht lag es daran? Johan musste sich tief bücken, um unter dem tropfenden Querbehang hindurch in den kleinen Zwischenraum zu gelangen, den der Zeltvorsprung und der Tisch mit den zugedeckten Auslagen ließen.

Hatte der Mann seinen potenziellen Kunden überhaupt wahrgenommen? Er regte sich nicht. Vielleicht war er sogar eingeschlafen. Johan räusperte sich. Zuerst verhalten, und als auch das nichts half, bedeutend lauter.

»Ich habe Sie schon bemerkt«, sagte der Mann unter der Kapuze plötzlich. «Aber bitte keine Hetzerei. Gut Ding will Weile haben, und wer keine Zeit hat, sollte ohnehin besser kein Buch lesen.« Damit rutschte der Verkäufer von seinem Stuhl und erhob sich (was allerdings keinen deutlichen Unterschied machte, denn er war sehr klein). »Wie kann ich Ihnen weiterhelfen?«

Er schlug seine Kapuze zurück. Kleine funkelnde Augen voller Leben, die in einem so alten Gesicht steckten, dass sie wie Bergkristalle in Trockenobst wirkten. Dazu trug er einen grauen Bart und ebenfalls graue, aber volle und beinahe wilde Haare. Seine Nase war unverhältnismäßig groß, und er schien fast kleinwüchsig zu sein, sodass Johan – auch wenn er ihn durchaus nicht beleidigen wollte – diesen Mann insgeheim nur als Männchen bezeichnen konnte.

»Sind Sie stumm?«, fragte der Verkäufer. Seine Stimme hatte seltsamerweise ein enormes Volumen, obwohl sie sehr hell und freundlich war.

»Nein, das bin ich nicht«, antwortete Johan und fragte zurück: »Sie verkaufen ausschließlich alte Bücher?«

»Natürlich«, sagte der Mann. »Gibt es eine Alternative für mich?«

»Für mich offenbar nicht«, sagte Johan leise und dachte dabei an sein erst kurz zurückliegendes Stockholm-Abenteuer. »Was Sie betrifft, habe ich natürlich keine Ahnung.«

»Sehen Sie, ich auch nicht«, sagte der Antiquar. »Ich will es Ihnen erklären. Alte Bücher sind die Essenz des Lebens, der Quell aller Freude und manchmal sogar der Ursprung revolutionärer Strömungen. Sie konservieren Gedanken und Emotionen, und setzt man sie in Bezug zur Zeit ihrer Entstehung und hat den Mut, sich darauf einzulassen, so wird man genau das bei sich selbst erleben, was derjenige beabsichtigte, der das Werk einst verfasst hat, ganz gleich wie viele Jahre später man es zur Hand nimmt. Eine gute Geschichte, eine brillante Idee und ein tief empfundenes Gefühl haben immerwährende Gültigkeit, sie verlieren nichts, sie sind wie exquisiter Wein und werden mit der Zeit immer reifer und wertvoller, allerdings – und das ist der Unterschied zu gutem Wein – erst sobald man sie genossen hat. Sie reifen im Herzen und nicht im Fass und im Weinkeller, wenn Sie verstehen.«

Der kleine Mann blinzelte Johann kurz an, dann fuhr er fort. »Natürlich könnten Sie jetzt einwenden, dass ich hier doch lediglich von den Geschichten spreche, also vom Inhalt der Bücher, und dass man solche Geschichten doch durchaus neu drucken lassen könne. ›Ja‹, würde ich Ihnen erwidern, ›das würde im Prinzip wohl funktionieren.‹ Dann aber würde ich Ihnen entgegenhalten: ›Denken Sie um Himmels willen nicht, alte Bücher wären bloß eine zeitgemäße Verpackung irgendeiner Geschichte! Nein!‹, würde ich laut ausrufen und weiter: ›Die Geschichte ist die Seele, und das Buch ist der Körper!‹ Das würde ich rufen.

Denn wie mein altes Gesicht erzählen uns auch Papier, Anmerkungen, Risse, Knicke, die konservierten Leichen zwischen Buchseiten klebender Fruchtfliegen, der Geruch von Menschen und Orten, das Bewusstsein vergangener Verlage und Verleger – deren Namen wie monumentale Grabsteine der Schaffenskraft im Impressum stehen –, die Typografie, das Schwarz der Druckerschwärze und sogar die leeren Seiten vorne und hinten so viel mehr, als wir es auf den ersten Blick erfassen können.

Darum hat jedes Buch eine Geschichte, ist jedes Buch ein Unikat, ein Individuum und somit Teil der Schöpfung und unumstößlich göttlich.« Der Mann machte eine Pause, und dann schloss er: »Darum gab es für mich niemals eine Alternative, als ein Bewahrer solcher Schätze zu sein. Verstehen Sie das?« Der Atem des Antiquars ging schnell.

»Wer verstünde das nicht?«, sagte Johan tief beeindruckt und berührt von dieser überzeugenden Rede. »Ich hätte es nicht schöner oder treffender sagen können.«

»Wer das nicht verstünde? Oh, herzlose Idioten natürlich«, antwortete der Antiquar ruhig, aber wie aus der Pistole geschossen, »und von denen gibt es viele. Sie gehören aber nicht dazu, das sehe ich Ihnen an. Darum habe ich etwas ganz Besonderes für Sie.«

Eine Familie mit zwei kleinen Kindern, denen der Matsch des durchgeweichten Bodens offensichtlich weitaus mehr Spaß bereitete als ihren Eltern, schob sich hinter Johan vorbei. Die Mutter dirigierte die Kleinen vor sich her, der Mann blickte kurz und wenig interessiert auf den Stand des Antiquars, dann ging auch er weiter.

»Etwas Besonderes?«, nahm Johan das Gespräch mit dem Antiquar wieder auf. »Das ist nett, allerdings wissen Sie doch gar nicht, was ich suche.« Er ahnte, dass Obsession und Passion sich um den Geist dieses älteren Herrn stritten, zumindest wenn es um Bücher ging.

»Wirklich? Meinen Sie?«, erwiderte der Antiquar, dann wurde er ernst und beugte sich etwas nach vorn. »Nun gut, ich schlage Ihnen einen Handel vor.«

Johan blickte dem alten Mann fragend in die Augen.

Der fuhr fort: »Ich gebe Ihnen ein ganz besonderes Buch

zu einem ganz besonderen Preis. Sie können es bis *Midsommar* behalten, aber spätestens dann müssen Sie es weiterverkauft haben.« Der Antiquar flüsterte: »Jedoch für exakt denselben Preis, für den Sie es heute bei mir erwerben, ganz gleich was es wirklich wert ist oder was Ihnen dafür geboten wird. Und Sie dürfen es ausschließlich an einen Menschen weiterverkaufen, von dem Sie überzeugt sind, dass er das Buch verdient. Wenn Sie keinen geeigneten Menschen finden, verlieren Sie Ihr Geld und das Buch obendrein. Einverstanden?«

Johan war verwirrt. »Warum sollte ich es kaufen, wenn ich es nur knapp einen Monat behalten darf, Gefahr laufe, Verlust zu machen, und sowieso keinen Gewinn damit erzielen kann?«

»Das habe ich nicht gesagt«, widersprach der Antiquar. »Sie werden einen beträchtlichen Gewinn erzielen.«

»Das verstehe ich nicht. Wo soll denn dieser ominöse Gewinn herkommen, wenn ich den Preis des Buches nicht selbst bestimmen darf?«

»Das werden Sie nur sehen, wenn Sie sich an die Regeln halten.« Der Antiquar streckte seinen knochigen Zeigefinger mahnend in die Höhe.

»Was ist das für ein Buch?«, wollte Johan wissen.

»Auch das werden Sie sehen, sobald wir den Handel abgeschlossen haben.«

»Sie möchten also, dass ich ein Buch von Ihnen kaufe, ohne es vorher anschauen zu können?«

»Ist es nicht so, dass *Sie* derjenige von uns beiden sind, der etwas möchte, oder täusche ich mich?« Der Antiquar strich sich durch den Bart und funkelte Johan keck an.

»Und zu welchem Preis kriege ich die Katze im Sack?«

»Zwei Goldmünzen.«

»Goldmünzen?« Johan war total perplex.

»Genau zwei Stück. Welcher Art, spielt keine Rolle, aber nur Kronen, bitte. Die wird man in Schweden leichter wieder los. Ich muss ja auch von etwas leben.«

»Was sind das denn für abstruse Bedingungen?«, fragte Johan verwirrt, doch durchaus freundlich und sogar ein wenig amüsiert. Denn auch wenn er sich weit mehr Klarheit und zudem über völlig andere Dinge auf dem Karlstader *Loppis* erhofft hatte, war die Bekanntschaft mit diesem Buchhändler die Reise hierher definitiv wert gewesen. Dieses Männlein war ein seltenes Exemplar seiner Gattung und ein durch und durch verschrobener Kauz, den er so schnell nicht wieder vergessen würde.

»Ja, ja, das mag für Sie seltsam klingen, aber im Alter wird man so, glauben Sie mir. Da sehnt man sich plötzlich nach Dingen zurück, die man fast vergessen hätte«, sagte der Antiquar und nickte dabei wissend wie ein gütiger Großvater, der den Enkel auf seinem Schoß an seiner Weisheit und Selbsterkenntnis teilhaben lassen wollte. »Kennen Sie die Geschichte mit den Toten und den zwei Goldmünzen?«

»Die hat man ihnen früher für die letzte Fahrt als Lohn für den Fährmann auf die Augen gelegt«, sagte Johan.

»Ganz recht«, erwiderte der Antiquar. »Finden Sie das nicht unglaublich mystisch und geheimnisvoll? Und das mit *Midsommar* hat ja auch eine uralte Bedeutung, nicht wahr? Das sind Vertragsbedingungen, die den äußeren Umständen und den inneren Befindlichkeiten der handelnden Personen durchaus gerecht werden.«

Johan verstand nur die Hälfte von dem, was dieser Antiquar an wirrem Zeug daherzufaseln schien. Dennoch ging von diesem kleinen Mann eine Faszination aus, die ihn packte und nicht mehr losließ.

»Und wenn ich mich nicht daran halte?«, fragte er vorsichtig.

»Das werden Sie nicht riskieren, denn dann wird Ihr Verlust noch größer sein, glauben Sie mir.«

Johan dachte nach. »In Ordnung, ich bin verrückt genug, um dieses Geschäft mit Ihnen abzuschließen, das im Grunde genommen gar kein Geschäft ist, sondern in meinen Augen einfach nur Humbug.«

»Das Wort ›Humbug‹ verwendet man heutzutage viel zu selten«, bemerkte der Antiquar lobend.

Johan überhörte das. »Es gibt allerdings ein Problem.«

»Oh! Und das wäre welches?« Der Antiquar sah Johan an und legte sein Gesicht noch mehr in Falten.

»Ich habe keine Ahnung, wo ich hier auf die Schnelle zwei Goldmünzen herbekommen soll.«

Das Gesicht des Antiquars entspannte sich schlagartig. »Ach, das meinen Sie. Machen Sie sich darüber keine Gedanken. Das müssen Sie nicht. Geben Sie mir das Geld einfach am Tag nach *Midsommar*, wenn ich zu Ihnen komme.«

»Sie kommen zu mir?« Johan blickte dem Antiquar in einer Mischung aus Überraschung und Unverständnis in die Augen, während die Tropfen, die von der Überdachung auf den Kies herabfielen, einen leisen, rhythmischen Herzschlag ergaben.

»Selbstverständlich«, gab der Antiquar in einem Tonfall zurück, als hätte Johan ihn danach gefragt, ob zwei mehr sei als eins. »Ich hole das Gold und das Buch oder nur das Gold, je nachdem, wie es sich für Sie gestaltet hat.« Er zog ein vergilbtes Stück Papier und einen Bleistift aus seinem Mantel hervor. »Schreiben Sie mir einfach Ihren Namen und Ihre Adresse auf, dann sehen wir uns am 21. Juni.«

Johan nahm beides entgegen, schrieb alles auf und gab ihm Stift und Zettel zurück. Der Antiquar blickte kurz auf das Papier, nickte und streckte ihm dann auffordernd die knochige Hand entgegen. Johan zögerte – dieser verrückte Typ war irgendwie nicht von dieser Welt –, schließlich schlug er ein.

Noch im selben Moment sagte der Antiquar: »Entschuldigen Sie, ich hatte mich ja noch gar nicht vorgestellt. Mein Name ist Dvalinsson.«

»Dvalinsson? Das ist ein seltener und bemerkenswerter Name«, stellte Johan fest. Er hatte ihn genau genommen noch nie in seinem Leben gelesen oder gehört.

»Nicht wahr?« Herr Dvalinsson schien diese Feststellung als persönliches Kompliment zu begreifen, ganz als wäre sein Familienname seine eigene Erfindung. »Aber Ihrer ist ja auch nicht uninteressant. Sie heißen tatsächlich Johan?«

»Ja, das finde ich jedoch absolut nicht bemerkenswert«, entgegnete Johan.

Herr Dvalinsson lächelte geheimnisvoll. »Das, mein lieber Herr Andersson, kommt ganz auf die Umstände an.«

Dann hob er unter Knistern und Rascheln die milchige, an einigen Stellen schon brüchige Kunststoffplane an, die seine Auslagen bedeckte, griff darunter und zog ein braunes Päckchen hervor. »Hier ist Ihr Buch.«

»Ach, Sie haben schon alles vorbereitet? Wie oft machen

Sie einen solchen Handel? Mehrfach am Tag?« Johan betrachtete den Antiquar skeptisch und legte den Kopf schief.

»Ehrlich gesagt nicht allzu oft. Das liegt wohl an meinem eigensinnigen Geschäftsprinzip, wichtige Bücher nur an Menschen weiterzuverkaufen, von denen ich überzeugt bin, dass sie sie auch verdienen. Und das ist bei Ihnen ganz gewiss der Fall.«

Herr Dvalinsson reichte Johan das Buch über den Tisch, der es behutsam entgegennahm. Es war auf den ersten Blick nichts Besonderes daran zu erkennen. Und auch auf den zweiten nicht. Es handelte sich um ein gewöhnliches Buch in durchschnittlicher Größe und mit unauffälligem Gewicht, das in schlichtes braunes Packpapier eingewickelt und mit banaler Paketschnur zugeknotet war.

»Öffnen Sie es am besten erst zu Hause«, riet ihm der Antiquar, als hätte er Johans Gedanken gelesen. »Das ist zwar nicht Teil der Abmachung, aber es steigert die Dramatik ganz erheblich, finden Sie nicht?«

Er reichte Johan mit einem faltigen Lächeln nochmals die Hand und wünschte ihm alles Gute bis zum nächsten Wiedersehen.

Ein wenig benommen und unschlüssig, wie er das eben Erlebte einordnen sollte, lief Johan in Richtung Parkplatz, das Buch unter der Regenjacke wie einen Schatz fest unter den Arm geklemmt. Er hatte das Bedürfnis, sofort zurück nach Hedekas zu fahren. Als er seinen Wagen endlich erreicht und ihn gerade aufgeschlossen hatte, grüßte ihn plötzlich jemand von hinten.

»Hallo, Herr Andersson!«

Johan wandte sich erstaunt um. Vor ihm stand die junge Frau, der er vor gar nicht allzu langer Zeit die drei Pippi-Langstrumpf-Ausgaben in seinem Antiquariat verkauft hatte – beziehungsweise ihrem gut gekleideten Mann. Doch der fehlte. Stattdessen stand ein jüngerer neben ihr, ein eher sportlicher Typ, und auch die junge Frau selbst hatte sich sichtlich verändert. Sie wirkte insgesamt natürlicher und als hätte sie sich auf gewisse Weise in sich selbst verwandelt.

»Das ist der Antiquar, von dem ich meine Kinderbücher bekommen habe«, erklärte sie freudestrahlend ihrem Begleiter, der über diesen Umstand informiert zu sein schien, und freundlich nickend »Ach? *Der* Antiquar? Was für ein Zufall. *Hej*, freut mich, Sie kennenzulernen« sagte.

Johan grüßte zurück und reichte beiden die Hand.

»Ich wundere mich, Sie in Karlstad anzutreffen«, sagte er. »Ich dachte, Sie kämen aus Stockholm.«

Die junge Frau wirkte einen Augenblick lang etwas nachdenklich. »Ich habe mich von meinem Freund getrennt«, erklärte sie schließlich. Dann hellte sich ihre Miene sichtlich auf. »Und stellen Sie sich vor, kaum eine Woche nachdem ich aus Stockholm wieder hierhergezogen bin, habe ich zufällig Jens getroffen, meinen alten Schulfreund.« Sie strahlte ihren Begleiter an und griff nach seiner Hand.

Der junge Mann neben ihr lachte. »Na ja, ›Jugendliebe‹ trifft es wohl besser«, sagte er.

»Ja, Jugendliebe«, sagte die junge Frau und warf ihm ein inniges Lächeln zu.

»Ach, das freut mich wirklich«, sagte Johan. »Sie sehen jetzt richtig glücklich aus.«

»Das bin ich auch«, erwiderte die junge Frau. »Und stellen Sie sich vor, das lag alles nur an Ihren Büchern. An Pippi Langstrumpf.«

»Wie das denn?«, fragte Johan überrascht.

»Kurz nachdem wir die Bücher gekauft hatten, habe ich sie noch einmal gelesen. Und was soll ich Ihnen sagen? Es sind zwar nur Kinderbücher, aber sie haben mich verändert – sie haben alles verändert«, sprudelte es aus ihr heraus. »Ich weiß nicht, was geschehen ist, vielleicht war es die Erinnerung, vielleicht war es die Sehnsucht nach wahrer Liebe, nach dem Echten, vielleicht war es auch reiner Zufall, jedenfalls habe ich mich nur wenig später dazu durchgerungen, mein Leben grundlegend zu ändern. Und jetzt bin ich so glücklich, wie ich es zuletzt nur als Kind gewesen bin.« Sie blickte Johan in die Augen. »Wissen Sie, was ich glaube? Ich glaube, manche Bücher sind magisch, und Sie verkaufen in Ihrem Antiquariat viel mehr als nur Bücher. Sie verschenken Träume. Ich danke Ihnen von Herzen. Machen Sie es gut. *Hej då!*«

Mit diesen Worten trat sie vor, küsste den überraschten Johan auf die Wange, nahm ihren Jens bei der Hand und ging mit ihm davon.

Johan sah den beiden nach, bis sie zwischen den Ständen verschwunden waren. Erst jetzt bemerkte er, dass der Regen aufgehört hatte. Die Wolken waren aufgerissen, und die Sonne schien wärmend und hell auf Karlstad herab, ein letzter Tropfen lief ihm trotzig über das Gesicht.

4.
Die verbotene Liebe des Ritters Erland Månesköld

Johan konnte nicht sagen, weshalb er der Bitte des skurrilen Antiquars weiter folgte. Möglicherweise tat er es wegen der kaum merklichen, aber durchaus präsenten bedrohlichen Atmosphäre, die sich im Auto breitgemacht hatte, seit er aus Karlstad losgefahren war. Er hatte das eingepackte Buch neben sich auf den Beifahrersitz gelegt, und von dort aus schien es ihn lockend und herausfordernd anzuschauen, wann immer er zu ihm hinüberblickte. Vermutlich würde irgendein Unheil über ihn herfallen, sobald er seinem Trieb nachgeben und mit dem Auto rechts ranfahren würde, um es neugierig aufzureißen. Johan schüttelte den Kopf über sich selbst. Jetzt zog er sogar schon Übersinnliches in Betracht. Erscheinungen – ob Mensch oder Tier – waren das eine, nämlich möglicherweise Symptome eines psychischen Leidens. Aber Flüche? Die waren schlicht Unsinn.

Fest stand, dass Johan der Bitte des Antiquars definitiv nicht deswegen folgte, weil es der Situation an Dramatik gemangelt hätte, Johan war sowieso der Überzeugung, dass er in seinem Leben genug davon vorweisen konnte. Und der ganze *Loppis*-Besuch und das, was er von dort mitbrachte, taten ihr Übriges, um die Dramatik noch zu steigern.

Trotzdem hielt er sich an die Bitte, und als er gegen Mittag in Hedekas ankam, musste er feststellen, dass ihm sein Hemd feucht am Körper klebte, was nicht ausschließlich der mittlerweile vom stahlblauen Himmel herabstrahlenden Sonne in die Schuhe geschoben werden konnte.

Er düste mit Karacho die unwegsame und schlecht befestigte Auffahrt zu seinem kleinen Hof hinauf. Unterwegs köpfte er einige Löwenzähne, und die Stoßdämpfer seines Saabs federten die Unebenheiten des Untergrunds quietschend und rumpelnd ab. Hinter ihm fügten sich die aufgewirbelten Staubwolken zu einem regelrechten Nebel zusammen und bildeten eine undurchsichtige ockerfarbene Wand. Johan hatte den gesamten Rückweg in einem Affenzahn absolviert. Das erkannte er allerdings erst, als er nach dem Aussteigen aus seinem Auto auf die Armbanduhr sah – er hatte gut zwanzig Minuten weniger als für die Hinfahrt am heutigen Morgen benötigt.

Sofort eilte er ins Antiquariat. Mit fahrigen Fingern nestelte er den Schlüssel aus seiner Tasche, das eingepackte Buch unter dem Arm. Er konnte es kaum erwarten, das Paket nun endlich zu öffnen. Johan hatte sich während der ganzen Rückfahrt darüber Gedanken gemacht, was ihm der kauzige Antiquar wohl mitgegeben hatte. Eine Ausgabe von Goethes »Faust«? Wohl kaum. Denn woher sollte der klein gewachsene Büchermann wissen, dass ihn der fahrende Skolast und der schwarze Pudel heimgesucht hatten? Ein anderes Buch, dessen Figuren Johan … Nein. Auch das nicht. Woher sollte der Antiquar wissen, welche Bücher in Johans Leben eine Rolle spielten? Und zwar im wahrsten Sinne des Wortes.

Johan stieß einen Fluch aus. Vor lauter Aufregung war ihm der Schlüssel vor der Antiquariatstür auf den Boden gefallen. Er hob ihn auf und versuchte erneut, das Schlüsselloch zu treffen. Vielleicht hatte ihm der Antiquar, weil er sich diesen Spaß mit allen erlaubte, die bei ihm vorbeikamen und nicht genau wussten, was sie wollten, den »Ulysses« von James Joyce eingepackt. Vielleicht hatte er vor Jahren einen ganzen Schwung davon günstig aufkaufen können und hielt dieses berühmteste aller unlesbaren Werke der Weltliteratur nun dutzendfach unter der milchigen Plastikplane in unterschiedlichen Verpackungen bereit, um dem gutgläubigen Betrachter eine Produktvielfalt vorzugaukeln, wo gar keine war.

Aber wie er es auch drehte und wendete, Johan kam zu keinem rechten Ergebnis.

Endlich gelang es ihm, die Tür zu öffnen. Er trat ein und schaltete das Licht an. Er ging um den Verkaufstresen herum, legte das Buch ab und suchte in allen Schubladen nach der Schere – irgendwo musste das verflixte Ding doch stecken. Ah, da! Er zog sie unter einem Stoß Briefe hervor, nahm das Päckchen und setzte zum Schnitt an. Dabei musste er feststellen, dass die Paketschnur von bester Qualität war. Er bekam sie nämlich nur durch, indem er sie mit der Schere einem hungrigen Alligator gleich wie die zähe Sehne eines Beutetiers Stück für Stück durchkaute. Auf diese Weise fiel Wicklung um Wicklung auseinander, und die Reste der Schnur landeten als kurze, ausgefranste Stücke auf der Holzplatte des Tresens.

Irgendwann hielt Johan nur noch das in Packpapier eingeschlagene Buch in den Händen. Warum bloß raste sein

Herz? So nervös und aufgeregt fühlte sich wahrscheinlich ein Forscher, der nach Jahren der unaufhörlichen Suche endlich in die Grabkammer eines unbekannten Pharaos vordrang. Johan schob seine Finger in die mit Klebeband fixierte Überlappung der Verpackung und begann behutsam, das braune Papier zu zerreißen.

»Entschuldige, ich hoffe, ich störe nicht.«

Johan schnappte kurz nach Luft und fuhr herum. Das Buch fiel auf den Tresen. »Agnes? Um Himmels willen, mir ist fast das Herz stehen geblieben.«

»Oh, äh … entschuldige«, stammelte sie, »ich wollte dich nicht erschrecken. Gunnar hat mir erzählt, dass du wieder da bist, und ich habe dich telefonisch nicht erreicht, und da dachte ich, ich komme einfach schnell persönlich vorbei, weil ich doch wissen wollte, ob das ›Singoalla‹ morgen aufmacht und ob du mich brauchst, und ob ich noch einen Kuchen backen soll. Also habe ich mich aufs Fahrrad gesetzt und bin sofort hierher …«

Johan ging zu ihr und umarmte sie. »Ist schon gut, Agnes. War wohl einfach etwas viel für mich in letzter Zeit, die Sache in Stockholm und all die Entscheidungen, die ich getroffen habe. Und ich hatte ja nicht mit dir gerechnet«, erklärte er. »Ich danke dir für dein nettes Angebot, was morgen betrifft.«

»Das heißt, wir haben morgen geöffnet?«, fragte Agnes erfreut.

»Was sonst sollte man mit einem Café machen, als sonntags zu öffnen?« Johann lächelte und versuchte sich nicht anmerken zu lassen, dass er immer noch ziemlich aufgeregt und gespannt war.

»Dann backe ich einen Kuchen? Wunderbar. Oder besser gleich zwei?« Agnes fasste sich nachdenklich ans Kinn und blickte gedankenverloren an die Deckenbalken. Sie schien im Geiste bereits sämtliche Rezepte inklusive der jeweils benötigten Zutaten sowie die dazugehörigen Vorbereitungs- und Backzeiten durchzugehen. »Gunnar leiht mir bestimmt sein Auto für den Transport. Er ist ja in der Kirche und predigt. Oder Birgitta fährt mich. Ich habe auch schon eine herrliche Idee für einen neuen Literaturkuchen des Tages. Es wird eine ›Pippilotta-Torte‹. Mit Pfefferminz.« Agnes lachte. »Oder soll ich wieder eine Cyrano-de-Bergerac-Torte mit Mandarinen und Mohn backen? Die hatten wir zwar erst neulich, aber sie kam bestens an, es war kein Stück mehr übrig. Was meinst du?« Agnes schien aus ihrer Rezeptsammlung in die Wirklichkeit zurückgekehrt zu sein und blickte Johan fragend an.

Der sah sich unwillkürlich um, ob einer derjenigen, deren Namen eben gefallen waren – Pippi Langstrumpf oder Cyrano de Bergerac –, eventuell in der Nähe herumstand. Doch niemand war zu sehen, auch kein Äffchen und kein schnaubender Schimmel mit schwarzen Punkten.

»Gern, das ist wirklich nett«, sagte er zu Agnes. »Entscheide du das mit dem Kuchen, okay? Dann sehen wir uns morgen?« Johan schob sie sanft in Richtung Ausgang.

»Gibt es sonst nichts vorzubereiten?«, erkundigte sich Agnes etwas enttäuscht darüber, dass Johan sie offensichtlich hinauskomplimentieren wollte.

»Nein. Zumindest nichts, was wir nicht morgen erledigen könnten. Es tut mir leid, Agnes, aber ich habe noch im Antiquariat zu tun.«

»In Ordnung. *Hej då,* Johan.«

Agnes trat hinaus, nur um kurz darauf ihren Kopf noch einmal durch die Tür zu stecken. »Johan?«

»Ja?«

»Ich hoffe, du bist mir nicht böse, weil ich Gunnar erzählt habe, was Jan von seiner Schwester Annika gehört hat. Ich meine, das mit den … mit den …« Sie druckste etwas herum, bis sie es schließlich aussprach: »Das mit deinen Selbstgesprächen im Supermarkt, meine ich.«

»Ich soll dir böse sein? Nein, Agnes, niemals. Das war doch alles nur ein großes Missverständnis.«

»Geht es dir wieder besser?«

»Viel besser«, sagte Johan und lächelte. »Dann also bis morgen.«

Agnes schloss die Tür, und Johan atmete durch. Er wollte die gute Seele mit Sicherheit nicht vor den Kopf stoßen, aber im Moment konnte er sie partout nicht gebrauchen.

Er eilte zurück hinter die Theke und riss ungeduldig das Papier von dem Buch.

Und erstarrte.

Sein Herz schien stillzustehen, seine Knie waren wie aus Wachs. Fassungslos betrachtete Johan das Buch, das er in seiner Hand hielt, und legte es am ganzen Körper zitternd auf den Tresen. Er versuchte seinen Atem zu beruhigen, dann schlug er die erste Seite auf.

Es war unmöglich.

Es war nicht zu erklären.

Vor ihm lag eine äußerst seltene Erstausgabe der »Singoalla« von 1857, die sich in einem nahezu perfekten Zustand befand – von dem sichelförmigen Riss auf dem lindgrünen Einband abgesehen, der aussah wie ein Lächeln. Ein Zufall war ausgeschlossen, ein Duplikat ebenso, denn das Buch war außerdem von Viktor Rydberg persönlich handsigniert und jemandem gewidmet. Nämlich einem Johan.

Alles drehte sich um ihn. Er fühlte sich wie eingesperrt unter einer Glocke aus dickem Glas, die auf einem Brummkreisel tanzte. Geräusche entfernten sich, Lichter wurden dunkler, dann wieder heller, bekamen einen seltsamen Glanz und unnatürliche Farben. In seinen Ohren klingelte es wie verrückt.

Es musste *das* Buch sein, das, welches Lina ihm damals geschenkt hatte. Aber wie um alles in der Welt war das möglich?

»Wie nur, wie?«, rief Johan. Und immer lauter: »Wie zur Hölle ist das möglich? Skolast, Pudel, Kaninchen, William, Cyrano – wo seid ihr? Egal, wer! Helft mir! Erklärt es mir! Ihr wisst doch immer alles!«

Johan krallte sich mit beiden Händen am Tresen fest, denn er spürte, wie ihm schwarz vor Augen wurde. Er tastete sich an der Holzkante entlang, wollte zur Tür laufen, hinaus an die frische Luft, als es plötzlich heller wurde. Eine schemenhafte, verschwommene Gestalt erschien vor ihm.

»Singoalla!«, rief er zuerst ungläubig, dann freudig. »Singoalla! Du bist es tatsächlich! Kannst du mir sagen, was geschehen ist?«

Johan lief auf die Gestalt zu, doch auf halbem Weg gaben seine Beine nach, und er fiel vornüber auf den Dielenboden, wo er ohnmächtig liegen blieb.

Er fühlte eine angenehme Kühle auf seiner Stirn, und jemand sagte: »Komm, du musst etwas trinken. Kannst du aufstehen?«

Langsam fokussierte sich sein Blick. Langsam kam die Erinnerung zurück. Langsam dämmerte ihm, wo er sich befand. Ächzend setzte er sich auf. Der feuchte Lappen, den ihm Agnes auf die Stirn gelegt haben musste, fiel auf seine Jeans.

»Was ist passiert?«, fragte er.

Agnes kam mit einem Glas Wasser um den Tresen, kniete sich neben Johan und reichte es ihm.

»Ich war schon halb über den Hof gelaufen, als ich plötzlich deine Schreie hörte. Ich dachte zuerst, du würdest dich ernsthaft mit jemandem streiten oder du hättest einen Anfall. Da bin ich sofort zurück und habe die Tür aufgerissen – ich wollte wissen, was vor sich geht. Da kamst du auch schon auf mich zugetorkelt und hast mich ›Singoalla‹ genannt und mich gefragt, was geschehen sei. Richtig Angst gemacht hast du mir, mit deinem wirren Blick und deinen fuchtelnden Armen. Dann bist du umgefallen.«

»Oh«, sagte Johan etwas ermattet. »Stimmt, die Singoalla.« Er trank einen großen Schluck Wasser.

»Ich habe mich nie gefragt, wer das eigentlich ist. Für mich war das einfach nur ein schöner Name für unser Café«, sagte Agnes.

»Singoalla ist eine literarische Figur aus dem gleichnamigen Roman von Viktor Rydberg«, erklärte Johan matt. »Eine Zigeunerin, in die sich ein Adliger des Mittelalters unstandesgemäß verliebt.«

»Das klingt romantisch, aber angelogen hast du mich trotzdem«, sagte Agnes und legte ihre Stirn in Falten.

»Angelogen? Ich? Dich?«, stöhnte Johann und fasste sich an den schmerzenden Schädel.

»Natürlich. Du hast vorhin behauptet, es gehe dir besser und alles sei nur ein Missverständnis gewesen, damals im Supermarkt in Hedekas. Aber das gerade eben war doch wieder so ein Anfall wie bei Annika. Du hast wieder Selbstgespräche geführt, nur dieses Mal noch viel schlimmer als neulich. Und dann verwechselst du mich auch noch mit dieser Singoalla aus dem Roman.« Agnes stand auf und strich sich den knielangen Rock glatt. »Johan, wir alle machen uns große Sorgen um dich. Du musst zum Arzt.«

»Ich muss nicht zum Arzt«, widersprach Johan und fügte zaghaft hinzu: »Glaube ich wenigstens.« Er mühte sich, ebenfalls auf die Beine zu kommen, was ihm nach einiger Anstrengung auch gelang. Dann zeigte er in Richtung Tresen. »Schau, Agnes, ich habe heute dieses Buch, die besagte ›Singoalla‹, in Karlstad auf dem *Loppis* gekauft. Und, was soll ich sagen, es ist genau das Buch, das Lina mir damals geschenkt hat, bevor unser Schiff unterging und sie gestorben ist. Das hat mich buchstäblich umgehauen.«

Agnes machte ein betroffenes Gesicht. »Das habe ich nicht gewusst.«

»Wie solltest du auch?«

»Trotzdem, Johan, auch wenn du glaubst, dass es das gleiche Buch ist wie damals, solltest du nicht gleich vermuten, dir würde die Protagonistin erscheinen, wenn ich zur Tür hereinkomme. Ein Schock ist eine Sache, aber das eben war etwas völlig anderes. Du hast auf mich eher den Eindruck gemacht, als würdest du einen Geist sehen.«

Johan widersprach ihr nicht – dabei war es noch viel

schlimmer, als sie es sich vorstellen konnte: Es war schließlich nicht das gleiche Buch, es war sogar *dasselbe*!

»Ich gebe zu, dass mich dieses Buch und meine Erinnerungen daran wirklich heftig mitgenommen haben. Aber mach dir bitte keine Sorgen. Das wird schon wieder. Der Schreck ist ja nun vorbei. Du kannst getrost nach Hause fahren, und wir sehen uns morgen in alter Frische. Versprochen«, versuchte er Agnes zu beschwichtigen.

Die sah ihn einige Sekunden lang schweigend an. Dabei wurde Johan das Gefühl nicht los, dass sie sich in dieser Angelegenheit bloß für den Moment und um des lieben Friedens willen mit seinen Worten abfand.

»Ist gut, Johan«, sagte sie schließlich. »Wenn du sagst, dass ich dich allein lassen kann, werde ich jetzt gehen, und ich komme erst morgen früh wieder. *Hej då.*«

Mit diesen Worten verließ sie das Antiquariat zum zweiten Mal an diesem Tag, doch diesmal offensichtlich mit schlechterer Laune.

Gleich nach einem frühen Abendbrot begann Johan, das Buch zu lesen. Zum ersten Mal überhaupt. Damals, als Lina es ihm geschenkt hatte, war es gleich verloren gegangen, und danach hatte er all die Jahre nichts mehr davon wissen wollen. Die traurigen Erinnerungen waren einfach übermächtig gewesen. Nun aber durchströmte ihn eine Mischung aus schier unstillbarer Neugier und großem Staunen, gewürzt mit einer Prise Furcht und Sehnsucht. Er verschlang das Buch regelrecht, das eine Geschichte erzählte, die im vierzehnten Jahrhundert spielte und von der verbotenen Liebe eines Ritters namens Erland Måneskӧld zu der titelgebenden Zigeunerin Singoalla handelte. Vielleicht vertiefte sich Johan auch deshalb so sehr darin, um bloß nicht über die durchaus als übernatürlich zu bezeichnende Begebenheit nachdenken zu müssen, durch die *dieses Buch* überhaupt vor ihm auf dem Küchentisch gelandet war. Doch schnell fesselte ihn die herzzerreißende, tragische und romantische Erzählung von einer Liebe, die aufgrund von äußeren Umständen, Standesdünkel und Schicksal niemals hätte sein dürfen.

Irgendwann hatte sich Johan ins Bett gelegt und alle Lichter gelöscht, außer dem kleinen Jugendstil-Leselämpchen mit dem satinierten Glasschirm in Form einer Glockenblume. Verhalten beleuchtete es die Seiten des Buches mit einem warmen Lichtschein.

Es war bereits nach Mitternacht, als sich die Liebe von Erland und Singoalla in einen ebenso leidenschaftlichen Hass verwandelte, der schließlich ein erstes Todesopfer forderte, als Erland seinen mit Singoalla gezeugten Erstgeborenen im Wald versehentlich ermordete. Gegen zwei Uhr in der Nacht beschloss Ritter Erland Måneskôld in seiner Verzweiflung auf den letzten Seiten des Buches, Läuterung und Erkenntnis durch Selbstkasteiung eines tief im Wald gelebten Eremitentums zu suchen, während Singoalla aus Rache den zweiten Sohn des Ritters entführte, den er mit einer anderen Frau gezeugt hatte (die war bereits gegen Mitternacht an der Pest verstorben), um ihn als ihren eigenen aufzuziehen.

Um halb drei Uhr schließlich begegneten sich Vater und Sohn nach vielen Jahren noch einmal im Wald, aber sie erkannten sich tragischerweise nicht. Der Sohn zog nach einem kurzen Gespräch seiner Wege, und zurück blieb der einsame Ritter – ohne Liebe, ohne Frau und ohne Söhne.

Johan schlug das Buch zu. Es war kurz vor drei. Er hielt es mit beiden Händen fest, ließ es auf die Sommerdecke sinken, blickte auf die Holzvertäfelung über ihm und versuchte sich Ordnung in seinem aufgewühlten Inneren zu verschaffen. Die Geschichte von Singoalla und Erland, von ihrer Liebe und ihrem Untergang berührte ihn, aber da waren auch verwirrende Tatsachen aus der wirklichen Welt, die sich mit Viktor Rydbergs Mythen vermischten. Lina hatte ihm dieses Buch vor fast vier Jahren in Umeå gekauft. Sie hatte es ihm an Bord der *Leksand* geschenkt und ihm erzählt, dass sie es von einem mehr als kauzigen Antiquar erstanden habe – *dichtes graues Haar, ein wilder Bart, funkelnde Augen in einem faltigen Gesicht, dazu eine Nase, die so groß war, dass sie beinahe unecht wirkte.*

Johan hatten sich diese Worte aus dem letzten Gespräch mit Lina so sehr ins Gedächtnis eingebrannt, dass er sicher war, sie fehlerfrei zitieren zu können. Es war das Einzige, das ihm geblieben war: die Erinnerung.

Dann hatte der Orkan zugeschlagen und alles verändert. Johan wollte Lina retten, er wollte das Buch retten, doch er war zwei Mal zu spät gekommen. Auch das Buch musste in den eiskalten Fluten der Ostsee versunken sein.

Tatsächlich? Aber er hielt es doch gerade in den Händen. Es war unmöglich.

»Johan? Schläfst du?«

Er schreckte hoch und öffnete müde die Augen – er musste tatsächlich eingenickt sein. Dann sah er sich im Halbdunkel des Raumes um.

»Hier«, sagte dieselbe Frauenstimme. Sie kam vom Ende des Zimmers, von dem Stuhl, über den Johan seine Kleidung gehängt hatte.

»Du?«, fragte Johan erstaunt. Er brauchte keine Sekunde lang zu überlegen, wer ihn da mitten in der Nacht geweckt hatte. »Singoalla?«

»Ganz recht«, sagte die Frau mit einem temperamentvollen Unterton – zumindest meinte Johan, den herauszuhören – und einem südländischen Akzent. Sie stand auf, schritt geschmeidig durch das Zimmer bis zu Johans Bett und setzte sich auf die Bettkante. Ihre Bewegungen waren anmutig und hatten etwas Animalisches, wirkten stolz und unbeugsam, und doch schien sich hinter diesem Eindruck Verletzlichkeit zu verstecken.

»Armer Johan«, sagte sie, »sie fehlt dir so sehr.« Singoallas pechschwarze Haare wirkten, als würde ihr ein dunkler Wasserfall bis hinab auf die Hüften stürzen.

»Ja«, sagte er. »Ich vermisse sie. Immer noch, jeden Tag.« Er machte eine Pause. »Aber was ist geschehen? Sag es mir.«

Singoalla lachte (es klang tatsächlich erotisch). »Oh, mein süßer Johan. Was soll ich dir denn erzählen? Ich weiß doch nicht mehr als du selbst. Ich kann dir nur sagen, was du nicht erkennst, obwohl du es weißt.«

Johan legte das Buch neben sich auf den Nachttisch und richtete sich im Bett auf.

»Wer ist der Antiquar aus Karlstad?«, fragte er.

»Ein Buchhändler«, antwortete die bronzefarbene Schönheit und lächelte.

»Natürlich ist er das«, erwiderte Johan leicht ungehalten. »Aber ist er derselbe, der Lina auch das Buch verkauft hat?«

»Was glaubst du?«, fragte Singoalla.

Johan überlegte kurz, dann sagte er leise: »Ich glaube ja, obwohl es nicht sein kann.«

»Weil es nicht sein darf?«

»Weil es unmöglich ist«, widersprach Johan.

»So wie die wahre Liebe?«

Johan sah sie an. »Es tut mir leid, was mit dir und Erland geschehen ist.«

Wieder lachte Singoalla. »Ich danke für deine Anteilnahme, aber ich bin nur eine Romanfigur, Johan, das weißt du doch hoffentlich. Und nebenbei bemerkt erging es Romeo und Julia noch viel schlechter, würde ich meinen. Wir zwei, Erland und ich, leben immerhin noch am Ende des Buches.« Sie senkte ihre Stimme. »Mir tut es leid, was mit dir und Lina geschehen ist. Ihr verdient wahres Mitgefühl, denn ihr seid keine Romanfiguren. Ihr seid existierende Menschen.«

»Das stimmt, zumindest was mich betrifft«, bemerkte Johan. »Aber du scheinst auch ein Herz zu haben.«

Singoalla erhob sich und straffte die Schultern. »Weil du es erkennst, Johan, nur deshalb. Doch nun zu deinem Dilemma. Da du glaubst, dass der Antiquar aus Karlstad derjenige ist, der Lina dieses Buch verkauft hat, gleichzeitig aber davon überzeugt bist, dass das nicht sein kann, würde ich an deiner Stelle die Anweisungen des Antiquars befolgen, bis du sicher sein kannst, dass sein Fluch nicht am Ende genauso Realität wird wie er selbst und das Buch, das meinen Namen trägt.« Sie beugte sich etwas nach vorn und funkelte Johan aus ihren tiefbraunen Augen geheimnisvoll an. »Und glaube mir, mit Flüchen kenne ich mich aus, in meinen Adern fließt Zigeunerblut, ich stamme von einem fahrenden Volk ab.«

»Allemal besser als ein fahrender Skolast«, murmelte Johan (Singoalla schien es nicht gehört zu haben oder ging nicht darauf ein). »Was soll ich also tun?«, fragte er etwas lauter.

»Gib dir etwas mehr Mühe, Johan«, forderte Singoalla ihn auf. »Du bist doch kein Narr. Verkaufe das Buch, wie dir geheißen wurde. Inseriere in der Zeitung, und sieh, was passiert. Sie taugt nicht nur zum Einwickeln von Räucherfisch. Du hast noch rund einen Monat Zeit. Vielleicht findest du so den richtigen Menschen, von dem du sagen wirst, dass er zu meinem Buch passt und umgekehrt.«

»Aber angenommen, ich hätte ihn gefunden, diesen einen besonderen Menschen, was dann?«

»Verlange die vereinbarten zwei Goldstücke von ihm, zahle die Münzen an *Midsommar* dem Antiquar und warte ab, was geschieht. Irgendetwas wird geschehen. Irgendetwas geschieht immer, das weißt du doch längst. Besonders in den Jahren, in denen die Kraniche spät kommen.« Sie zwinkerte Johan zu, warf sich eine der pechschwarzen Strähnen über die Schulter, und schon im nächsten Augenblick war sie aus dem Schlafzimmer verschwunden und hatte sich in Träumereien aufgelöst.

IV. Teil

1.
Fünf Briefe und zwei Goldmünzen

Am nächsten Morgen stand Agnes wie vereinbart pünktlich um halb neun Uhr vor der Tür. In den Händen hielt sie zwei Körbe, jeweils gefüllt mit einem frisch gebackenen Literaturkuchen. Johan hatte sich im Bad große Mühe gegeben und abwechselnd heiß und kalt geduscht, aber die »alte Frische«, die er Agnes gestern noch vollmundig versprochen hatte, konnte er ihr heute beim besten Willen nicht bieten. Als eine gewisse Frau Singoalla letzte Nacht verschwunden und Johan endlich eingeschlafen war, hatte seine Uhr halb vier angezeigt, und ein erholsamer Schlaf hatte sich aufgrund der Ereignisse und all der Gedanken in seinem Kopf nicht einstellen können.

»*God morgon*«, begrüßte ihn Agnes und trat ein. Sie beäugte ihn mitfühlend. »Alles in Ordnung? Hast du nicht gut geschlafen?«

»Ach, geht so«, sagte Johan. »Ich habe noch etwas gelesen gestern Nacht, da ist es spät geworden.«

»Gelesen?« Agnes' Blick wirkte fast so prüfend wie der von Sherlock Holmes.

»Ja, in einem wirklich fesselnden Buch. Die Zeit ist wie im Flug vergangen.«

Johan nahm ihr einen der beiden Körbe ab, um ihn in die Küche zu bringen.

Agnes folgte ihm.

»In *diesem* Buch?«, fragte sie so streng wie eine sonst gütige Klosterfrau.

Johan stellte den Korb auf den Küchentisch und wandte sich ihr zu.

»Ja, in der ›Singoalla‹. Aber mach dir bitte keine Sorgen, niemand muss sich Sorgen machen. Mir geht es gut, okay? Außerdem habe ich Viktor Rydbergs Roman ja nun zu Ende gelesen und werde es so schnell nicht noch einmal tun. Ich habe sowieso vor, das Buch weiterzuverkaufen.«

»Ach?«, sagte Agnes und stellte den zweiten Korb neben den anderen, um aus beiden behutsam die frisch gebackenen Literaturkuchen herauszuheben. Dann holte sie noch etwas aus einem der Körbe. Es war in eine Zeitung eingeschlagen. »Hier, Johan, mit einem schönen Gruß von Gunnar. Den Lachs hat er heute in aller Herrgottsfrühe frisch gefangen und für dich filetiert. Noch vor dem Gottesdienst.«

Johan nahm Agnes den Fisch ab und legte ihn in den Kühlschrank. »Richte Gunnar bitte meinen Dank aus, ja?«

Agnes nickte. Dann sagte sie: »Um noch einmal auf das Buch zurückzukommen. Du hast das gleiche damals auf dem Schiff von Lina bekommen, stimmt's?«

Johan nickte.

»Und trotzdem willst du es verkaufen?«

»Ja, ich will es einfach nicht mehr haben, denn alles hat seine Zeit, nicht wahr?«

Er vermied es, Agnes die Wahrheit über dieses Buch zu erzählen und warum er es wieder veräußern *musste*. Die

Geschichte vom kauzigen Antiquar und seinem merkwürdigen Geschäft hätte sie ihm sicher niemals geglaubt und sich eher noch mehr Sorgen gemacht, als sie es ohnehin schon zu tun pflegte. Daher schloss Johan: »Jedenfalls liegt es bereits im Antiquariat und wartet dort auf einen Käufer.«

Agnes' Miene erhellte sich. »Das ist ein guter Gedanke und aus meiner Sicht die einzig richtige Entscheidung, das Buch für immer loszuwerden und aus deinem Leben zu entfernen. Je eher, desto besser. Es wird dir guttun, endlich alles Alte hinter dir zu lassen. Das ist übrigens auch Gunnars Meinung. Ach, du meine Güte, jetzt hätte ich das Wichtigste fast vergessen.«

»Was denn?«

»Gunnar und Birgitta laden dich ganz herzlich zu Mittsommer ein. Ich soll dich fragen, ob du kommst, damit er weiß, wie viele *Räkor* er für den Samstagmorgen besorgen muss.«

Johan überlegte kurz. Flusskrebse? Das klang gut. Und es war die einzige Einladung, die er zu *Midsommar* bekommen hatte. Die Alternative wäre, das Fest allein zu verbringen. »Sag Gunnar und Birgitta, dass ich gern komme.«

»Das wird sie genauso freuen wie mich«, erwiderte Agnes zufrieden. »Wollen wir jetzt loslegen?«

Johan war einverstanden, und so machten sie sich an die Vorbereitungen für die heutige Öffnung des Cafés. Das schöne Wetter versprach viele Besucher.

Und tatsächlich war an diesem Sonntag einiges los im »Singoalla«. Die rund dreißig Gäste, die sich einfanden, besuchten bei den milden sommerlichen Temperaturen das Café und auch das Antiquariat, um in Johans Beständen zu stöbern. Er verkaufte viel, zeitweise herrschte sogar ein leichtes Gedränge in der Bücherscheune.

Insgesamt verlief die Arbeit an diesem Sonntag jedoch überwiegend gemächlich und stressfrei. Die einzig erwähnenswerte Störung dieser Ruhe stellten vier ältere Damen dar, die gegen vierzehn Uhr eintrafen und ihr Geschnatter nur dann vorübergehend einstellten, wenn sich eine ausreichende Menge von Agnes' »Pippilotta-Torte« mit Schlagsahne oder ein Schluck entkoffeinierter Kaffee in ihren Mündern befand. Das war aber nicht besonders schlimm, denn jede von ihnen aß mindestens zwei Stück Kuchen, und sie gaben Agnes am Ende obendrein noch ein ordentliches Trinkgeld.

Am Abend, nachdem Café und Küche aufgeräumt und die Kasse abgerechnet worden war, verabschiedete sich Agnes mit ihren beiden leeren Körben und fuhr mit dem Auto ihres Bruders zurück nach Hedekas. Johan sah der sich auflösenden Staubwolke hinter ihr nach, dann begab er sich in die Küche, dünstete Gunnars fangfrischen Lachs in einer Dillrahmsoße, kochte sich dazu Kartoffeln und trank ein Bier. Er hatte sich Block und Kugelschreiber bereitgelegt, und während er kaute und das unfassbar zarte Filet mit in der sämigen Soße zerdrückten Kartoffeln genoss, dachte er daran, wie froh er doch war, sowohl Magnus' Angebot, wieder in den Verlag einzusteigen, als auch Patricias Avancen abgelehnt zu haben. Dann sinnierte er über einen ansprechenden Anzeigentext für das Buch, das er bei Herrn Dvalinsson erstanden hatte.

Obwohl er sich schon allein von Berufs wegen durchaus

gewählt und zielführend ausdrücken konnte, musste Johan feststellen, dass das gar nicht so einfach war. Er tat sich tatsächlich sogar schwer damit, sollte dieser Text doch voll ins Schwarze treffen.

Denn einerseits musste das Inserat natürlich Aufmerksamkeit wecken, andererseits jedoch ausschließlich die eines Personenkreises, in dem sich ein Käufer befand, der das Buch *wirklich verdiente* – was auch immer der Antiquar und Frau Singoalla damit gemeint haben könnten.

Johan grübelte und grübelte, schrieb, strich durch, verbesserte, riss Blätter aus dem Block und knüllte sie zu kleinen Kügelchen zusammen, die er in hohem Bogen in den Weidenkorb mit dem Kleinholz für den alten Küchenofen warf. Dann endlich, ein weiteres Bier später, war er überzeugt, dass zumindest er selbst es nicht besser formulieren konnte:

> Liebhaber antiquarischer Schätze aufgepasst!
> »SINGOALLA« von VIKTOR RYDBERG, seltene
> handsignierte Erstausgabe, ca. 18 x 25 cm,
> sehr guter Zustand, kleine, unverwechselbare
> Beschädigung auf der Vorderseite des Einbands.
> Nur an die richtigen Hände abzugeben.
> Festpreis zwei Goldstücke. Antiquariat
> Andersson, Hedekas, Telefon 0524/6205.

Früh am nächsten Morgen tippte er diesen Anzeigentext fünf Mal mit seiner Schreibmaschine ab und steckte die Zettel, jeweils zusammen mit einem handschriftlichen Anschreiben, in frankierte Umschläge, die er an die Anzeigenabteilungen der Regionalausgaben vom *Bohusläningen*, dem

Värmlands Folkblad, der *Smålands-Tidning* sowie der in ganz Schweden erscheinenden Zeitungen *Dagens Nyheter* und *Aftonbladet* adressierte. Johan wusste natürlich, dass es noch viel mehr regionale Zeitungen in Schweden gab, er hoffte jedoch, dass diese Auswahl genügen würde. Abgesehen davon, dass die ganze Aktion ohnehin schon ein kleines Vermögen kostete, hatte Frau Singoalla ihm diesbezüglich keinerlei explizite Vorgaben gemacht, und Herrn Dvalinsson schien es ohnehin ziemlich gleich gewesen zu sein.

Ebenfalls aus Kostengründen hätte er sich eigentlich viel kürzer fassen müssen – jede Zeile kostete, je nach Zeitung, immerhin zwischen 25 und 75 Kronen –, aber er wollte, dass auch Menschen, denen die antiquarische Terminologie nicht geläufig war, den Text sofort verstanden. Denn nicht jeder Leser würde beispielsweise in »hndsig. EA, gr. 8°« die »handsignierte Erstausgabe mit 22,5 bis 25 cm Rückenhöhe« erkennen. Schließlich könnte der Mensch, der das Buch wirklich verdiente, jemand sein, der noch nie ein altes Buch besessen hatte. Vielleicht hätte er es auch verstanden, war aber stark kurzsichtig, und sein Ehepartner musste ihm die Anzeige am Frühstückstisch vorlesen. Wer konnte das schon ausschließen? Wenn Johan an den Antiquar Dvalinsson aus Karlstad zurückdachte, hielt er mittlerweile nicht mehr allzu viel für unmöglich.

Darüber hinaus hatte er sich gegen eine Chiffre-Anzeige entschieden, auch wenn er dieses Verfahren prinzipiell für sinnvoll hielt. Johan hatte nämlich nicht vergessen, was sich ereignete, als er vor einigen Jahren hierhergezogen war und den Vorgänger seines jetzigen Autos per Inserat angeboten hatte, um sich der letzten Erinnerungen an sein altes Leben in Stockholm möglichst rasch zu entledigen. Dadurch war er mit einer Menge von Leuten in Kontakt gekommen, die mit schwer verständlichem Dialekt, gewagten Frisuren und teilweise reinigungs- und reparaturbedürftiger Bekleidung offenbar aus den Untiefen der schwedischen Wälder aufgetaucht waren und auf deren Bekanntschaft er im Nachhinein gern verzichtet hätte.

Bei Verwendung einer Chiffre hingegen war der Verkäufer geschützt, weil seine Daten nicht veröffentlicht wurden. So konnte er die Interessenten, die sich über die Zeitung meldeten, selbst auswählen und bei Bedarf kontaktieren. Der Nachteil war, dass diese Methode Zeit kostete, Zeit, von der Johan bis Mittsommer nicht mehr viel zur Verfügung stand. Kommende Woche würde die Anzeige zum ersten Mal erscheinen und dann noch drei Mal im Juni, jeweils in den auflagenstarken Wochendausgaben. Das musste genügen.

Johan trank seinen Kaffee aus, schnappte sich die Briefumschläge, stieg ins Auto und machte sich auf den Weg nach Uddevalla. Nicht, dass es in Hedekas keine Briefkästen oder keine Poststation gegeben hätte. Doch zum einen befand sich Letztere im Supermarkt bei Annika, auf deren prüfende Blicke er aufgrund der jüngsten Ereignisse im Gang bei den Schokokeksen keine Lust hatte, und zum anderen hatte er noch ein Tauschgeschäft zu erledigen.

Eine gute Stunde später trat er aus der Filiale seiner Hausbank in Uddevalla wieder hinaus in die Fußgängerzone, wo ein reges sommerlich-touristisches Treiben herrschte. Johan fühlte mit der Hand in der Tasche die beiden Münzen, die er eben erworben hatte. Zwei Zehn-Kronen-Goldstücke für fünftausend Kronen waren kein Pappenstiel, aber Johan wollte vorbereitet sein – für den unwahrscheinlichen Fall, dass sich trotz seines Inserates doch kein geeigneter Käufer für seine »Singoalla« finden sollte. Die Briefe an die Anzeigenabteilungen der fünf Zeitungen hatte er zuvor schon am Schalter der Post abgegeben. Nun hieß es warten. Er war gespannt, wer sich melden würde.

2.
Eher eine Art Gefühlssache

Johan musste nicht lange warten. Bald nach Erscheinen der ersten Anzeigen meldete sich als allererster Interessent ein Auktionator aus Stockholm telefonisch bei ihm und versprach ihm weit mehr Lohn als nur »läppische zwei Goldmünzen«, wie er sich ausdrückte. Johan hatte seine liebe Mühe, ihm klarzumachen, dass es ihm nicht um das Geld oder um Gold ging, sondern allein darum, dass das Buch in die *richtigen* Hände kam. So etwas hatte der Auktionator bestimmt schon öfter gehört, aber er verstand es offenbar trotzdem nicht, denn er insistierte weiter.

»Ich denke, da sind bestimmt zwanzig- oder dreißigtausend Kronen für Sie drin. Netto, versteht sich, also ohne Gebühren und Steuern«, sagte er lockend.

Johan wurde das Gefühl nicht los, dass sein Gesprächspartner am anderen Ende der Leitung davon überzeugt war, er spreche mit einem komplett bescheuerten Landei, das nur zum Essen von seinem Baum herabstieg und daher keine Ahnung davon hatte, was er ihm da anbot oder wie man ganz allgemein und überhaupt ein Geschäft abwickelte.

»Oh, davon bin ich felsenfest überzeugt«, sagte Johan. »Ich weiß selbst, dass diese Ausgabe sehr, sehr selten ist und dazu noch handsigniert. Ein echter Sammler würde vielleicht sogar hunderttausend Kronen oder mehr dafür zahlen.«

»Na, sehen Sie!«, freute sich der Auktionator zu früh.

»Aber wie ich bereits sagte, steht der Preis fest: Nicht mehr und nicht weniger als zwei Goldstücke. Ich bin da sozusagen vertraglich gebunden.«

»Das ist ja total verrückt«, stöhnte der Mann resigniert ins Telefon.

»Tja, wem sagen Sie das«, pflichtete ihm Johan bei.

»Gut, dann komme ich eben zu Ihnen und zahle die zwei Goldstücke, einverstanden?«, lenkte der Auktionator schließlich ein. »Wenn ich mich jetzt ins Auto setze, kann ich noch heute Abend bei Ihnen sein.«

»Das geht leider nicht«, sagte Johan.

»Aber warum denn nicht, in Herrgotts Namen? Sie haben doch eben gesagt, dass Sie zwei Goldstücke …«

»Ja, das stimmt, aber wie ich in der Anzeige schon geschrieben habe, darf ich das Buch nur an denjenigen verkaufen, bei dem es in den richtigen Händen ist und der es auch wirklich verdient.«

»Verdienen, verdienen! Wie verdient man denn schon ein Buch?«, ereiferte sich der Auktionator. »Und überhaupt, was ist denn falsch an mir? Warum verdiene ich es nicht? Wollen Sie mich etwa beleidigen?«

»Nein, das liegt mir völlig fern«, versuchte ihn Johan zu beschwichtigen. »Auch wenn ich es nicht wirklich beurteilen kann. Ich verfüge weder über objektive Kriterien noch über irgendeine Expertise. Das dürfte wohl eher eine Art Gefühlssache sein. Fakt ist, ich glaube, Sie verdienen es nicht.«

»Wissen Sie, was *ich* glaube?«, sagte der Mann aufbrausend. »Ich glaube, Sie sind einfach ein Wichtigtuer und ein Idiot!«

Damit beendete der Auktionator wutentbrannt das Telefonat.

Es sollte nicht das einzige dieser Art bleiben.

Noch am selben Tag riefen nämlich ein Unternehmer aus Uppsala, ein Antiquar aus Göteborg und ein Literaturprofessor aus Stockholm an. Ihnen allen erklärte Johan die Sachlage, er nannte ihnen allen seinen unumstößlichen Festpreis und erteilte ihnen eine Absage. Jeder der Anrufer hielt ihn gleichermaßen für dumm, verrückt oder borniert. Keiner der Interessenten konnte sich damit abfinden, etwas nicht kaufen zu können, obwohl er mehr bot als den geforderten Preis und obwohl kein anderer Interessent im Rennen war, der aus finanziellen oder anderen Gründen den Zuschlag erhielt. Sie verstanden es nicht, und sie akzeptierten es nicht.

Doch das war Johan egal. Denn derjenige, der das Buch verdiente, war nicht unter ihnen gewesen. Er hatte nämlich während der Telefonate nicht nur seinen Gesprächspartnern am anderen Ende der Leitung zu-, sondern auch in sich selbst hineingehört. Und dort hatte sich zu keiner Zeit etwas geregt, was er als Zeichen hätte deuten können.

So ging es nun Tag für Tag und Woche für Woche. Zwar nahm die Anzahl der Anrufe zur Wochenmitte hin regelmäßig ein wenig ab, aber sobald eine neue Ausgabe der Zeitungen erschien, erhöhte sich die Frequenz der Interessenten wieder.

Als jedoch die Monatsmitte überschritten war, meldeten sich kaum noch Anrufer bei Johan. Vielleicht hatte jeder

Schwede, der für ein solches Werk infrage kam, bereits bei Johan angerufen, oder es hatte sich in den entsprechenden Kreisen herumgesprochen, dass der Antiquar aus Hedekas eine Schraube locker hatte und dass sein angeblicher literarischer Schatz – wie im Inserat großspurig angekündigt – gar nicht existierte. Vielleicht waren die Menschen aber auch einfach nur durch die Vorbereitungen für das Fest zur Sommersonnenwende und die damit einhergehende Urlaubszeit abgelenkt. Jedenfalls blieb drei Tage vor Mittsommer das Telefon bei Johan absolut still.

Niemand meldete sich mehr bei ihm.

Johan hatte bei seinem Einzug einen Apparat im Wohnhaus und einen im Antiquariat installieren lassen. Er konnte beide als Haustelefon nutzen und sogar Anrufer von einem Telefon zum anderen durchstellen, was technisch supermodern für Hedekas war und wirklich praktisch sein konnte, auch wenn er diese Möglichkeit erst wenige Male genutzt hatte. Doch auch die Überprüfung der Leitung und der Telefone selbst ergab, dass beides völlig in Ordnung war. Es schien sich wirklich niemand mehr für die »Singoalla« zu interessieren.

So stand Johan also am Donnerstag vor *Midsommar* ratlos im Antiquariat, nachdem das Café längst geschlossen hatte. Es war ein ruhiger Tag gewesen, nur drei Pärchen, die einen Seespaziergang unternommen hatten, waren vorbeigekommen, um etwas zu trinken.

Die Tür zum Hof stand auf, die Sonne schien gleißend hell vom Himmel und warf ihre Strahlen in die umgebaute Scheune und auf die Regale und Bücherstapel, die Johan mit verschränkten Armen betrachtete. Hatte er tatsächlich erwartet, dass sich jemand melden würde? Oder lag es an seinem Anzeigentext, der den Richtigen einfach nicht zu ihm geführt hatte? Und ganz langsam kam ihm ein Verdacht: Hatte er vielleicht ganz tief in seinem verborgenen Innersten unwillkürlich eine winzige, beinahe unfühlbare Idee über viele Monate und Jahre genährt, bis sie zart und leise zur Hoffnung gekeimt war, nämlich dass es dem Schicksal genauso leicht möglich wäre, eine ertrunkene Lina ins Leben zurückzuholen, wie es ihm gelungen war, ein versunkenes Buch wieder auftauchen zu lassen?

»Hast du das wirklich gehofft? Die Leute, die dich wegen der ›Singoalla‹ angerufen haben, hatten allesamt recht. Du bist wirklich ein Narr, Johan Andersson!«

Johan blickte zum Dielenboden.

Dort saß plötzlich und wie aus dem Nichts der schwarze Pudel und rügte ihn: »Ich habe dich gewarnt.«

»Das stimmt«, gab Johan zu. »Aber was soll ich jetzt tun?«

Der Pudel erhob sich, schüttelte sich und legte den Kopf schräg. »Tja, jetzt ist guter Rat teuer, nicht wahr? Nach Stockholm kannst du nicht zurückkehren. Ich glaube, dass du weder Patricia mit dem Aerobic-Hintern noch Magnus, deinem dir ehemals wohlgesonnenen Geschäftspartner, unter die Augen treten kannst.« Der Hund drehte sich einmal um sich selbst, dann setzte er sich, schaute Johan wieder an und zwinkerte ihm verschwörerisch zu. »Zumindest nicht ohne perfekte Vorbereitung und eine ganze Menge absolut glaubhafter Entschuldigungen und Erklärungen.«

Draußen fuhr ein Auto auf den Parkplatz.

»Es kommt jemand«, wunderte sich Johan.

»Was kümmert's mich?«, fragte der schwarze Pudel.

Johan trat aus dem Antiquariat in den Hof.

Ein Mann, etwa in seinem Alter, schlenderte über den Kies auf ihn zu. »*Hej!*«, rief der Mann.

Johan grüßte zurück. »*Hej.* Das Café ist leider schon geschlossen.«

»Oh, das ist halb so schlimm. Deswegen bin ich nicht hier. Ich komme wegen des Buches. Wegen der Anzeige im *Aftonbladet*. Ich bin hier doch richtig beim Antiquariat von Johan Andersson?«

Der Mann streckte Johan die Hand entgegen. Sein Händedruck war fest und angenehm. Und das erste Mal seit langer Zeit verspürte Johan so etwas wie tiefes Vertrauen, beinahe so tief wie bei Agnes und ihrem Bruder, dem Pfarrer Bertilsson.

»Ja, da sind Sie richtig«, antwortete Johan. Dann stutzte er. »Sagen Sie, kennen wir uns?«

Der Mann schürzte die Lippen und betrachtete Johan einen Augenblick lang mit nachdenklicher Miene. Dann schüttelte er den Kopf. »Ich glaube nicht.« Er lachte freundlich. »Aber ich freue mich sehr, Sie kennenzulernen. Ich heiße Lindholm, Bengt Lindholm.«

Auch Johan stellte sich vor. Und in diesem Augenblick … Verflucht und verdammt, was dachten sich bloß das Schicksal, die zu spät gekommenen Kraniche, sein eigener schwacher Geist oder wer auch immer dabei, ihn das glauben zu lassen? In diesem Augenblick war Johan fest davon überzeugt, nein, er *wusste*, dass dieser und kein anderer Mensch es war, der das Buch verdient hatte.

»Sie kommen wegen der ›Singoalla‹, sagten Sie?«

»Ganz recht«, gab Bengt Lindholm zurück. »In der Anzeige im *Aftonbladet* stand, dass Sie das Buch für zwei Goldstücke verkaufen wollten, vorausgesetzt es käme in die richtigen Hände.«

»So in etwa«, sagte Johan.

»Die genannte Summe und Währung kamen mir etwas seltsam vor«, sagte der Mann.

»Oh, das sind sie auch, keine Frage. Aber ich bin, was das angeht, sozusagen vertraglich gebunden.«

»Das soll mir recht sein. Allerdings schrieben Sie nicht, welche Art von Goldstücken. Es gibt da ja himmelweite Unterschiede, habe ich mir sagen lassen. Gewicht, Alter, Wert und so weiter.«

»Das ist egal«, sagte Johan. »Hauptsache, zwei Goldstücke, vornehmlich schwedische.«

»Das ist noch seltsamer.« Herr Lindholm trat einen Schritt zurück und streckte seine Arme vor. »Bleibt nur noch die letzte Anforderung: die richtigen Hände. Besitze ich sie?« Er schmunzelte.

»Auf jeden Fall«, sagte Johan und nickte. »Das habe ich gleich gemerkt.«

Lindholm ließ die Arme sinken. »Das freut mich sehr. Ich muss zugeben, dass ich ziemlich aufgeregt bin. Es war reiner Zufall, dass ich Ihre Anzeige gelesen habe.«

»Meiner jüngsten Erfahrung nach ist das mit dem Zufall so eine Sache. Ich traue ihm nicht mehr über den Weg.«

Bengt Lindholm betrachtete Johan einen Moment lang schweigend. Schließlich sagte er: »Sie sind ein bemerkenswerter Mann, Herr Andersson.«

»Danke. Diese Einschätzung beruht auf Gegenseitigkeit.

Dann will ich Ihnen jetzt endlich zeigen, wofür Sie hierhergekommen sind.«

Zusammen betraten sie das Antiquariat. Die Sonne schien immer noch herein, und ihr strahlendes Licht und der Geruch der alten Bücher füllten den hohen Raum mit Wärme und einer ganz besonderen Atmosphäre.

»Herrlich!«, staunte Bengt Lindholm.

»Einen kleinen Moment noch«, sagte Johan, »ich hole das Buch.« Er eilte durch den Verkaufsraum nach hinten, wo es trotz Sonne und Lampen nie ganz hell wurde. Kurz darauf kam er mit seiner Schatzkiste zurück und schob sie vor Bengt Lindholms Füße.

Der zog einen dunkelblauen Samtbeutel aus der Hosentasche, der mit einer Schnur verschlossen war, und öffnete ihn. Dann griff er hinein und holte zwei unterschiedlich große Münzen daraus hervor, die er Johan auf den Tresen legte.

»Einmal zehn und einmal zwanzig Kronen in Gold, wenn es recht ist«, sagte er. »Die Münzen stammen noch von meinem Vater.«

Johan nickte. »Das passt. Nun will ich Ihnen Ihre wunderbare ›Singoalla‹ aushändigen. Sie werden beeindruckt sein. Selbst der kleine Riss auf dem Einband ist etwas Besonderes.«

»Weshalb?«, fragte Bengt Lindholm.

»Er hat die Form eines Lächelns«, erklärte Johan, und ihm wurde kurz etwas traurig zumute, als er daran dachte.

Rasch machte er sich daran, die Kiste zu öffnen. Ächzend und quietschend hob sich der Deckel.

Als Johan hineinsah, wurde er bleich vor Schreck.

Bengt Lindholm fragte: »Alles in Ordnung, Herr Andersson?«

Johan ging in die Knie und holte nach und nach so vorsichtig, wie es ihm seine vor Anspannung zitternden Hände erlaubten, alle Bücher aus der Truhe und stapelte sie neben sich auf dem Boden. Dann blickte er Bengt Lindholm verzweifelt und vollkommen ratlos an.

»Das Buch ist nicht mehr da.«

Zusammen mit Bengt Lindholm durchsuchte Johan große Teile des Antiquariats, obwohl er es besser wusste – er hatte die »Singoalla« definitiv in seine Schatzkiste gelegt. Aber das Buch blieb unauffindbar. Ob Johan sich vorstellen könne, dass jemand es aus der Truhe geklaut habe, hatte Bengt Lindholm ihn gefragt.

Vorstellbar sei alles, und man müsse das wohl annehmen, hatte Johan geantwortet. Bengt Lindholm hatte beipflichtend genickt und gemeint, dass es eine andere Erklärung wohl nicht gebe. Schließlich könne sich ein Buch ja kaum in Luft auflösen.

Dazu hatte Johan nichts gesagt, denn in diesem Punkt war er sich nicht so sicher gewesen. In den vergangenen Jahren hatte sich viel in seinem Leben gezeigt und wieder in Luft aufgelöst – warum nicht auch ein Buch?

Bengt Lindholm hatte nicht unbedingt einen zufriedenen Eindruck gemacht. Aber er war Johan nicht böse gewesen. Wenigstens hatte er nicht wie viele andere Interessenten daran gezweifelt, dass Johan das Buch überhaupt jemals besessen hatte. Er hatte seine beiden Goldmünzen wieder eingesteckt, Johan seine Telefonnummer dagelassen, für den Fall, dass die »Singoalla« doch wieder auftauchen sollte, denn er sei weiterhin sehr an ihr interessiert. Dann war er wieder weggefahren.

Am Abend des nächsten Tages saß Johan auf der Holztreppe vor seinem Haus, trank einen Kaffee, in den er von Zeit zu Zeit einen Butterkeks eintauchte, und las im »Steppenwolf« von Hermann Hesse, um sich ein wenig von seiner stundenlangen erfolglosen Suche nach der Singoalla abzulenken, die ihn immer noch sehr aufwühlte. Das Antiquariat und das Café hatten heute am *Midsommarafton*, dem Freitag vor Mittsommer, ohnehin geschlossen.

Da klopfte jemand an das Hoftor. Verwundert stellte Johan seine Tasse auf die Treppe, legte das Buch aufgeschlagen daneben und ging nachsehen, wer um diese Uhrzeit noch etwas von ihm wollte. Er dachte an Touristen, die sich verlaufen hatten und einen Schluck Wasser brauchten. Doch als er das Tor öffnete, traf ihn fast der Schlag.

Herrn Dvalinsson hatte er total verdrängt.

»*Hej*, Herr Andersson«, begrüßte ihn der alte Antiquar, als hätten sie eine Verabredung und als wäre es ganz normal, dass er hier und jetzt vor Johan stand.

Die Kleidung des kleinen hageren Mannes war staubig und wirkte noch mehr wie aus der Zeit gefallen als damals auf dem *Loppis* in Karlstad. Er hatte seine Kapuze zurückgeschlagen, und seine Augen glühten in der noch immer heißen Abendsonne, die so hoch stand, dass man hätte meinen können, es sei gerade einmal die Mittagszeit vorbei. Sein grauer Bart wallte herab, sanft bewegt vom Wind, der vom Lersjön herüberkam. Über der Schulter trug er ein Bündel an einem Wanderstock, den er nun absetzte und neben sich an das Tor lehnte.

»Ich komme wegen des Buches«, sagte Herr Dvalinsson.

Johan schluckte.

»Jaja, das Buch«, sagte er und merkte, wie dämlich es sich anhören musste.

»Konnten Sie es verkaufen?«

»Nein.«

»Der, der es verdient hat, ist nicht gekommen?«

»Doch. Er war heute da. Zumindest war ich davon überzeugt, dass er es war«, erwiderte Johan.

Herr Dvalinsson betrachtete Johan prüfend.

»Aber warum haben Sie es ihm dann nicht verkauft? Morgen ist *Midsommar*, und Sie wissen, dass ich das Buch und das Gold heute mitnehmen muss, wenn Sie es nicht losgeworden sind. So war es ausgemacht.«

»Es ist weg«, sagte Johan.

»Das Buch ist weg?«

»Ja«, antwortete Johan zerknirscht.

»Was soll das heißen, *weg*? Wo ist es denn, und wie konnte das passieren?« Das Gesicht des Antiquars wurde sehr ernst. Seine Augen verengten sich bedrohlich zu Schlitzen.

»Ich befürchte, man hat es mir gestohlen«, gestand Johan. »Ich habe es erst heute bemerkt, als ich es dem Käufer geben wollte. In meinem Antiquariat war in den letzten Wochen ein Kommen und Gehen, und viele Leute hätten die Gelegenheit dazu gehabt, es zu entwenden. Ich hätte es im Haus lassen und nicht in meine Truhe stecken sollen. Ich bin untröstlich.«

Herrn Dvalinssons Züge entspannten sich zu Johans Überraschung.

»Gestohlen, sagen Sie? Hm, das ist ungewöhnlich, aber das lasse ich gelten«, sagte er. »Ich glaube Ihnen.«

»Aber wie kann ich die ›Singoalla‹ denn nun wiederfinden?«, fragte Johan.

»Herr Andersson, ich handle mit Büchern und arbeite weder bei der Polizei, noch bin ich als Wahrsager tätig. Ich weiß es nicht, aber ich kann Ihnen versichern, dass alles seinen Weg geht. So war es schon immer. Vielleicht war die Person, die Sie heute aufgesucht hat, doch nicht die richtige. Vielleicht hat ja die richtige Person das Buch gestohlen. Vielleicht kehrt das Buch irgendwann von ganz allein zu Ihnen zurück. Wer weiß das schon? Sie sollten wissen, dass sich meiner Erfahrung nach manche Bücher ihre Besitzer aussuchen und nicht umgekehrt. Literatur grenzt bisweilen an Magie.«

Dvalinsson fuchtelte theatralisch mit den Armen in der Luft herum wie ein Zauberer, der eine Beschwörung durchführt. Dann streckte er Johan die geöffnete Hand entgegen.

»Das entbindet Sie allerdings nicht von der Verpflichtung, mir die vereinbarten zwei Goldstücke zu zahlen.«

Johan nickte. »Natürlich.«

Verwirrt über diesen eigenartigen Gesprächsverlauf eilte er ins Haus und kehrte kurz darauf mit den beiden Zehn-Kronen-Münzen zurück, die er bei seiner Hausbank in Uddevalla erstanden hatte. Er legte sie Herrn Dvalinsson in die noch immer geöffnete Hand.

Herr Dvalinsson besah sich die Goldstücke, nahm sie nacheinander zwischen die Zähne und prüfte ihre Echtheit, dann steckte er sie in die ausgebeulten Taschen seiner groben Leinenhose.

»Schwedische Münzen. Das ist gut. Herr Andersson, ich würde sagen, wir sind quitt.« Er blickte Johan einen Moment lang prüfend an. »Na, nun machen Sie nicht so ein betrübtes Gesicht, junger Freund. Alles geht irgendwie weiter, wenn es dem Schicksal gefällt.« Mit diesen Worten ergriff Herr Dvalinsson seinen ans Hoftor gelehnten Wanderstock mit dem Bündel und schulterte ihn. »Hätten Sie bitte noch ein Schlückchen Wasser für mich, bevor ich gehe? Ich bin nicht mehr der Jüngste, und mein Weg ist noch weit und staubig.«

Als Johan mit einem Glas Wasser zu dem Tor zurückkehrte, war Herr Dvalinsson nicht mehr dort. Johan sah in die tiefgrüne Landschaft hinaus. Aber der Antiquar war genauso spurlos verschwunden wie die »Singoalla«. Johan fiel ein, dass er ihn überhaupt nicht gefragt hatte, wie er hergekommen war. Besaß dieser verschrobene Kerl mit dem grauen Rauschebart etwa ein Auto? Eines, mit dem er auch seine Bücher und seinen Marktstand transportierte, wenn er übers Land fuhr, von *Loppis* zu *Loppis* – vielleicht einen alten Pritschenwagen mit Holzgestänge und flatternder Stoffplane? Hatte er ihn unten an der Straße abgestellt? Er war doch nicht hierher gelaufen? Und woher kam er eigentlich, wohin ging er, wo wohnte er?

Johan war es warm, und er schwitzte. Er trank das Wasser, das ursprünglich für Herrn Dvalinsson bestimmt gewesen war, schließlich selbst. Dann schloss er das Hoftor und ging nachdenklich zur Veranda seines Hauses zurück. Diese ganze Geschichte rund um das Buch und den mehr als nur eigenartigen Buchhändler ergab für ihn absolut keinen Sinn.

Zurück blieb nur Ratlosigkeit, unter die sich Enttäuschung mischte.

3.
Die Elster

Solange Johan denken konnte, wurden in Schweden Wetten darüber abgeschlossen, ob es am Mittsommertag regnen würde oder nicht, und die, die auf stahlblauen Himmel mit leuchtend weißen Wattewolken setzten, verloren meistens.

Der Himmel war grau, als Johan am nächsten Morgen aus dem Fenster in Richtung Lersjön blickte, während er in der Küche seinen Kaffee trank. Leichter Nieselregen benetzte die Landschaft, ein sanfter Wind blies von Osten herüber.

Er saß am Küchentisch und las wieder im »Steppenwolf«, doch er konnte sich nicht besonders gut auf den Text konzentrieren. Des Öfteren musste er einen Satz, den er eben erst gelesen hatte, noch einmal von vorn beginnen, weil ihm sein Sinn gleich nach dem Satzende schon wieder entfallen war. Die verschwundene »Singoalla«, Lina, der seltsame Antiquar mit seinem Bündel und der großen Nase, all das ging ihm durch den Kopf, und er konnte die Gedanken nicht vertreiben.

So zog sich das Lesen der restlichen Seiten des »Steppenwolf« bis zum frühen Nachmittag hin. Erst dann ging Johan duschen und machte sich auf den Weg zum Mittsommeressen bei Gunnar und Birgitta.

Die Feierlichkeiten dauerten lange, bis weit nach ein Uhr in der Nacht, und Johan hatte nicht nur zu viel gegessen, sondern auch das eine oder andere alkoholische Getränk mit Gunnar genossen. Birgitta und Agnes hatten mächtig aufgetischt, nachdem sie alle zusammen vom Aufstellen des Mittsommerbaumes in der Ortsmitte von Hedekas zum Pfarrhaus zurückgekommen waren. Es hatte ganz traditionell einen Riesenberg Flusskrebse gegeben, die man aus einer Schüssel in der Mitte des Tisches aß und zuerst mit den Fingern von ihrer roten Schale befreite, um sie dann mit gebuttertem Knäckebrot und Dillcreme zu verspeisen. Außerdem hatten die beiden Damen ein umfangreiches *Smörgåsbord* vorbereitet. Auf diesem kalten Buffet gab es Hering, Kartoffelsalat, eine Käseplatte und vieles mehr.

Pfarrer Bertilsson war nicht müde geworden, selbstgebrannten Schnaps nachzuschenken, den ihm ein Anglerkollege aus Vänersborg geschenkt hatte. Aber trotz all der ausgelassenen Stimmung und der netten Menschen um ihn herum hatte Johan etwas gestört.

Anfangs hatte er es sich nicht erklären können und es auf sein etwas schwermütiges Allgemeinbefinden geschoben, das ihn seit seiner Entdeckung erfasst hatte, dass die »Singoalla« sich nicht mehr an ihrem Platz befand. Doch dann fiel ihm im Laufe des Abends auf, dass dieses Gefühl von Gunnars Schwester Agnes herrührte. Sie benahm sich anders als sonst. Freundlich, nett, zuvorkommend, zurückhaltend wie immer – und trotzdem anders. Johan konnte es sich beim besten Willen nicht erklären. Auf ihn wirkte es, als führte Agnes etwas im Schilde, als hütete sie ein Geheimnis, als hätte sie etwas vor. Was auch immer es war.

Nun stand Johan gedankenverloren und ziemlich angeheitert von dem ein oder anderen Mittsommerschnaps vor dem Spiegel in seinem Badezimmer und putzte sich die Zähne, als er plötzlich einen ihm bekannt vorkommenden Geruch wahrnahm. Er legte die Zahnbürste auf den Rand des Waschbeckens, spülte sich rasch den Mund aus und trat ins Schlafzimmer. Nein, er hatte es sich nicht eingebildet, es roch tatsächlich angenehm nach Tabakrauch. Schnell begriff er, warum ihm dieser Geruch bekannt vorkam. Am Fenster stand nämlich kein anderer als Sherlock Holmes mit seiner dampfenden Pfeife im Mundwinkel. Und an der Tür zum Flur entdeckte er doch tatsächlich William von Baskerville, der Johan mit vor dem Bauch gefalteten Händen gütig anlächelte.

»Gleich zwei so intelligente Männer?«, wunderte sich Johan. »Was verschafft mir die Ehre?«

Sherlock Holmes drehte sich vom Fenster weg und blickte ihn an. »Warum gleich zwei? Nun, ich gehe davon aus, dass Sie uns gerufen haben, weil Sie Antworten auf dringliche Fragen suchen, die Sie ohne unsere Unterstützung nicht finden können. Ist dem nicht so?«

Holmes zog an seiner Pfeife. Dicke Rauchschwaden breiteten sich wabernd in dem Raum aus. Man hätte meinen können, dass der Vorzeigedetektiv der englischen Kriminalliteratur die Absicht hatte, Johans Schlafzimmer in einen Schauplatz seines alten London zu verwandeln, in dem Nebel und der Rauch verbrannter Kohle standen – vielleicht weil er zurückversetzt in diese Zeit noch besser denken konnte.

»Ich habe niemanden gerufen«, sagte Johan (und er merkte selbst, dass sich seine Zunge schwerer tat als sonst).

Sherlock Holmes schüttelte den Kopf und drehte sich wieder zum Fenster. »Es ist schlimmer, als ich befürchtet habe. Außerdem haben Sie getrunken. Das tut dem ohnehin übersichtlichen Rest Ihres Verstandes nicht gut. Opiate wären da hilfreicher, doch dies nur am Rande. Wollen Sie es freundlicherweise unserem alten unbedarften Freund erklären?«, fragte er, an William von Baskerville gerichtet.

William trat vor. »Das will ich gerne tun. Johan, Ihr habt uns sehr wohl gerufen.«

»Ich kann mich nicht daran erinnern.«

»Herrje«, stöhnte Sherlock Holmes und kaute verzweifelt an seiner Pfeife.

William winkte hinter dessen Rücken ab und flüsterte Johan zu: »Lasst Euch von diesem gottlosen Kelten nicht verunsichern.« Er trat noch näher heran, Johan hätte ihn berühren können.

»Gewiss, Ihr habt Euch nicht in Eure Kammer gestellt und lauthals unsere Namen gerufen, doch Eure Seele ist offensichtlich verzweifelt und braucht fachkundigen Rat. Ihr ruft uns immer ohne Worte, versteht Ihr? So war es schon seit dem ersten Mal.«

Sherlock Holmes fuhr herum, sodass ihm seine karierte Deerstalker-Mütze fast vom Kopf gefallen wäre. »Genug der Worte. Diese ganze Situation kommt mir ohnehin kaum logisch vor. Ein Leiden mit Halluzinationen als Symptom erläutert dem daran Erkrankten die Gründe der eigenen Existenz? Das ist grotesk! Und vor allem: Sind wir jetzt hier, um das zu klären? Nein. Ich denke, wir sollten dringend besprechen, weshalb wir wirklich gerufen wurden.«

»Nun, geschätzter Sherlock, auch wenn ich Euch beipflichte, was den letzten Punkt angeht«, wandte sich der Mönch an den Detektiv, »so habe ich bezüglich Eurer ersten Behauptung eine ganz andere Auffassung. Wir suchen unseren gemeinsamen Freund Johan nicht über die Gebühr zu malträtieren, zumindest nicht in einem Maße, das die Bezeichnung ›Leiden‹ rechtfertigen würde, weshalb allein die Titulierung der Sensation insgesamt zu hinterfragen wäre. Und zum anderen wäre es doch durchaus möglich, dass Johan auch den Grund unserer aus seiner Sicht subjektiven Existenz und die Umstände unseres Erscheinens geklärt wissen möchte. Er ist doch ein wissbegieriger Mensch, nicht wahr?«

Sherlock Holmes richtete seinen Blick wieder auf William und Johan. »In der Tat, das ist korrekt und ein wichtiger Punkt. Im Grunde scheinen wir nicht viel mehr als partielle Selbstreflexionen zu sein. Dennoch meine ich, dass dies im Moment sekundär ist. Wir sind hier, weil es ein mögliches Verbrechen aufzuklären gilt. Wir sind hier, weil sich unser Johan keinen Reim darauf machen kann, wohin sein Buch verschwunden ist.«

»So ist es«, pflichtete William von Baskerville bei, auch wenn sich Johan des Gefühls nicht erwehren konnte, dass eine gehörige Portion Diplomatie im Spiel war. Dem Franziskaner dürfte sicher nicht entgangen sein, dass Sherlock Holmes' Sozialverhalten viel weniger weit entwickelt war als sein außergewöhnlich scharfer Geist.

»Wo habt Ihr das verschwundene Buch zuletzt gesehen?«, fragte er Johan.

»Ich habe es vor gut drei Wochen das letzte Mal in den Händen gehalten, als ich es in meine Schatzkiste im Antiquariat gelegt habe«, antwortete der. »Kurz bevor ich die Inserate in den Zeitungen aufgegeben habe. Dazu hat mir übrigens Frau Singoalla geraten.«

»Das ist uns hinlänglich bekannt, wie Ihr Euch vorstellen könnt«, sagte William von Baskerville. »Sie hat es uns … erzählt.«

»Und danach haben Sie es nie wieder hervorgeholt?«, vergewisserte sich Sherlock Holmes.

Johan schüttelte nachdenklich den Kopf. »Nein. Ich wusste ja, wo es sich befand. Zumindest glaubte ich das bis gestern«, fügte er hinzu.

»Weshalb habt Ihr dieses für Euch so wichtige Werk in Eurem Antiquariat untergebracht und nicht bei Euch im Haus gelassen?«, fragte der Mönch.

»Das würde mich auch interessieren«, schloss sich Sherlock Holmes an. »Ich meine, es war doch immerhin das Buch, das Sie von Ihrer großen Liebe geschenkt bekamen. Und genau dieses Buch, das aus Ihrer Perspektive in vielerlei Hinsicht so wertvoll war, bringen Sie aus diesem Schlafzimmer hier an einen entfernteren Ort, wo Sie es nicht im Blick haben?«

Johan sah ihm in die Augen. »Ich weiß nicht, ob Sie das begreifen, aber ich hätte es nicht ertragen. Ich musste mich doch davon trennen, das war die Abmachung mit Herrn Dvalinsson, auch wenn ich den Grund dafür wohl nie erfahren werde.«

»Ich begreife zumindest, dass mit Gefühlsduselei noch niemand einen Fall gelöst hat«, stellte Sherlock Holmes sachlich fest. »Fassen wir zusammen: Wann genau das Buch abhandenkam, können wir nicht feststellen. Wir wissen nur, es war irgendwann zwischen dem Tag, an dem Johan es in die Truhe gesteckt hat, und dem Moment, als er sie wieder öffnete, um es für einen potenziellen Käufer namens Bengt Lindholm hervorzuholen. Folglich hätte jeder Dieb das Buch innerhalb dieser recht großen Zeitspanne zufällig finden und entwenden können. Es hätte auch jemand gezielt nach teuren antiquarischen Büchern suchen können. Sie halten das Antiquariat nicht immer verschlossen, wenn das Café geöffnet hat, oder?«

»Nein«, antwortete Johan.

»Es hätte also durchaus jemand unbemerkt dort hineingehen, die Truhe öffnen und das Buch herausholen können, während Sie zum Beispiel in der Küche waren oder Agnes beim Bedienen geholfen haben, nicht wahr?«

»Ja, das wäre möglich«, sagte Johan.

»Wer wusste alles davon, dass Ihr es in die Schatzkiste gelegt hattet?«, fragte William von Baskerville.

»Niemand«, sagte Johan.

»Sind Sie ganz sicher?«, hakte der Detektiv nach.

»Absolut.«

William von Baskerville verschränkte wieder die Arme vor der grauen Mönchskutte. »Aber Ihr glaubt doch auch, dass es jemand gestohlen hat?«

»Es geht nicht um Glauben, Gott im Himmel«, erregte sich Sherlock Holmes.

»Auch wenn Ihr nicht christlich seid, so lästert dennoch nicht den Herrn!«, rief William ihn mit erhobenem Zeigefinger zur Räson.

»Es geht immer nur um Logik und daraus resultierende Wahrscheinlichkeiten«, fuhr der Detektiv an Johan gewandt ungerührt fort. »Wer hatte ein Motiv und welches könnte das gewesen sein? «

»Ein Motiv?«, fragte Johan verwundert. »Ich schätze, es war Neid oder einfach Habgier.«

»Gut möglich. Doch so manches Mal liegt die Triebfeder verbrecherischen Handelns in der Tiefe des Herzens verborgen, mein lieber Freund«, sagte William von Baskerville.

»Klassische Motive sind, übrigens statistisch belegbar, Liebe, Eifersucht, Hass und Neid«, pflichtete Sherlock Holmes ihm bei. »All das hat mehr oder weniger mit dem Herzen zu tun, um diese überflüssige Metapher auch einmal zu gebrauchen.«

»Doch bedenkt stets: Es gibt die Liebe der Passion, des Feuers und der Begierde, aber es gibt auch die Liebe des Herrn, die Liebe der Brüderlichkeit und diejenige der innigen zwischenmenschlichen Freundschaft«, erläuterte William von Baskerville. Mit einem gütigen Lächeln, in dem sich Erkenntnis wie auch Empathie widerspiegelten, verschränkte er die Hände wie zum Gebet vor seinem Habit. »Ich denke, unsere diebische Elster ist vermutlich eher Letzterer verfallen, was Euch betrifft. Ihr Herz gehört unserer Ansicht nach jemand anderem. Das meint übrigens auch Hector Savinien de Cyrano, von dem ich respektvolle Grüße zu überbringen angehalten wurde.«

»Danke«, sagte Johan.

»Sie kennen den Täter längst und wissen, was zu tun ist«, stellte Sherlock Holmes sachlich fest.

»Davon bin auch ich überzeugt«, sagte William.

»Ich kenne den Täter und weiß, was zu tun ist?«, wiederholte Johan verwirrt.

»*Oh, my goodness!* Ein Detektiv ist wahrhaftig nicht an Ihnen verloren gegangen, mein Freund«, rief Sherlock verzweifelt. »Vorhin am Esstisch beim Pfarrer wunderten Sie sich noch über eine seltsame Eingebung, und jetzt wissen Sie nicht, wie Sie sich verhalten sollen? Zählen Sie doch einfach eins und eins zusammen.« Sherlock Holmes schüttelte beinahe verzweifelt seinen Kopf. Ihm schien eine derart geballte Ladung an nicht logischem Denken ein Graus zu sein. »Kommen Sie, Mr Mönch, wir gehen, das ist ja kaum zu ertragen«, forderte er William von Baskerville auf und verschwand damit im Dunkel des Flurs; langsam verging der Geruch nach Pfeifenrauch.

»Sucht nach der Antwort in Euch und holt Euch das Buch zurück, oder wollt Ihr nicht endlich den Lohn für seinen Verkauf erhalten?«, fragte William von Baskerville.

»Natürlich. Aber was ist der Lohn?«, fragte Johan.

»Das weiß Gott allein. Doch dieser Lohn steht Euch zu. Es ist Euer Schicksal. Lebt wohl.«

William bekreuzigte sich und verschwand mit einer letzten angedeuteten Verbeugung ebenfalls im Flur zur Küche.

Johan ging ihm nach, doch William von Baskerville war nicht mehr zu sehen. Kurz verharrte er im Dunkel und ließ das Gehörte auf sich wirken. Dann wusste er mit einem Mal, was die beiden Detektive gemeint hatten. Johan schaltete das Licht ein, griff fest entschlossen zum Telefon und wählte.

Es war erst zehn Uhr morgens, doch Agnes klopfte so lange an Johans Haustür, bis er aufgewacht war und im Schlafanzug vor ihr in der Haustür stand. Sie sah nicht viel besser aus, als Johan sich fühlte, wirkte übernächtigt und traurig.

»*Hej*«, sagte sie leise und hielt Johan eine Plastiktüte hin.

»Ist es das?«, fragte er.

Sie nickte und blickte verschämt zu Boden.

»Agnes, schau mich an«, forderte Johan sie freundlich auf. »Du hast das getan, weil du dachtest, es wäre gut für mich, nicht wahr?«

Wieder nickte sie.

»Du hättest es nicht tun dürfen, denn du hattest kein Recht dazu, aber ich bin dir trotzdem nicht böse. Ich weiß, dass du dir Sorgen um mich machst, dass ihr euch alle Sorgen macht, weil ihr denkt, ich wäre verrückt und würde niemals Frieden finden. Möglicherweise habt ihr sogar recht, aber dieses Buch ist wahrscheinlich der einzige Weg für mich, mein Schicksal in die Hand zu nehmen und mein Leben zum Besseren zu ändern, vielleicht sogar mein Glück wiederzufinden. Darum ist es so wichtig für mich.«

»Es tut mir leid«, schluchzte sie. »Ich habe dich bestohlen, dich, meinen … meinen Freund.«

Johan drückte sie an sich. »Es ist gut, Agnes. Schon verziehen. Wirklich.«

Agnes verweilte einige Sekunden in seiner Umarmung, dann löste sie sich von Johan und wischte sich mit dem Ärmel ihrer Bluse über die Augen.

»Als du gesagt hast, dass du das Buch verkaufen willst, war ich nicht sicher, wie ernst du es meintest. Ich dachte, dass dich das Buch, diese ›Singoalla‹, weiter davon abhalten würde, die Vergangenheit endlich ruhen zu lassen und dein Glück auf andere Weise als in seltsamen Selbstgesprächen und traurigen Erinnerungen zu suchen. Ich halte dieses Buch für verflucht und verzaubert. Also dachte ich, dass es das Beste wäre, es wäre weg. Für immer. Ich wollte es verbrennen. Das habe ich mich dann aber doch nicht getraut, sondern es in meinem Kleiderschrank versteckt. Es ist ja immerhin bestimmt einiges wert.«

»Ich bin glücklich und dankbar dafür, dass dir in diesem Fall der Mut gefehlt hat«, sagte Johan erleichtert.

Agnes fuhr fort: »Ich musste mich so zusammennehmen gestern beim Krebsessen. Ich hatte ein furchtbar schlechtes Gewissen dir gegenüber. Und als ich spät nachts ans Telefon ging – ich war noch wach, weil ich wegen der ganzen Sache nicht schlafen konnte – und du mich gefragt hast, ob ich wüsste, wo das Buch sei, war ich so froh darüber, dass ich endlich aufhören konnte zu lügen. Ich hoffe, das Buch kann dir jetzt wirklich helfen.« Agnes senkte beschämt den Kopf.

»Das hoffe ich auch sehr. Wissen Gunnar und Birgitta eigentlich davon?«

Johan legte die Hände auf Agnes' Schultern, und sie sah zu ihm auf.

»Nein. Ich habe ihnen nichts gesagt. Und heute Morgen habe ich behauptet, mir wäre schlecht und ich könnte deshalb nicht mit in die Kirche kommen. Zum Glück haben sie mir geglaubt. Die meisten Leute glauben, was ich erzähle, weil sie mir nicht zutrauen, dass ich auch lügen kann. Na ja, Gunnars Auto habe ich vorhin auch heimlich genommen.«

Johan schmunzelte. »Ich weiß es nun ja besser. Jetzt solltest du allerdings rasch wieder heim zu Gunnar und Birgitta fahren und deine Übelkeit auskurieren.«

Da lächelte auch Agnes. »Ich danke dir, Johan. Du bist ein guter Mensch.«

»Ebenso«, sagte er und küsste sie zum Abschied auf die Wange. »Wir sehen uns am Donnerstag im Café. Deine Pippi-Langstrumpf-Pfefferminztorte kam übrigens fantastisch an.«

Er sah ihr noch nach, als Agnes über den Hof lief, winkte ihr zu, bevor sie das Tor schloss, und ging dann hinein.

In der Küche zog er erleichtert die »Singoalla« aus der Plastiktüte und legte sie beiseite. Diese Tüte wirkte so unfassbar unangemessen für das herrliche Buch, das ihn mit seinem Riss vom lindgrünen Einband her anzulächeln schien. Es berührte ihn zutiefst, fast fühlte es sich an, als hätte er einen uralten Freund nach Ewigkeiten wiedergefunden. Dennoch stand der erneute, vielleicht endgültige Abschied möglicherweise bald bevor.

»Na, dann wollen wir mal unsere Versprechen einlösen«, sagte Johan zu sich selbst, holte das Telefon und die Visitenkarte von Bengt Lindholm und setzte sich damit an den Küchentisch.

4.
Tote kommen nicht zurück

Bengt Lindholm war über alle Maßen erfreut, als er hörte, dass das Buch wieder aufgetaucht war. Johan hatte ihm erzählt, dass seine Aushilfe es gut gemeint habe und die »Singoalla«, um sie vor Diebstahl zu schützen, ganz hinten in ein Regal gestellt habe. Dann habe sie allerdings vergessen, das Johan mitzuteilen. Zum Glück habe man gestern zufällig darüber gesprochen, und so sei die Wahrheit ans Licht gelangt.

»Wenn Sie wollen, kann ich heute noch bei Ihnen vorbeischauen«, schlug Bengt Lindholm vor. »Natürlich nur, wenn Ihnen das passt. Schließlich ist nicht nur Sonntag, sondern der Sonntag nach *Midsommar*.«

»Oh, das ist mir mehr als recht. Sie können gern vorbeikommen, kein Problem. Den Preis für das Buch kennen Sie ja, er hat sich nicht verändert.«

»Das habe ich mir gedacht«, sagte Herr Lindholm freundlich. »Dann fahre ich gleich nach unserem Familienkaffee los und könnte gegen achtzehn Uhr bei Ihnen sein. Mit den zwei Goldstücken, versteht sich.« Er lachte verhalten.

»Einverstanden«, sagte Johan. »Ich lasse das Hoftor offen und werde im Antiquariat auf Sie warten. Bis später. *Hej då*.«

Johan legte auf und rieb sich das Kinn. Es fühlte sich falsch und richtig zugleich an. Falsch, weil er die verschwundene »Singoalla« doch gerade erst wiedergefunden hatte und weil es doch eigentlich sein, Linas, ihr gemeinsames Buch und Erinnerungsstück war. Durfte man das überhaupt weggeben?

Richtig hingegen erschien es ihm, wenn er daran dachte, dass er es mit dem Antiquar so vereinbart hatte. War dieser äußerlich auch eher ein schmächtiger, hagerer Mann, so wirkte er dennoch derart Respekt einflößend, dass man seine Prophezeiungen, zum Beispiel irgendwelche drohende Flüche bei Nichterfüllung von Verträgen, wie er auf dem *Loppis* von Karlstad angedeutet hatte, ungern als Blödsinn abtun mochte, obwohl so etwas natürlich für jeden vernünftigen Menschen grober Unfug sein musste – es gab keine solchen Flüche.

Aber was war von einem Antiquar zu halten, der ein vor Jahren im Meer versunkenes Buch plötzlich unversehrt wieder zum Verkauf anbot? Es erschien Johan besser, sein Wort zu halten, ganz abgesehen davon, dass ihm obendrein ein nicht näher definierter Gewinn in Aussicht gestellt worden war.

Um Viertel nach sechs stand Johan an der geöffneten Tür seines Antiquariats und blinzelte in die Sommersonne, als er ein Auto näher kommen hörte. Es parkte, die Wagentür ging auf, und kurz darauf erschien Bengt Lindholm im Hof.

»*Hej!* Tut mir leid, es ist etwas später geworden. Ich hoffe, das ist okay.«

»Kein Problem«, antwortete Johan, ging ihm entgegen

und reichte ihm die Hand. »Diesmal sind Sie nicht umsonst hergekommen. Versprochen.«

»Oh, das bin ich beim letzten Mal auch nicht. Immerhin haben wir uns kennengelernt«, widersprach Bengt Lindholm und schlug ein.

»Kommen Sie, Ihre ›Singoalla‹ liegt im Antiquariat«, forderte Johan ihn auf und ging voran.

Zusammen betraten sie das alte Scheunengebäude und gingen zum Tresen, wo Johan das Buch abgelegt hatte. Bengt Lindholm nahm es in die Hände und fuhr zunächst behutsam den lächelnden Riss im Einband mit dem Zeigefinger nach, ehe er darin blätterte – er war sichtlich beeindruckt.

»Wunderschön«, sagte er andächtig, »einfach wunderschön. Und diese bemerkenswerte Signatur und die Widmung … Einmalig.« Er sah Johan neugierig an. »Wo haben Sie es her?«

»Von einem Antiquar aus Karlstad«, antwortete Johan.

»Verstehe«, sagte Bengt Lindholm und nickte. Er griff in seine Tasche, holte die beiden goldenen Zehn-Kronen-Stücke aus dem Samtbeutel und legte sie auf den Tresen. »Hier, der vereinbarte Kaufpreis.«

Johan atmete tief durch, dann nahm er die Münzen und steckte sie ein.

Der Handel war abgeschlossen.

Er besaß nun zwar das Gold, aber offiziell keine »Singoalla« mehr.

Bengt Lindholm klappte das Buch vorsichtig zu und blickte Johan an. »Ist es für Sie nicht traurig und seltsam, dieses Buch zu verkaufen?«

»Wie kommen Sie darauf? Weil mein Name in der Widmung steht?«

»Es bedeutet Ihnen doch viel mehr als andere Bücher, oder?«, fragte Bengt Lindholm.

»Ich weiß nicht ... Woher ...? Was meinen Sie?«, stammelte Johan.

Bengt Lindholm lächelte, griff in die Innentasche seines Sakkos und zog ein Foto hervor.

»Dieses einzigartige Buch zu diesem eigenartigen Preis ... Früher hat der Fährmann zwei Goldstücke für die letzte Fahrt erhalten, wussten Sie das? Das alles ist kaum zu glauben. Tote kommen nicht zurück. Oder doch? Wissen Sie, wer das ist?« Damit legte er das Foto auf den Tresen.

Johan wurde schwindelig. Alles drehte sich, und sein Herz machte einen Sprung. Er nahm das Foto in die Hand und klammerte sich mit der anderen an seinen Verkaufstisch. Er konnte es kaum glauben.

»Lina!«, rief er, »Lina, meine Lina! Woher kennen Sie sie? Woher stammt dieses Foto? Wer sind Sie?«

Johan war außer sich. In seinem Kopf flogen die Gedanken im Kreis herum, bildeten einen Wirbel und vermengten sich mit Bildern aus der Vergangenheit – Lina, der Untergang der *Leksand*, die »Singoalla«, der Antiquar, die Goldmünzen, die Figuren, Pudel und Hase ... alles flog umher, und es wollte und wollte sich kein klares, stetes Bild ergeben.

»Johan!«, rief mit einem Mal eine Frauenstimme vom Eingang des Antiquariats her.

Johan fuhr herum und traute seinen Augen kaum.

Sie war es.

Lina.

Seine Lina.

Als wäre nichts geschehen, als wäre sie niemals tot gewesen.

Beide starrten sich eine gefühlte Ewigkeit an, unfähig, sich zu bewegen.

»Sie ist meine Schwester«, sagte Bengt Lindholm.

Und als hätte er damit etwas ausgelöst, irgendeinen Schalter umgelegt, stürzten Johan und Lina aufeinander zu und fielen sich schluchzend in die Arme. Dann lösten sie sich, berührten sich, küssten sich, drückten sich erneut, strichen sich ungläubig durchs Haar, wischten sich die Freudentränen ab und küssten sich wieder.

»Ich glaube, ich lasse euch jetzt allein«, sagte Bengt Lindholm. »Ihr habt euch sicher eine Menge zu erzählen.«

Er legte die »Singoalla« von Viktor Rydberg wieder auf den Tresen, verließ das Antiquariat und ging hinaus in die Abendsonne.

War das der Gewinn, den Johan einstreichen sollte? Wenn ja, dann war er unermesslich, Herr Dvalinsson ein Zauberer und die »Singoalla« sein magisches Werk. Es war nicht mehr und nicht weniger als ein unerklärliches Wunder.

»Lina, wie kann es sein, dass du noch lebst! Mein Gott, ich dachte, du wärst tot! Wo bist du bloß gewesen?«, fragte Johan und übersäte ihr Gesicht mit Küssen.

Sie trat näher zu ihm und bettete sein Gesicht in ihre Hände. »Meinst du, wir haben die Möglichkeit, die vergangenen Jahre nachzuholen? Meinst du, wir haben eine gemeinsame Zukunft?«

»Wir werden es nicht herausfinden, wenn wir es nicht

versuchen«, antwortete Johan freudestrahlend. »Ich wünsche mir nichts mehr als das. Wenn es dir nichts ausmacht, mich mit meinen Büchern zu teilen. Und vielleicht mit einigen literarischen Freunden«, fügte er lächelnd hinzu.

»Solange wir uns lieben und glücklich sind, ist mir das vollkommen egal«, sagte Lina. »Sie können dich besuchen kommen, wann immer sie wollen.«

»Ich weiß nicht, ob ich das immer möchte«, flüsterte Johan. Lauter fuhr er fort: »Ich will zuallererst verstehen, was geschehen ist, wo du all die Jahre gewesen bist und warum ich dich nicht finden konnte.«

»Das wirst du, aber es ist eine lange Geschichte«, erwiderte sie, sichtlich berührt.

»Ich liebe lange Geschichten«, sagte Johan.

»Auch solche, in denen die Protagonistin in der Vergangenheit nicht immer die Wahrheit gesagt hat über sich, ihren wirklichen Namen und ihre Herkunft und dies der Grund sein könnte, weshalb ihre große Liebe sie nicht finden konnte?«, fragte sie schüchtern.

Johan sah ihr so tief in die Augen, bis er spürte, dass er am Grunde ihrer Seele angelangt war. Schließlich nickte er leise und sagte: »Ja, sogar solche.«

»Ich bin nicht Lina Berglund, ich …«

»Später«, hauchte Johan und nahm sie fest in die Arme. »Es ist so viel Zeit vergangen, da kommt es auf ein paar Stunden auch nicht mehr an.« Dann küsste er sie, bis er die Welt um sich herum vergaß.

Epilog

Es gibt Dinge in dieser Geschichte, die man nicht richtig erklären kann, obwohl man gern wissen möchte, ob sie wahr sind oder ob es sich nur um Fantasie oder irgendwelche Spinnereien handelt.

Lina war damals tatsächlich über Bord der *Leksand* gegangen, wurde aber zum Glück wenig später von einem Fischerboot gerettet. Es war die schlimmste halbe Stunde ihres Lebens. Aber dann wurde dieses Boot im Sturm so stark beschädigt, dass es abtrieb und nur mit Müh und Not viele Kilometer nördlich von Sundsvall anlanden konnte. Lina hatte nach diesen zwei Schiffsunglücken an einem einzigen Tag und in der ganzen Kälte und Dunkelheit einen schweren Schock erlitten, der nicht nur mit einer lebensbedrohlichen Unterkühlung, sondern auch mit einem zeitweisen Aussetzen ihres Gedächtnisses einherging. Als sie später im Krankenhaus aufwachte, konnte sie sich nicht mehr an die schrecklichen Vorfälle erinnern.

Doch als sie dann wieder zu sich kam und die Bilder ihrer gemeinsamen Romanze allmählich vor ihr auftauchten, begann sie nach Johan zu suchen. Sie hatte ein Geheimnis, das sie ihm damals auf der *Leksand* schon verraten wollte, und zwar genau an dem Abend, als sie ihm die »Singoalla«

schenkte. Doch das Schiffsunglück hatte alle Vorsätze zunichtegemacht.

In Wirklichkeit hieß sie nämlich nicht Lina Berglund, sie hatte Johan angelogen. Ihr Name war Anna Lindholm, und wie Bengt gesagt hatte, war sie seine Schwester.

Als sie Johan auf dem Schiff kennenlernte, steckte Anna gerade in einer schwierigen Beziehung. Ihr Freund und sie waren sogar schon verlobt gewesen. Ursprünglich hatten sie vorgehabt, im nächsten Jahr zu heiraten, ein Haus zu kaufen, eine Familie zu gründen und alles, was dazugehört. Aber ihr Freund hatte sich bald vor allem um sich selbst gekümmert. Anna lernte seine Schattenseiten kennen und merkte, dass sie für ihn bloß ein hübsches Mädchen war, das er im Tennisklub vorzeigen und mit dem er auf Vernissagen angeben konnte. Außerdem war er unerträglich eifersüchtig und spionierte ihr nach. Er war richtiggehend besessen.

Anna hatte bald genug von ihm und nahm sich eine kurze Auszeit. Die Schiffsreise auf der *Leksand* war für sie eine Möglichkeit, ungestört darüber nachzudenken, wie ihr Leben weitergehen könnte. Und damit niemand sie so leicht ausfindig machen konnte, hatte sie sich unter einem falschen Namen an Bord eingebucht. Sie konnte ja nicht wissen, was sich daraus entwickeln würde.

Denn wenig später lernte sie Johan kennen, und die beiden verliebten sich, und Anna war fest entschlossen, ihm die Wahrheit zu sagen an diesem schicksalhaften Abend, der sie für eine lange Zeit trennen sollte.

Kein Wunder also, dass Johan sie unter ihrem falschen Namen nach dem Unglück nicht finden konnte. Und Annas Suche nach ihm war ebenfalls vergeblich, denn es gab leider in ganz Schweden kaum einen häufigeren Namen als seinen. Anna wusste zwar, dass er aus Stockholm stammte, aber allein dort gab es fast fünfhundert Johan Anderssons.

Von ihrem Freund trennte sich Anna noch im Krankenhaus. Er heiratete kurz darauf ein Fotomodell. Aber das war Anna egal. Sie war dem Tod in einer einzigen Nacht zweimal von der Schippe gesprungen und hatte viel Zeit zum Nachdenken gehabt. Dabei erkannte sie, dass man mit seinem Namen zwar flunkern mag, aber wenn man sein Herz verleugnet, ist das die allergrößte und unverzeihlichste Lüge überhaupt.

Anna zog später von Göteborg in die Nähe ihrer Eltern und wohnte seither ein paar Kilometer nördlich von Uddevalla. Das war wirklich verrückt. So nah bei Johan. Und wenn ihr Bruder kein Büchernarr gewesen wäre, wenn er Johans Zeitungsannonce nicht gelesen und ihr an Mittsommer nicht beiläufig davon erzählt hätte, dann hätte sie wohl nie davon erfahren und wäre auch nicht mit Bengt in Johans Antiquariat gekommen.

Die »kleine, unverwechselbare Beschädigung auf der Vorderseite des Einbands«, die Johan im Inserat beschrieben hatte, und die zwei Goldstücke … Es musste sich um das Exemplar handeln, das Anna damals bei diesem verschrobenen Antiquar in Umeå gekauft hatte. Sie konnte ihr Glück kaum fassen. Sie war fest überzeugt davon, dass Johan die »Singoalla« von der *Leksand* mitgenommen hatte – denn wie hätten sich die beiden sonst jemals finden können?

Johan überlegte, ob er Anna die Wahrheit erzählen sollte. Alles über den mysteriösen Herrn Dvalinsson, über die Unmöglichkeit, ein im Meer versunkenes Buch wiederzubekommen (das vermutlich von einem anderen Passagier irgendwie an Land gebracht und *rein zufällig* an denselben Antiquar verkauft worden war – eine andere Erklärung *konnte* es nicht geben!), und alles über seine imaginären Freunde, die ihn so lange begleitet, unterstützt und gelenkt hatten (und die natürlich nicht existierten, sondern nur eine bizarre, eventuell traumatisch bedingte Form der Einbildung sein mussten!).

Doch Johan beschloss, dass es mit der Schilderung und dem Erleben von Wundern und Erscheinungen für den Moment genügte, und er beschloss auch, Anna nichts davon zu erzählen. Nicht heute. Vielleicht ein andermal. Vielleicht auch nur Stück für Stück. Vielleicht auch niemals. Denn was spielte das jetzt noch für eine Rolle?

Ende August erfuhr Johan aus der Zeitung, dass die *Förlaget Löfwing & Eriksson AB* in Stockholm Konkurs anmelden musste und dass man ein Verfahren gegen den Geschäftsführer Magnus Löfwing eingeleitet hatte. Dieser habe, zumindest laut den Vorwürfen der Staatsanwaltschaft, bereits seit mehreren Jahren die Bilanzen frisiert und beträchtliche Geldsummen auf sein Privatkonto einer Bank auf den Britischen Jungferninseln abgezweigt, mit denen er, so die Zeitung weiter, unter anderem auch eine mondäne Segeljacht finanziert habe, die er nach seiner Ehefrau Gunilla benannt habe und die mittlerweile beschlagnahmt worden sei. Seine Ehefrau habe sich daraufhin von ihrem Gatten getrennt und sei mit den beiden gemeinsamen Kindern an einen unbekannten Ort verzogen. Magnus Löfwing sei, wie man aus gewissen Kreisen erfahren habe, übrigens durch eine gewisse Patricia V. finanziell unterstützt worden, Anwältin und langjährige Freundin der Familie Löfwing sowie Teilhaberin einer Wirtschaftskanzlei in Stockholm.

Das zu lesen erfreute Johan wenig. Aber es gab ihm ein gutes Gefühl, weil es ihm deutlich vor Augen führte, was alles geschehen konnte, wenn man in seinem Leben auf schwarze Pudel und nicht auf weiße Kaninchen hörte.

Außerdem kam heraus, dass Sherlock Holmes und William von Baskerville wieder einmal untrügliches Gespür bewiesen hatten. Agnes hatte nämlich tatsächlich ihr Herz verschenkt. Und zwar an Jan, den Bruder von Annika (in der rosafarbenen Kittelschürze) aus dem Supermarkt von Hedekas.

Das ist zwar nur eine kleine Randnotiz in dieser Geschichte, und dennoch ist sie wichtig für das Seelenheil von Agnes, die es nicht immer leicht hatte und die sich dieses Glück redlich verdient hat. Sie und Jan haben vor, im kommenden Frühjahr zu heiraten. Sie hilft jetzt manchmal im Supermarkt aus, bäckt aber weiterhin Literaturtorten und bedient in den Sommermonaten die Gäste von Johans Literaturcafé. Johan soll, genau wie Annika, Agnes' Schwägerin in spe, Trauzeuge werden. Je später die Kraniche eintreffen, desto größer sind bekanntlich die Veränderungen, die sie mit sich bringen. Außerdem ist der Kranich der Vogel des Glücks. Agnes hat offensichtlich mit allem recht gehabt.

Auch Johan hat endlich sein Glück gefunden und wird selbst bald seine geliebte Anna heiraten. Vielleicht wird es sogar eine Doppelhochzeit mit entsprechend umfangreichen Feierlichkeiten in Hedekas geben. Pfarrer Gunnar Bertilsson jedenfalls ist wegen dieser rasanten Entwicklungen und

Perspektiven (sicherheitshalber) schon einmal ziemlich aufgeregt.

Und noch etwas ist geschehen. Seit er Anna wiederbegegnet ist, kann Johan seine imaginären Freunde nicht mehr sehen. Keiner ist ihm mehr erschienen. Ob das für immer so bleiben wird, weiß man natürlich nicht, aber in diesem Punkt zumindest ist alles wieder wie vor dem Schiffsunglück.

Das große Rätsel bleibt jedoch, wie ein seltsam aussehender Antiquar namens Dvalinsson die beiden Liebenden Anna und Johan nach all den Jahren zusammenführen konnte. Falls er es überhaupt war und nicht das Buch von Viktor Rydberg, das nun in Johans Sammlung einen würdigen Platz gefunden und seine Magie möglicherweise verloren hat.

Vielleicht hat dieser Dvalinsson (wenn das überhaupt sein richtiger Name ist) wieder irgendwo in Schweden ein Antiquariat eröffnet, zum Beispiel in Kristinehamn, in Eksjö, in Östersund, in Kiruna oder in der Altstadt von Malmö. Oder er hockt auf einem *Loppis* und bietet an verregneten Tagen verpackte Bücher unter einer milchigen Plastikplane zum Pauschalpreis von zwei Goldstücken an. Aber nur denjenigen, die es seiner Ansicht nach verdient haben, weil sie Bücher und Menschen gleichermaßen lieben.

Die Augen nach guten Menschen und guten Büchern offenzuhalten, lohnt sich jedenfalls immer.

Wer sollte einem sonst erscheinen und aus der Patsche helfen, wenn einen alle anderen verlassen haben und man einmal in einer ähnlich vertrackten Situation wie Johan Andersson steckt?

Danksagung

Mein Dank gilt dem gesamten Verlag, hier vor allem den Lektoren Cornelius Traub und Elisabeth Mauerer, sowie insbesondere Ulrike Schuldes. Auch meinen Agenten Joachim Jessen möchte ich keinesfalls vergessen zu erwähnen.

Außerdem möchte ich mich bei meinen aufmerksamen Testlesern Thomas Weitzel und Renate Wolf-Hehrlein für ihre ehrliche und konstruktive Kritik und ihre Korrekturen bedanken. An dieser Stelle möchte ich meinem Versprechen nachkommen, das ich in diesem Zusammenhang gegeben habe, und explizit darauf hinweisen, dass der ursprünglich im Text vorhandene umgangssprachliche Ausdruck »für teuer Geld« aufgrund sprachlicher Dissonanz aus selbigem entfernt wurde. War mir ein Vergnügen.

Mein allergrößter und herzlichster Dank geht aber wie immer an meine ULi, ohne deren Ideen, Inspirationen, ständige Kapitel-Korrektur-Lesungen zu jeder Tages- und Nachtzeit und vor allem ohne deren riesigem Spaß an der Geschichte von Johan Andersson dieses Buch nie und nimmer das geworden wäre, was es jetzt für mich und hoffentlich auch für die Leser ist – nämlich ein zauberhafter literarischer Roman.

Anhang

Romane und ihre literarischen Figuren, die bei Johan Andersson erschienen sind:

Singoalla aus »Singoalla«
(Viktor Rydberg)
Der schwarze Pudel und der fahrende Skolast aus »Faust. Eine Tragödie«
(Johann Wolfgang von Goethe)
William von Baskerville aus »Der Name der Rose«
(Umberto Eco)
Harry Haller aus »Der Steppenwolf«
(Hermann Hesse)
Das weiße Kaninchen aus »Alice im Wunderland«
(Lewis Carroll)
Gregor Samsa aus »Die Verwandlung«
(Franz Kafka)
Sherlock Holmes aus der Sherlock-Holmes-Reihe
(Arthur Conan Doyle)
Doktor Dolittle aus der Doktor-Dolittle-Reihe
(Hugh Lofting)
Pippi Langstrumpf aus der Pippi-Langstrumpf-Reihe
(Astrid Lindgren)

SINGOALLA
AF
VIKTOR RYDBERG
TECKNINGAR AF C. L.
STOCKHOLM. ALBERT BONNIERS FÖRLAG.

Die hinreißende Geschichte von
zwei liebenswerten Außenseitern.
Und vielleicht ja der Beginn
einer großen Liebe …